军旗
飘扬

红色军旅文学作品

兵 谣

黄国荣

———

著

中国言实出版社

图书在版编目(CIP)数据

兵谣 / 黄国荣著 . -- 北京 : 中国言实出版社，
2022.5

ISBN 978-7-5171-4134-1

Ⅰ. ①兵… Ⅱ. ①黄… Ⅲ. ①长篇小说 – 中国 – 当代
Ⅳ. ①I247.5

中国版本图书馆 CIP 数据核字（2022）第 064978 号

兵谣

责任编辑：代青霞
责任校对：王战星

出版发行：中国言实出版社
　　地　址：北京市朝阳区北苑路180号加利大厦5号楼105室
　　邮　编：100101
　　编辑部：北京市海淀区花园路6号院B座6层
　　邮　编：100088
　　电　话：010-64924853（总编室）　010-64924716（发行部）
　　网　址：www.zgyscbs.cn　电子邮箱：zgyscbs@263.net

经　销：新华书店
印　刷：北京中科印刷有限公司
版　次：2022年6月第1版　2022年6月第1次印刷
规　格：710毫米×1000毫米　1/16　14印张
字　数：260千字

定　价：78.00元
书　号：ISBN 978-7-5171-4134-1

黄国荣，解放军文艺出版社原副社长兼副总编。
中国作家协会会员。现任中国韬奋基金会副秘书长。
1978年开始文学写作，发表、出版文学作品800余万字。

其代表作品《山泉》、《晚涛》、《尴尬人》、《履带》、《平常岁月》等中短篇小说获期刊优秀作品奖、全军文艺创作优秀作品奖；长篇小说《兵谣》、《乡谣》、《碑》获全军文艺创作优秀作品奖长篇小说一等奖，《极地天使》获《人民文学》2015年特别奖，《城北人》获加拿大"大雅风文学奖"提名奖，其中《乡谣》入围第六届茅盾文学奖；中篇小说《苍天亦老》获总政中国人民解放军文艺奖。以其原创作品改编的电视连续剧《兵谣》获飞天奖，《沙场点兵》获金鹰奖、全国"五个一工程"奖。

英雄的诞生

——评黄国荣的长篇小说《兵谣》

孟繁华

（评论家、教授、博士生导师）

王建军父亲去世多年了，但他那间屋子没人再去惊动，很多他用过的东西和资料依然与原来一样摆放着，虽说时常有灰尘，但母亲和我也很少进去，总觉得父亲没有离开，还在那间屋子里，还有他苍老略有微弯的身影。

抗日战争胜利七十周年快到了，我想为父亲整理那个年代遗留的故事和资料。小的时候，我记得那是湖北的夏天，父亲总是穿着白色带洞眼的汗衫，吃完饭，高兴了，常把三个孩子拉到身边，挥着那把用布包裹的芭蕉扇，带着一口浓厚的山东茌平乡音，给我们讲当年他和小日本拼刺刀的故事，讲他在大别山侦察连的故事，让我记忆很深。

父亲名叫王耀德，家在山东茌平县博平徐官屯一个平原农村。他上面有两个哥哥，下有三个妹妹，家境十分贫困，家里祖祖辈辈面朝那片老碱地，只能靠一些玉米棒子充饥。那些年，日军侵占了中国，大批军队在华北地区烧杀掠夺，十六岁的父亲就在心里埋下了怒火，他在村里天天磨刀练武，挥棒练枪，总想走出村子。有一天，他听说邻村有招兵的，还发白馒头管吃，他瞒着父母，偷偷跑出八里路，写上自己的名字"王耀德"，拿起白馒头吃了个饱，还没来得及换衣服，也不知道是什么队伍，就知道去打鬼子，拿起枪就在博平镇口不远处的冰河上与日军打上了，这一打就是一夜。天亮时，日本鬼子死了一片，剩下的鬼子跑了，老百姓都在冰河和镇口忙着打扫战场。这一仗打掉了日军一个中队和一个小队，当地老百姓都很解气。

这消息传到了徐官屯，爷爷和奶奶这才知道，小儿子头一天偷偷参加了队伍，在冰河上和鬼子打上了，村里去的人有的说见到了他，有的说他死在了冰河上。爷爷眼睛不好，急得忙招呼两个儿子和他母亲卸下家里的门板，跑到十多里外的冰河战场，寻找亲人的尸体。村里有的人找到尸体都抬回家了，可是，家里人怎么也找不到父亲的尸体，最后只好抬着门板回家了。爷爷王春友在村里是个好强的硬汉，他睁着一双半明的眼睛，在地里为儿子埋了个空坟。白天，爷爷不敢哭，到了夜里偷偷哭，最后哭坏了眼睛，什么也看不见了。

其实，护城河打鬼子那一仗，父亲在鬼子小钢炮的爆炸冲击下掉进了冰洞，他爬起来后连续击毙了鬼子的钢炮手。天不亮，父亲就随部队迅速撤离转入了太行山区。后来，父亲才知道，他跟随的队伍是抗日的八路军。他到了刘伯承的身边，转战挺进了大别山。

父亲打仗很机灵，而且枪法极准，一直用他那支老式的三八大盖枪，尤其是枪口配带的刺刀，他最钟爱。那把刺刀，杀过不少日本鬼子。父亲说，好几次打着仗，鬼子上来就统一拼刺刀，八路军开始吃过亏，好在父亲练过几招，鬼子拼刺刀凶猛，但过于简单，父亲总是在躲闪中寻找战机杀死鬼子。有一回，两个鬼子朝父亲刺过来，他左闪右躲被一个鬼子刺破了腰部，但他还是强忍着伤痛左右开弓杀了两个鬼子。我曾看过父亲身上那块伤疤，它永远留在他的身上，好像是奖赏他杀敌的纪念。

说到纪念，父亲一辈子都保存着十颗三八大盖的子弹，而且都深藏在樟木箱的底下，还有那些各式的勋章，如抗日勋章、解放勋章等。湖北常有梅雨季节，我记得，每次出太阳时，母亲都把箱子搬出去晒晒，那十颗子弹和1955年授衔的老军装，伴着各类勋章都翻了出来。我总爱和伙伴们一起摆弄，把肩章也摆在自己的肩上。说真的，那个年代，我们爱听打仗的故事，可是父亲讲得很少，但我从父亲的老战友那里，知道了太多关于大别山侦察连的传奇。

1997年，邓小平同志去世，父亲那几天都陷入沉闷之中，说话很少。父亲住在解放军报社大院，除了有规律的活动，平常都准时回家。该吃饭时，不见他的身影，院子里也找不到他。

父亲当过警卫员，当过尖刀连的战士，枪法准，打仗动脑子，从普通战士到排长、连长，一直在最艰苦的战斗中成长。我知道，在战争年代生存下来的战友，感情深厚。说来也怪，父亲的战友多年不走动，但1997年底，多位老战友在一两天之内不约而同地来看我父亲，谁都握着父亲的手有讲不完的话，有带泪的回忆。特别是周力才老人讲的与父亲和战友的事，我听得很仔细……

那两天，我从父亲很多战友那里，知道了一个传奇而勇敢的作战故事。作为儿子，本来想抽空陪父亲去大别山看看，但因为一个不起眼的感冒，1997年底父亲走了。

在我的印象中，父亲永远戴着那顶旧军帽，也从没提起过头部受伤的事。父亲身上究竟留下了多少伤痕？我只知道，父亲的头部留下了大片疤痕，甚至不长头发，但父亲依然平静淡然。他的腰部、头上，还有腿上也有，真的数不清。我为父亲在战争年代的那些痕迹而敬畏和感动。朝鲜战争爆发时，父亲完全可以以治伤养病为由不去参战，可他和他所在的十五军毅然出征朝鲜，他的足迹踏遍了朝鲜的战壕。回国后，作为一名老军人，父亲又跟随十五军的一部分，积极参与到祖国的建设中，在湖北以黄石为中心的阳新、黄梅、麻城、黄冈等多地修建水库。父亲总是默默无闻地穿越湖北大地，他甚至可以听懂多个县的方言，但他一辈子保留着永远不变的山东口音，他就是像山一样厚重的父亲。

父亲从山东茌平县博平徐官屯当兵出来，对家乡有着深深的感情。父亲对我说过："我打仗第一天，家里以为我死了，埋了一个空坟，有一天，我真的死在异乡，把我埋在家乡那座空坟里，和我父母陪葬一起。"

1997年底那场大雪之后，我坐火车把父亲的骨灰带回了山东老家，在父亲熟悉的那片故土上，把父亲的骨灰深深埋在了爷爷奶奶的坟边。我跪下，默默地为父亲祈祷，祈祷他安息！

沉石写侦察兵的故事，虽说写的是父亲在大别山的一些事，但是，他把无数个与父亲相关的战友，把许多相似的故事和人，都集中在了父亲一人的身上。我知道，神奇的侦察连不是一个人，而是战斗在大别山的一个群体，他属于那个岁月，属于那段历史。

序二

论《兵谣》的原创性

陈 辽

（评论家、江苏社科院文学研究所原所长）

从 1995 年起，我国的长篇小说产量很高，但优秀的长篇并不多。何以故？原因是多方面的，其中一个很重要的原因是缺少原创性：对事物的看法大致相同；人物似曾相识；故事相互借用。如此长篇，自然对读者缺乏吸引力。

长篇创作的原创性，指的是作家第一个、前所未有地塑造了新人物（如诸葛亮、武松、孙悟空、林黛玉等）；提供了新的故事（如"创世""补天""私奔""闹天宫""聚义"等）；创造了新艺术形式（如"志怪""传奇""演义"等）；对某一题材有新的认知（如《三国志通俗演义》对三国历史的新认知，《水浒传》对农民起义悲剧性的新认知，《红楼梦》对男女情爱的新认知，等等）。简而言之，原创性一是"第一个"，二是"前所未有"，三是"新"。能在文学史上留下来的长篇，多半是有原创性的作品。

黄国荣的《兵谣》，就是一部具有原创性的作品。因此，特从这一角度对它进行论述。

一

《兵谣》的原创性，首先表现在它对中国人民解放军近二三十年的历程有着前所未有的新认知和新表现。

在黄国荣看来，二三十年间，解放军的思想建设经历了这么一个"三部曲"的发展过程。第一部曲是"文革"后期至党的十一届三中全会前，部队以"学习雷锋"为中心，开展做好人好事的活动，以此加强部队思想建设。但是，在"学习雷锋"的活动中存在一个如何学的问题。军队里有不少指战员，像《兵谣》中的古义宝那样，每天一起床，想的头一件事，便是今天做点什么好事才能得到上级表扬。别人以为他想的是为人民服务，其实呢，他想的是自己。古义宝义务修车；给学校送红宝书；有便车不坐，故意推着小车进城买菜；到医院看战友，不去与战友见面，却跑去抽血处嚷着要献血……"一切的一切都是为了创造先进事迹，给新闻干事提供素材，想通过他的文章让自己出名，想提干部。"他果然达到了目的，由战士提升为干部。党的十一届三中全会以后，部队思想建设奏起了第二部曲：解放思想，实事求是。以实践作为检验真理的唯一标准，使部队从"左"的思想束缚下解放出来，纠正了过去那些形式主义、教条主义、本本主义的东西。小说里的古义宝，在新时期也发生了很大的变化。他过去是整天故意找好事做，如今他做了许许多多实实在在的事，这些事不是他刻意要做或者故意要做给别人看的，而是真心实意地想为连队为大家做点事情。正如文兴同志对古义宝的评价："做这些事你或许没去想，或者很少想个人的名利，所以你做得很自然，做得很扎实，大家看得见，连队很需要，战士都说好，这种变化还小吗？"古义宝的进步，体现了军队思想建设上了一个新台阶。之后，随着社会主义市场经济体制的确立和发展，军队现代化建设也随之发展。这时候，部队思想建设奏响起了第三部曲，这就是加强训练，从严练兵，提高军队现代化水平的同时，在军费有限的情况下，搞力所能及的生产经营，努力改善部队的物质文化生活，提高指战员的待遇。古义宝也正是在这一阶段率先办好一个团的农场，使其扭亏转盈，为改善部队的物质文化生活、提高指战员的待遇做出了贡献。他的思想境界也升华到了一个新的层次。如此认识人民解放军二三十年间的思想建设历程，在军事长篇小说中尚属首次！而把这样的对人民解放军的新认知转化为艺术血肉，在军事长篇小说中更是首次！

二

《兵谣》的原创性，还表现在它为我们创造了一个在以往军事文学作品中从未有过的新人物形象——古义宝。就古义宝形象的思想深度与艺术厚度而言，他是一个文学典型。

《兵谣》中的古义宝是农民与战士的融合。古义宝出身于贫苦的农民家庭。父亲的教育，周围环境的熏染，使他身上既具有一般农民勤劳、刻苦、朴素、至诚的优点，又具有一些农民自私、小心眼、势力等小农意识。他当兵的目的很明确，就是为日后当官，因为"家里有了当官的就没有人敢欺负"。所以他一入伍，就尽力表现做"好事"。新兵上车了，别人怕卡车"后面暴土"，都往前面坐，他却坐在最后面吃尘土。到部队后，他主动要求上炊事班，因为他到连队后发现，立功的多是历届炊事班班长，集体受嘉奖的也多是炊事班，由此他得出结论，"要想进步快，就上炊事班"。果然，古义宝的名字，第一次上了黑板报。以后他挖空心思做好事，他的事迹上了军区报纸、解放军报，古义宝成了师内、军内的知名人物。当官可以提高自己的地位，可以改变家庭的境遇，可以光宗耀祖，古义宝的这些想法表明，尽管他穿上了军装，但他还不能称为战士。然而，人民解放军是个大熔炉，古义宝进入部队后，他一点一滴地、潜移默化地被熔炼，向着战士转化，思想觉悟一天天在提高。文兴同志疏导他，像他这样自找苦吃"磨炼"，没有什么实际价值。"工地每天有车进城，不是专门为买菜派车，是顺便捎带，既快又方便，也不额外耗费什么，你也不用受累，再说你真想为连队多做事，你回来也可做别的。用不着一天都泡在路上呀！""你再想想，你这样故意自己找苦吃，自找累受，你心里究竟想达到一种什么效果，这种效果又能让你实现什么目的呢。"文兴的话照亮了古义宝的灵魂，他开始了激烈的思想斗争，并在思想上逐渐倾向于文兴。有次他进坑道去作业，掘进段出现险情，古义宝先人后己，结果耽误了撤离时间，一块石头砸在他的安全帽上，他头破血流，"差点儿成了烈士英雄"。在部队思想建设的第二部曲中，他成了实事求是的好干部。及至后来，古义宝摆脱名利的羁绊，在解放军这所大学校里获得了真正的精神自由，成了一个全新的人民解放军战士。

古义宝是优秀的政工人员和出色的经营管理人员的融合。古义宝当了指导员后，他的政治思想工作是带创造性的。新战士上岗害怕，他就陪岗，一直陪到新战士说不害怕了为止；一排有个"老大难"，训练不跟趟，他搬过去跟他上下铺睡，有空就陪他练，陪他计算单独修正量，睡了三个月，他追上去了；一个老兵的对象吹了，古义宝要来女方的地址，每隔三天发一封信，发到第二十六封信时，女方给老兵回了信，又成了，说再也不要让指导员写信了；二排一个战士的父母离了婚，战士吃不香睡不甜，古义宝一次次给他父母写信，父母都给他来信，战士捧着一摞父母的信，面对古义宝哭了……这样的政工人员形象，在以往的军事长篇中也很少见。其后，古义宝因一时感情冲动，跟战友刘金根的妻子发生过当的行为，被调到农场任场长。这是团里不在编的小农场，连代号都没有，前任场长不只不甘心在这儿受罪还渎职贪污，农场建设到了濒临崩溃的边缘，穷困、懒散、破败、亏损，场里二十一名犯过这样那样错误来这儿改造的战士破罐子破摔，人心涣散，一盘散沙。古义宝来到农场，召开全体人员大会。他如此介绍自己："我叫古义宝，1975年入伍，1978年提干，1980年提升为副指导员，1982年提升为指导员，立二等功一次、三等功六次，曾被军区评为'学雷锋标兵'和'模范指导员'，原来我总以为自己当之无愧，现在看来，尽管我做了许多事情，但我离这些称号还有相当的距离。我到农场来是因为我犯了错误。"接着他在战士面前坦白了自己所犯的错误。他的话一下赢得了二十一名战士的信任和尊敬。他作为政工人员和经营管理人员身份开展工作。古义宝规划农场，销售苹果，挣了一万五千元；随后又培育山楂苗，像一个生意人那样找地方生资公司订合同。在他的努力下，农场转亏为赢，军里又在农场开现场会。如此政工人员和经营管理人员融合的典型，在过去的军事长篇里也不曾有过。

古义宝还是严于律己的军队干部与感情生活丰富的普通人的融合。作为军队干部，古义宝很自律，虽然与妻子林春芳并没有真正意义上的爱情，但他绝不闹离婚。尚晶爱慕他，他也爱尚晶，但他理智地扼制住了自己的感情，把尚晶介绍给同乡战友刘金根。然而，作品不是要表现古义宝六根清净、无欲无求，而是真实地叙写他思想深处存在的普通人的情欲，因为曾经爱过尚晶，他有被情感冲破理智的可能。所以，小说真实地揭示，古义宝只是因为刘金根诬告他"强奸"尚晶，他有了深刻的教训，遂与尚晶割断感情上的纠葛。但是，小说并不简单地让古义宝变为正人君子，而是依旧写了他对美好情感的渴望，又促使古义宝在农场工作期间对寡妇白海棠产生了新的感情，但他绝不允许自己越雷池半步。在纷乱的情感纠葛中，他在苦痛中才慢慢厘清，白海棠是他的知音。小说结束时，林春芳主动向他提出"咱们俩散了吧"，古义宝一方面表示不同意，另一方面"心里好乱好乱……"。这样真实地表现严于律己的部队干

部与感情生活丰富的普通人的融合，在当时已经问世的军事长篇小说中也不曾
有过！

三

对人民解放军的认知变了，人物变了，小说的故事也不能不变。《兵谣》的
故事也具有原创性。

谣，指不用乐器伴奏的歌唱，或民间流行的歌谣。"兵谣"的含义是，战士
心中无伴奏的吟唱、军中流行的歌谣。《兵谣》是长篇小说，但它的故事确实具
有"兵谣"的性质，叙唱了军人古义宝的三支歌谣。

一支是古义宝的"入梦"与"出梦"的歌谣。古义宝从入伍的第一天起就
做起了当官的梦，这个梦是他脱离贫困的农村改变命运的梦。他从一大早起床
淘厕所开始，天天做好事，屡创先进事迹，终于如愿以偿当上了司务长。他再
立新功，创造了节煤指标、猪肉自给、蔬菜自给三项第一。升为副指导员后，
工作又有新创造，再升为指导员。他当官改变命运的梦终于实现。不料，他因
偶然犯了男女作风的错误，被调到农场。但他跌倒又爬起来，升为副营职助理
员兼场长，把农场办得花团锦簇、兴旺发达。与此同时，他"出梦"了，他认
识到当官不是人生的目的，人活在世上，要做对世人有意义的事。古义宝"出
梦"了，《兵谣》也就结束。这支"入梦"和"出梦"的歌谣，过去没有多少人
唱过；"入梦"和"出梦"的故事，也没有多少人写过。

第二支是古义宝的恋情歌谣。他与同村姑娘林春芳是初恋，为了表示今后
永不变心，竟在去新兵连前夕与林春芳发生了性关系。偏偏那次性行为，又使
林春芳怀上了孩子，她只好未婚先到古义宝家里当媳妇。尽管古义宝并未遗弃
林春芳，而且始终善待她们母子俩，但古义宝与林春芳之间的初恋并未发展为
美好的爱情。他提了干，尚晶主动追求他，给他写情书。他感到了事情的严重。
古义宝爱尚晶，但他知道他跟她的爱是不会有结果的，可他又无法控制自己不
去想她不去爱她，也无法控制自己不给她回信，他就陷在这样一种矛盾的爱情
泥淖之中。其后，尚晶跟刘金根结婚，但古义宝与她的恋情依然剪不断，理还
乱。他到农场当了场长，又对寡妇白海棠产生了恋情，但这又是一次无望的爱。
他醉酒后对白海棠说："我要说，我喜欢你，我就是喜欢你，我就是要帮你……

我喜欢你，可我不能爱你呀，我是军人哪！"古义宝与白海棠之间的对话，被一位曾犯过错误、让古义宝处分过的战士孙德亮听到后，他大为惊讶："他还是头一次见过男女之间这样纯洁的感情，在他的观念中，男女之间相好，除了那种性爱外不会再有别的。"这支有关古义宝的爱情歌谣，在《兵谣》中唱得又是如此动人。

第三支是古义宝心灵的歌谣。在吟唱第一支、第二支歌谣中，《兵谣》同时不断地唱出了古义宝的心灵之歌。古义宝之所以"入梦"，因为他亲眼见村中的一家地主，平时谁也不跟他家来往，但地主家出了一位穿军装的司令员，一天这个大官回来了，"半个村子的男女老少都围住了那家平常路过都不愿瞅一眼的院子"。古义宝在想一个很深奥的问题，昨日的冷落和今日的热闹，往日的敌视和眼前的亲善，说明了什么，是什么让这两种完全对立的东西转化的。就在这时他心里萌生了一定要当兵的念头，于是他"入梦"了。而古义宝后来"出梦"，则是因为他在部队的浮沉、荣辱、历练中，真正认识到"官并不是一种权力，而是责任"，"如果我把掌握自己部下的前途、命运的这种权力，当作牟取私利的权力玩弄于股掌之中，那我压根就不配当共产党的官"。在古义宝想通了这些之后，他便"出梦"了。古义宝入伍后，碰到两位上级领导，一个叫赵昌进，一个叫文兴。"一个（赵）是直接给你出主意，私的公的跟自己一家人一样；另一个（文）是专门评说指点，毫不客气地挖你的灵魂里的丑恶的东西，告诉你该做什么，制止你不该做什么，没一点儿私情。"这时古义宝理智上与文兴站在一起，感情上却与赵昌进携手。但到"出梦"前后，无论在理智上还是在感情上，古义宝都向文兴靠拢，"他感到赵昌进与文兴想的、关心他的出发点始终不一样"。在这支古义宝心灵之歌的吟唱中，古义宝的"入梦"与"出梦"之歌更加悦耳、动听。至于古义宝在恋情之歌唱响时同时唱出了心灵之歌，更使那支古义宝的恋情之歌让读者刻骨铭心。三支歌谣自始至终交叉、轮流、组合，唱出了《兵谣》的全部故事，这样《兵谣》的故事也获得了原创性。

自然，《兵谣》并非十全十美之作。小说在节奏和密度上还存在着节奏过快、张弛不当的缺点，但《兵谣》能够有此三项原创性，它已经完成了军事长篇的突破。黄国荣同志1968年入伍，当过战士、排长、干事、处长、师政治部副主任，三十多年来在部队里摸爬滚打，有着深厚的部队生活体验。改行从事文艺工作后，他广泛阅读中外名著，从1978年起即创作过许多部中短篇小说，并多次获奖。因此，他写出原创性作品《兵谣》并非偶然。黄国荣同志今年才五十多岁，风华正茂，以其胆识，以其才华，他完全可以在今后写出更加优秀的军事文学作品，我们期待着。

（《解放军文艺》2002 年第 6 期）

目 录

人是什么？一半是野兽，一半是天使。

人们通过每一个人追求他自己的、自觉期望的目的而创造自己的历史，却不管这种历史的结局如何，而这许多按不同方向的活动的愿望及其对外部世界的各种各样影响所产生的结果，就是历史。

——恩格斯《路德维希·费尔巴哈和德国古典哲学的终结》

上卷·入梦

一

新兵要集结开拔了。

公社大院子里比唱大戏还欢闹。一个新兵身边围一堆人，爹娘兄弟姐妹七大姑八大姨再加小哥们儿，有的还有未婚妻。这个嘱咐他要听长官的话，那个要他好好干，这个让他别想家，未婚妻则咬耳朵让他到了外面别变心。小伙子一个个穿上新军装都变了模样，头一次感觉自己在父母兄弟姐妹和哥们儿面前一下子成人物了，喜得合不拢嘴。

古家坡有两个新兵，一个叫古义宝，一个是刘金根。

刘金根像头起性的小骡驹，满院子欢窜。

古义宝却苦着脸，没有一点喜兴，送行也只有他爹一个，连他对象林春芳都没来，满院子新兵只有他成了个别，成了人家的反照。按说他当兵又定亲，双喜临门，应该乐得蹦乐得唱才对头，他这是怎么啦？

为当兵，他不知做多少梦了。早在两年前晕倒在坡上那个上午就有了这念头，具体点说就是他们村那个在外面当什么司令员的坐着小轿车回家看爹娘那个上午有的。那日清晨，他起晚了，娘数落了几句。本来一看那黑不溜秋的地瓜煎饼就没多少胃口，再让娘一数落，赌气抹了把脸，梗着脖子就出门上工去了。那一日队里往山上送肥，一人一辆推车。一车肥好几百斤，你一车我一

1

车，你一趟我一趟，谁也做不得假，谁也偷不得力。更要命的是满车一路是上坡，回来空车才是下坡。加上刘金根这小子干什么都爱跟他较劲，古义宝又特别要脸面，粗活细活、出力用脑，他哪样也不愿输人。气可以赌，力却不从心。送到第三趟，古义宝就浑身冒虚汗，上坡腿肚直打战。年轻小伙子谁不要面子，何况古义宝又特别要面子，没劲也得忍着。空车回村路上，他饿得实在撑不住了，偷偷掰了个青玉米连玉米棒一起嚼了。人是铁饭是钢，一顿不吃心发慌，送到第五趟，身子由不得面子了，他让人落在了坡下，刘金根落他时还故意唱着歌喊他，伙伴们推着空车返回时他才拱到半山坡，他当然不会让人帮他，也没人要帮他，他们扔下一堆笑下山去了。古义宝咬着牙一步一步把那车肥送上坡，弓腰放下车，刚一抬头，眼前突然一黑，他什么也不知道了。

小风把他吹醒，山上除了风吹着小草什么都没有，连只麻雀都没有，只他一个人孤零零地晕倒在坡地，没有谁管他，他心里不免一酸。他顿时冒出一个念头，若要是他不再醒来，等于死一条狗一样。两滴冰凉而枯瘦的眼泪滚出眼角。说不上是他推车子还是车子支撑着他回到村里，村子里竟过年一样欢乐。半个村子的男女老少都围在地主家门前，平常没人进这家门，路过都不愿瞅一眼那大门。今日可不一样了，他家虽仍是地主，但有一辆漆黑的小轿车停在他家门口，那一位穿军装的司令员是那老地主的儿子，他拆开整盒的香烟朝爷儿们扔，他老婆则给女人和孩子们发着饼干和糖块。拿到烟的嗞嗞地吸着嘻着，拿到糖的甜甜地喷着吭着，喜气把过去的敌对情绪驱赶得无影无踪。

古义宝没有走进这圈子，不是他阶级斗争觉悟高，而是一个深奥的疑问拽着他立在圈外，尽管他这时候特别需要饼干和糖，但他没上前伸手。他在想，是什么驱赶走了昨日的冷落，又是什么让敌视变成亲善。他只有初中学历，这个吃地瓜煎饼长成的脑袋瓜里没滋生多少思想，脑壳里脑髓的皱褶也没那么复杂，他没找到完满的答案，但他明白了一个简单的道理，家里只要有了当大官的，就没有人敢欺负。就在这时候，他竟忘掉了饥渴，脑子里生出一定要当兵的念头。

接到入伍通知书那天，古义宝哭了，哭得像死娘老子一样动情。但他这哭不是悲，而是喜，他梦想成了真，心想事竟成，这辈子还没撞着过这种美事，他不哭怎么办？不哭出来弄不好也像范进那憨傻了。

第二天他爹郑重其事跟他说，是林春芳托她姑父使了暗劲，要不这么多人争着当兵能轮着他！这恩不能不报，别再三心二意了，赶紧跟林春芳把亲事定下。古义宝顿时清醒过来，对林春芳的感激便从心底生出，他是不相信自己有这命。第二天晚上，他家摆了席，送他是其一，谢人也是真，更重要的还是把他跟林春芳的亲事敲定。林春芳当然要来帮忙。饭后送走客人，义宝娘撵走弟弟妹妹，故意闪出空来让他们俩在炕屋说说话。

古义宝有生以来头一次单独面对面跟姑娘坐在一起。农村不比城市，一谈恋爱，在公共汽车上都能旁若无人抱成一团亲昵；在乡村订了婚，虽在一个村，平时也很少见面，就算见面也不会两个单独凑一起说，要不长辈会背后戳脊梁。俩人坐在炕沿上，都勾着头看着自己的膝盖，一时都找不着话好说，心里却都有只小兔子在乱窜。倒是林春芳主动扭了头，乡下姑娘心眼死，一定亲，她就铁了心，把自己这一辈子跟那人拧到了一起。她这时想到一去就是三年不能见面，很是恋恋不舍。古义宝发现林春芳定定地看他，那眼光灼得点着了他心里那火，他立即觉得嘴里干渴得很，不明白是菜吃多了还是因林春芳那火辣辣的眼睛把他烧的。接着他闻到一股幽幽的雪花膏清香，香得他气不够喘了。俩人就这么你看着我我看着你，看得都觉着炕烧得太热，屋里也太闷。古义宝便提议到外面走走，林春芳非常愿意。俩人一前一后出了门，这里没马路也没公园，他们只好到场院里去转。不知道转了多少圈，古义宝说："咱们坐坐。"林春芳说："好。"俩人就在一个麦秸垛旁边坐下。还是古义宝先开口，他说："林春芳，谢谢你。"古义宝说的是真心话，林春芳也听出是真心话，心里甜蜜蜜的，本来心里想说谢啥，都两口子了还谢，可她不愿这么说，她把话反过来。她说："别拿空话填和人，一出去还不知把人家忘成啥样呢！"林春芳把这话说得酸溜溜的。

这酸溜溜的话一进古义宝的耳朵，心里那只小兔子拱得就更欢腾了。他觉得她有些可怜又有些委屈，顿时就生出许多男子汉的责任感来。他身不由己地伸出一只手一下握住了林春芳的一只手，紧紧地捏着，这一捏不要紧，俩人都浑身发热喘不过气来了。古义宝打摆子似的说："我要忘了你，我就……"古义宝的后半句话被林春芳的另一只手捂住了。古义宝顺便就拿嘴唇亲了林春芳的手心。林春芳那手被烫了一样立即缩了回去，羞答答地低下了头，轻轻地说："当兵出息了，扔农村姑娘的有的是。"他们已经挨得很近了，彼此都能感觉到对方呼出的热气。古义宝那时只想人得讲良心，她这么帮他，他一定会给她承诺，让她放心。他想不出更好的办法，于是很认真地说："你要是不放心，我现在就跟你定死。"林春芳疑惑地问："定死？咋定死？"

没等林春芳反应过来，古义宝已把她的两只手捧在了手里。除了父母，他们从来没跟异性这么接触过，古义宝的手在颤抖，林春芳心里慌乱异常，浑身着了火似的发热，身子立即瘫软得像面条……

他们谁也没有去想他们做下的事意味着什么，这将给他们带来什么，林春芳失去的是什么，古义宝又得到的是什么。那时他们没有时间去想，他们的脑子也不会这么去想，他们只是都觉得需要这种表白和承诺。

古义宝从麦秸垛里站起来，慌乱地拍打掉沾到身上的麦秸时，一下意识到了自己已经是军人，悔恨立即控制了他。他倒并不是精神境界突然升华到了军人的觉悟，也不是突然想到这事的后果，他只是知道没结婚就做这种事见不得人，这种事老百姓都认为是不光彩的事，按部队规矩论是违反军纪，要是让接兵首长知道了弄不好他这兵就当不成了。部队首长跟他们见面时说了，穿上军装就成了军人，一切都要按军人的规定要求自己。自己怎么就昏了头把这话给忘了呢！

后悔之中，古义宝有点怨林春芳，你一个姑娘家怎么这样没主意，怎么就这么随他摆布呢！所以，他坚决不让林春芳去送他，别再自己找事，让部队首长发现问题。

还有让他不高兴的是他的小弟弟。部队首长给他们交代得明明白白，说照例穿上军装就不允许回家了，只是因为公社没地方住。回家后，一不准把发放的东西送人或留在家里，发的都是装备；二不准把军装被褥弄脏，新兵就一套军装，被褥要满四年才能换发，弄脏了没法换洗；三是穿上军装就是军人，军人的一切行动要听指挥，回家后不许喝酒不许违纪违法。回家后，他小弟弟闹着要盖他的军棉被，他娘让他闹得没办法，临走那晚就让他盖了一晚上。谁承想这小子夜里尿了炕，把他的新被子尿湿了一大片。

古义宝到公社集结，一路上提不起神来，他听不见欢闹的鼓乐，眼睛里只有一路黄土，田野里稀疏的麦苗几乎跟泥土一个色，远看就像一片荒地；路边没有一棵树，只有一些干枯的酸枣棵，还有一些干枯的茅草在寒风中抖动。一路荒草稀疏兔子不拉屎的大片土地更让他惊觉，从申请入伍到穿上这套军装，他做了不少坏事，与林春芳偷着提前做夫妻、让弟弟尿湿棉被，没做一件好事。

他警告自己，如果这样下去就白费了他写决心书时的那鲜血，现在怎么离开，三年后就仍怎么回来，一辈子就干那面朝黄土背朝天的营生。他看着那些精神抖擞的同乡战友，一个个精神百倍地超过他而去，他忽然明白了一个道理：你不向前别人就向前。

"义宝，林春芳怎么也不来送送？"刘金根这些天一直处在亢奋状态。

"我们散了。"

"骗鬼呢！前天小两口还躲在屋里亲热，你娘没让我去打扰。"

古义宝那脸唰地红了，他急了眼："金根，到部队你要是跟人说我已经有对象，我跟你拼。"

"嘿，这是怎么啦？当兵又不是去做和尚，有对象怕啥？"

"我小人在先，这么早找对象，不是什么光荣事，我不愿意让部队的战友和首长知道这事，你听明白了，要是别人知道了，我就把你在学校干的那事抖搂出去。"古义宝说得一本正经，没半点开玩笑的意思。

刘金根立即就没了脾气，就跟那次刘金根背着他在文兴面前损他，古义宝立时让他额头鼓起个包包一样，刘金根见古义宝要吃人似的眼睛，立即就闭了嘴。刘金根究竟有什么把柄让古义宝捏着，只有他俩知道。

车要开了。新兵们排着队领路上的食品。古义宝没站在新兵的队伍里，却勤快着手脚帮带兵班抬食品。抬完食品不算，还帮着班长拿食品发给新兵，等新兵都领完食品，他才最后一个领。

新兵们开始排队上车。卡车搭着帐篷，车屁股后面敞着口，坐后面要吃土，都想往前面坐，可又不敢。古义宝悄悄地从队伍中间出来，借扶别人上车之机，站到一边专门为大家服务。新兵一个个都上了车，他再帮司机一起关上挡板，又帮着煞紧篷布绳，然后才上车坐到最后面。这一些举动都被细心的文兴干事看在了眼里，他是师文化干事，特意到接兵站来挑文体骨干。文兴不光自己发现了古义宝的行为，他还让接兵连长注意到了古义宝。

二

熄灯号吹灭了营区的一盏盏灯，吹去了连队的喧闹。夜色伴着节奏柔慢的涛声把军营带入了朦胧。已经下到连队的新兵们还没习惯这种一切行动听号令指挥的生活。不管你困还是不困，熄灯号一响必须立马熄灯上床睡觉；无论是酷暑严寒还是雨雪风霜，无论你如何累如何好睡，起床号一响就得像身下安弹簧般弹起穿衣下床。

古义宝静静地躺在床上，躺在炊事班靠门的双层床上铺。下铺老兵的呼噜已奏出旋律，两眼还瞪得如牛蛋一样看着屋顶天花板。

新兵连训练结束，古义宝和刘金根一起被接兵连长带到了守备三连。刘金根被分到八五炮排，古义宝被分到火力排。四天后，古义宝向连长交上请调报告，要求上炊事班。第六天，古义宝被批准上炊事班。那天晚饭后刘金根找古义宝，神神秘秘地把他拉到背人处。

"你小子玩什么鬼心眼，怎么申请上炊事班呢？"刘金根一副责问的神态。古义宝当然不能跟他说实话，他说："现在咱们都穿上军装了，又是老乡，不能再你争我斗狗肚鸡肠，咱要相互关心，相互帮助，相互照应才对。"刘金根嘿嘿一笑，说："理是这理，那你就跟我说实话，打什么鬼主意？"古义宝说："我要求上炊事班是为了更好地锻炼改造自己。""放屁！骗得了别人骗不了我，没好处你能主动要求上炊事班？鬼才信呢！"古义宝说："那你说我为什么。"刘金根说："我想不明白才来问你的呀！当兵的不愿操枪操炮，主动要求上炊事班喂猪做饭，为了多吃点多占点？这恐怕不划算吧！"

古义宝差点笑了，刘金根这小子就是四肢发达头脑简单。多吃多占？到了部队，谁不觉得天天跟过年似的！虽然一人一天只有五角五分，可连队有菜地，猪养了十几头，隔几个礼拜就宰一头，靠着海边一个礼拜至少吃两次鱼；就是没鱼没肉，大米饭白面馒头也是管够，真是老鼠钻进了白米囤，还用为吃费心思？不过，古义宝没笑出来，也没反驳刘金根。他想，与其让他知道他上炊事班的真实动机，还不如让他就以为是为了多吃多占好。

古义宝在老家穷怕了苦怕了，贫困让他生就一颗不安分的心。穷则思变，他时时都在琢磨怎么改变自己的命运。想多了，脑子里的弯弯道就比同乡战友多得多。一到连队，他很快就发现了一个秘密：虽然全连战友一色着装，一同操练，一样流汗，几乎分不出啥差异，可一进俱乐部差异就显出来了，光荣榜上，立功的是炊事班长，集体嘉奖的是炊事班。再一想，当兵前听说的军队模范先进人物，几乎都是当炊事员出身的司务长。由此他得出一个结论：要想进步快，就上炊事班。于是他就写了申请，果然连里做了调整，炊事班的一名老兵下了排，他上了炊事班，古义宝的名字第一次上了黑板报。黑板报是连队的连报，是党支部的喉舌，有些新兵不以为然，有的就受古义宝启发动开了脑筋。

古义宝喂完猪挑着两只空桶路过黑板报。眼睛一扫扫着了刘金根的名字。他刹住了脚，扭着头看到醒目标题《厕所卫生的秘密》。军营里种菜，粪便是基肥。打扫厕所不是件好活，山东部队厕所的每个蹲坑里都垫着干土，粪便满了再挖出来，一层土一层粪堆成堆闷着沤，然后再挑水把厕所扫刷干净，再给每个粪坑里垫上干土。干这活又臭又脏，还要花大力气，大家不愿干的活只好按班排列表轮流值日。刘金根发现，这个值日派到谁头上谁都是无可奈何，于是他每天提前起床，悄悄把这活干了。大家不愿意干的活他主动去干，自然是件该称赞的事。古义宝急得跺了脚，劲用大了，咣当！扁担后面那只猪食桶让他跺掉地上了。他一边提桶一边埋怨自己，我怎么就没想到呢！

刘金根第二天清晨提前起床去淘厕所，碰上两个新兵从厕所里败兴地走出来，说厕所已经被人打扫了，他们都感觉这事搞成这样很没意思。刘金根想，谁起这么早，他夜里还睡不睡觉。其实打扫厕所的人睡得香着呢，他就是古义宝。他的心计的确比他们胜一筹，为这事他真费了一些心思。清晨提前起床淘厕所，提前多少时间才能赶在别人前头？你提前，我再提前，夜里还睡不睡觉？再说也不好上闹铃，这会影响别人睡觉，遭人讨厌；不上闹铃睡过了就让别人抢了。想来想去他觉得清晨提前起床淘厕所不好，于是想到了熄灯后。等大家上床睡下后去打扫，既用不着提心吊胆成宿睡不好觉，又不会有人来争，也不会被人发现难堪。刘金根他们正觉得没趣的时候，古义宝却美滋滋睡得正香。

古义宝在连队一个月，饱饭一撑，浑身有使不完的劲。做好事还真难，厕所就一个，菜地都分到了班，这点活还不够班里新兵干的。院子每天都集体打扫，真找不到多少事可干。可不做好事不光是闲着难受，不做好事就无法与众不同，就显不出自己，就实现不了出人头地那梦想。

古义宝头脑还是比别人灵一些，他很快就找到了可做的好事。上级机关常有人来连队，连部门口总停着一些自行车。机关干部下基层，除了陪同首长有车坐，一般都骑自行车。首长们忙，车子脏了顾不得擦，零件缺了没时间换，部件坏了也瞎凑合。古义宝就悄悄地帮人擦车修车。他擦的第一辆车是宣传科报道干事赵昌进的，赵昌进到守备三连来了解报道线索。报道组那辆公车，车不旧，保养却极差，外带的胶皮针还没磨掉，钢圈和辐条却沾满泥水生了锈。

正好车没锁，古义宝像逮着猎物般悄悄把车推走。古义宝到炮班借了钳子扳手，还灌了一瓶汽油和一小瓶润滑油。先洗后擦再上油，着实下了功夫。

下午赵昌进要离开连队，找不见自己的车子。其实车子仍在连部门口原处放着，他也看到了，可那是辆新车，他怎么能认出来呢？赵昌进没有急于离开连队，他特意到炊事班找了古义宝。他没有简单地表扬或感谢古义宝，而是按采访思路深入地跟这个新兵进行了一番交谈，并十分真诚地给了他启发和诱导。

古义宝激动得很是局促和不安，他一个新兵跟师里的首长说话，局促是自然的；不安是他做这种事，心里完全是打的个人小算盘。他不敢抬头正眼瞧首长。但赵昌进的诱导和启发让他没工夫局促和不安。

"你怎么会想到帮别人擦车子的呢？"

"我看首长工作都挺忙，我闲着也是闲着，帮首长们做点小事，首长好省下时间多做大事。"

"你怎么会想到用晚上的时间挖厕所的呢？"

"我想排里的战友训练比我更累，大家早晨起早要少睡觉，这样好让他们多睡一会儿，第二天劲足好搞训练。"

"这样好，你能处处为他人着想，时时为连队建设操心，很好。那么你想没想利用星期天为群众义务修车呢？"

古义宝愣了一下，抬起头。他确实没想到要义务为群众修车，但他发现赵首长那眼神不希望他说没想，他不能让首长失望。于是，他不好意思地说："我想了，只是还差点工具，准备这个礼拜进城添置点材料和工具，下个礼拜就可以开始。"

古义宝说这些话时脸红了一下。他吃惊自己怎么会顺嘴说起假话来，而且说得一点不打磕巴。这是他第一次在首长面前撒谎，他压根还没想到要买材料工具为群众修车，可他觉得首长都提到了，自己要是还想不到是不好的。

赵昌进非常满意，他一点都没有发觉古义宝在撒谎。他看到他脸红了，也发现他很局促，但他全理解成单纯、诚实、谦虚、害羞，不好意思在他面前表白自己，尤其是自己还没做的事，不愿意先说。于是他很满意地说："好，年轻人应该把有限的青春用到无限的为人民服务之中去。"

古义宝恨自己的脑子笨，不能把首长的新鲜话全记下来。

"你写日记吗？"

"我……我……"

"别不好意思，我不要看你的日记，要坚持记日记，这是鞭策、督促、激励自己的最好方法。下次我给你带一些学习材料来，看看那些先进人物，他们是怎样严格要求自己加强自我思想改造的。一个军人要有思想，不能单纯为做好事而做好事，要有思想，有思想才有高度，一味为做好事而做好事就庸俗了，就不会有发展前途。"

古义宝为能碰到这样一位好首长而兴奋，兴奋持续到凌晨。尽管他还不能完全理解赵干事那些话的全部含义，但他明白赵干事是真心诚意在关心他帮助他指引他，他浑身冒出一股敢上九天揽月、敢下四海擒龙的力量，决心好好干，豁命干，干出成绩来，为赵干事争气长脸。他越想越激动，激动到后来又忧愁起来。忧愁的是他原本没有买修车工具的打算，原计划星期天进城把节约下的十五元津贴寄给爹，家里穷得连酱油都打不起，眼巴巴在等着他的钱改善生活。现在牛皮当着赵干事面吹了，说出去的话，泼出去的水，人家是师里的新闻干事，欺骗他，比欺骗爹还罪过，这辈子就别想有出息，一辈子前途就此葬送！怎么穿着军装离开古家坡的，再怎么脱下军装滚回古家坡。可要是兑现那牛皮，用这点钱买了修车工具，就没钱给家里寄。临离家时他爹千叮咛万嘱咐要他一分一毛地节省，家里穷，多省点钱往家捎。他当时听着爹那话，鼻子发酸，心头一热，当场就答应爹每个月节约八元钱，自己一个月只用一元钱。要是不寄，骗爹不孝事小，爹会在全村人面前当众骂他，这脸就丢大了，春芳要听到会怎么想！古义宝怎么能睡着？骗爹好还是骗首长好，他权衡到天亮还没拿定主意。

吃早饭的时候，古义宝看到了刘金根，刘金根让他有了主意。中午古义宝把刘金根拽到操场上，求他借十五元钱给他。刘金根问他借钱干什么用，他说给家里寄。刘金根说不能一下子寄这么多，以后寄少了反挨骂。他骗刘金根说他的十五元钱不知怎么掉了，要不寄他爹会在家里骂他，早晨他连打五个喷嚏呢。古义宝说得很自然，他认为骗刘金根不是道德品质不好。刘金根没觉着古义宝在骗他，很爽快地借了，不过提出一个小条件，别跟他争淘厕所。古义宝也很爽快地答应了。

不久，古义宝上了军区报纸，他的名字第一次印成了铅字，文章是赵昌进写的。古义宝趁大家吃饭的时候偷偷地躲进宿舍，从褥子底下拿出那张报纸。他双手颤抖着看那文章，他看到一半眼泪就流了出来。他连续看了两遍，流了两次眼泪。他没法不激动，他的祖祖辈辈，没有谁的名字上过报纸，他的长辈们在那块穷得鸟不拉屎的土地上悄悄地降生，默默地活着，又悄悄地死去。他们的降生、活着与死去，似乎与这个世界毫无关系，出了家门，出了村子再没有人知道他们，再没有人关注他们的生老病死，这样的人活着与死去几乎没有什么区别。他要再找一张报纸，寄回家里让家里的人和村上的人都看到，让他们都知道他在外面登了报纸，让全村人羡慕羡慕。他先把那张报纸藏到了三屉桌他的那只抽屉里，这是士兵唯一属于自己的秘密世界。里面除了积攒下的津贴和不能公开或不想公开的秘密，还有属于自己的隐私，他把文章也作为需藏匿的东西珍藏起来。他刚锁上抽屉，刘金根就闯了进来。

刘金根很生气地说："你小子心眼儿太坏，竟骗我，拿我的钱买修车工具争名誉，自己的钱寄回家，弄得我挨家里来信骂，说人家古义宝知道节省钱孝敬爹娘，我在外边忘了家。"古义宝觉得理亏，却又想不出法来补偿。后来说："要不星期天咱俩一块修车？"刘金根不领他这情，说："我才不来做你的陪衬，自己已经出了名，再叫我去帮你出力，拿我当冤大头啊？"古义宝没别的法，只好答应星期天买包好烟谢他。刘金根说："这次先便宜了你，下次再要骗我一定不饶你。"

三

连队开到双顶山打坑道，离城四十多里。古义宝有些日子没见到赵干事了，见不到赵干事他心里空落得没抓没挠。

古义宝尝到了做好事的甜头，赵干事来三连两次，古义宝就上了两次军区报纸。一上军区报纸，古义宝就成了先进，当上了代理给养员。几个礼拜没见赵干事来，他很有点盼赵干事来。古义宝自然不知道赵干事来三连也尝到了甜头，他不只见报篇数增加，还成了培养典型的伯乐，受到了领导的表扬。

古义宝感觉赵干事这首长太好了，每次来连队，他都要单独跟古义宝谈一两个钟头；每次赵干事一来，古义宝便会冒出敢上九天揽月、敢下四海擒龙那劲头，想尽一切办法做好事。什么事做多了都会成瘾，古义宝做好事也成了瘾。每天清晨醒来，他想的头一件事便是今天做什么好事，一天不做好事，他就觉得没法向赵干事交代，心里就有愧，他几乎每时每刻都在寻找做好事的机会。这些日子他又用心思创造了不少先进事迹，只盼着赵干事来把他的事迹宣扬出去。

连队来山区施工，生活供给很不方便，鱼肉蛋菜都要到城里去买。古义宝跟着工地拉料车进了几次城，觉得挺费劲。古义宝想起了赵干事的话，不要为做好事而做好事，要有思想。做好事不就是好思想吗，怎么另外还要有思想呢？他不大明白，又不好意思问，于是便老在心里琢磨。那天往山上送午饭，到排砟子的谷底小溪洗手，发现谷底小溪两边有好多空地。他豁然开窍，这里可以开荒种菜嘛！这样既节约了钱，又改善了生活，这算不算既做了好事又有思想呢？古义宝瞒着连首长，趁进城买菜的机会买了菜籽，在小溪边开出了一块块小菜地。

二班一个新战士得了阑尾炎被送进了师医院，古义宝的第一反应竟是暗暗一喜。他再进城买菜时，加快了买菜的速度，把买好的菜存到店里，又买了一兜水果，急急忙忙直奔医院。他踏进医院大门时，赵干事的话又响在他的耳边，做好事要有思想。这样到医院看战友似乎太平常太平淡了，古义宝站在医院大厅里犯愣，看着在他面前匆匆过往的医生护士们，看着看着就看出了主意。古义宝立即离开大厅，他没有立即去看战友，而是疾步走向手术室。

古义宝来到手术室对医生说："我是 O 型血，我要献血。"在场的医生护士都一愣，说："我们没有动员献血啊。"古义宝说："我们连队在双顶山施工，来一趟不容易，你们给我抽吧，血总是有用的。"外科主任赞扬了他的精神，问他是哪个团哪个连的，叫什么名字，说现在有留存的血浆，不缺，不需要献血，以后需要的时候再献。古义宝执意要献。医生护士被他的精神感动，就给他抽了三百毫升血。古义宝这才了却心愿再去看望二班的战友。

古义宝只顾着做好事，把约定的乘车时间扔到了九霄云外，赶到乘车地点时，司机把他骂了个狗血喷头。古义宝自知理亏，只能强装笑脸给司机赔不是。司机挺横，连驾驶室都不让古义宝坐。古义宝在车厢水泥包上颠得坐不住，只能趴着，心里很不舒服。穿上军装，还没人训斥过他，让一个开车的训，憋气。"我又不是去玩，我是去做好事，三百毫升血哪！你舍得？你有这觉悟？你有什么资格训我！"古义宝为自己这么一辩解，心里就舒服了许多。心里一舒服就开了窍："做好事反挨训，挨训了不计较，我还要做好事，这才是思想呢！"想到这里，古义宝心里的气没有了，反而特别高兴。他恨不能谢谢司机，要不是司机训骂，他怎么也弄不懂赵干事的一片心意。

古义宝心里愉快起来，浑身又有了劲。可他怎么也抹不掉脑子里司机那张蛮横的脸，好像车是他家的一样。何必要求他呢？对呀，我可以自己推车步行进城买菜。搭车进城要看司机脸色，你出力吃苦，别人还以为你挺舒服，坐车进城，又逛街，又看景。自己推车进城买菜就大不一样了，为大家改善生活自己出大力流大汗，这不是思想嘛！

古义宝怀着这样的思想推车步行进城买了两次菜，可是真他娘累。别说推车，就是空手来回走八十多里山路也够他娘受的。还算不错，力没白出，汗也没白流，指导员两次晚点名表扬了他的精神。古义宝心里还感觉不太满足，他那胃口一点点在变大，连里营里团里表扬已经不怎么解渴，他还是盼着赵干事来，赵干事那文章可不是表扬能比的。赵干事不知干什么去了，一点消息都没有，他当然不能给赵干事打电话。赵干事没盼来，却收到了林春芳的信。当兵后，他给林春芳写过两封平平淡淡的信，都是背着人写、背着人寄的。他千叮咛万嘱咐，不让林春芳给他写信，他正在积极努力奋斗，这么早搞对象影响不好。他还把碰到赵干事的事告诉了她，想要他有出息，她就得忍着。

信是从连队营房转到山上，在营房压了一个多月。古义宝一看信封就来了气，让她不要写信，她却还是写了。古义宝躲到厕所里，一边拉一边看。看到第二句话，古义宝差点一屁股坐到粪坑里，那句话让他冒出一身冷汗。他没敢再看下去，生怕别人发现，从离开厕所到第二天凌晨，他那颗心蹦跳得没能平静下来，第二天两个眼球通红。

古义宝进城时把信带在身边。出了村子过了几道坡，他看前后没人，一头钻进路边的玉米地里，把林春芳的信从头至尾看了一遍。一点没错，写得明明白白，她已经怀孕了！问他，自己是来部队结婚，还是到医院打胎。

古义宝在玉米地里捶胸顿足抽自己耳光，他后悔得剜心痛。怎么一时昏了头做出这种混账事来呢！他真后悔，那件事他一点记忆都没了，除了林春芳那一声"哎哟"和一大堆急三火四乱七八糟的动作，什么感觉都没给他留下。他根本说不清那件事是怎么回事，像傻子一样做了一件傻事。可她怎么就怀孕了呢！真他娘傻，还要来部队结婚，你这不是要毁我吗？这事能让人知道吗？要叫领导知道他不卷铺盖中途复员那才怪。事不宜迟，刻不容缓，必须让她立即到县医院打掉。古义宝立即在玉米地里就手写了信，没有商量的余地，让她瞒着父母叫她姑父带着到县医院打掉，不能让村上的任何人知道，也不要让他父母知道。要让人知道了传到部队上，他一切都完了。

古义宝被这事搅得头昏脑涨，进城忘了带中午的干粮和咸菜，买好菜肚子里咕噜噜叫才想起这件事来。下馆子吃了没处报销，自己掏腰包舍不得，饿着肚子又无法把这一车菜推回去。犹豫半日，狠狠心吃了一碗面条。

一碗面放到小伙子的肚子里能顶什么饥呢？加上一夜没睡好，走出不到二十里路他又跟送肥晕倒那次那样开始冒虚汗，两条腿发颤，连手心都出汗，浑身的力气全跟着虚汗冒了。眼前的路对他来说是没有穷尽，他心里发了毛，感到自己没有力气把这一车菜推回去。他把车子停到路边，剥开一棵白菜心生嚼起来。

吃了白菜心，古义宝在路边坐了好一阵，觉得找回来了一些劲儿，就又上了路。他又艰难地走了五里多地，来到一个大坡下。他咬着牙，一步一步把小车推上了坡，上到坡顶，他弯腰放平车，直起腰来擦把汗，刚一抬头，眼前一黑就什么也不知道了。

古义宝醒来，眼前一片雪白，他搞不清自己在做什么，也不知道身在何处，弄不清自己是在梦中，还是醒着。他惶恐地想坐起来，发现手上正打着吊针。是老乡救了他，把他送进了当地卫生院。

晚上连长和副指导员从施工工地赶来卫生院，给他带来了许多补养品，说了许多赞扬的话。古义宝哭了，哭得很地道。连长和副指导员以为他是感动的，两个人一起安慰他表扬他。越安慰越表扬古义宝越难过。在他这里是自己做了不敢言说的见不得人的事，他很对不起连首长，可他心里的话一句都不能往外掏。连长和副指导员让他安心休息，不要急于出院。

古义宝听到隔壁有小孩的哭声，他让护士把连长他们送来的东西都分给隔壁病房的孩子们吃。他第一次不带思想不带目的地做了件被医生护士称赞的事。他对医生护士的称赞没有任何反应，这也是他第一次这样麻木地面对别人的表扬。

这时他突然不由自主地想起了赵干事，此时此刻他忽然怕赵干事来。他在心里祈求赵干事这会儿可千万别来。真是怕什么偏来什么，赵干事真来了。赵干事是先去了施工工地，把情况了解了再赶来医院的。跟往常一样，赵干事不需要古义宝谈事情的具体过程，他只问古义宝是怎么想的，他要摸古义宝的思想高度。古义宝打心底里难堪。赵干事却夸他开始成熟。在赵干事面前，在自己正面对的棘手麻烦面前，再想到自己前途渺茫的现实，古义宝不得不顺着赵干事给他竖的梯子往上爬。他把自己那次在车上想的，把开荒种菜的动机和所谓思想的东西全都说了出来，只是把忘带干粮和一夜没睡导致晕倒这一直接原因故意忽略。

赵干事激动得几乎想拥抱古义宝。他语重心长地对古义宝说："人的灵魂深处只有两个字，一个是公字，一个是私字，这是一对永恒的矛盾，公战胜一次私容易做到，难的是一个人时时刻刻防备警惕并粉碎私的进攻。"

赵干事说完，又风风火火坐摩托车赶回了机关。

四

文兴是古义宝的事迹上了军报以后去的三连。

双顶山是石灰岩，石质不是太好，塌方接连不断，虽没死人，但已经有三个士兵被送医院住了院。黑洞洞的作业口如同魔鬼张着血盆大口，士兵们走进这黑洞如同走进魔窟，提着心吊着胆，施工进度直线下降。面对这种生死考验，说教式的政治工作显得软弱无力，甚至起反作用。这个时候，干部和党员的以身作则最具号召力。人心都是肉长的，将心比心是个人最高级的修养。文兴作为师团工作组成员来到工地，他的任务是要帮连队搞工地文化活动。

正是槐花盛开的季节，条条山谷里槐树交相掩映填平了沟谷。登高远望，一条条山沟像一条条绿色的河；一串串雪白的槐花挂满枝头，如同一簇簇白色的浪花。山墅到处流溢着浓郁扑鼻的芳香，士兵们每天踏着这一路芬芳去与死神较量。文兴决定在工地建广播站和工地墙报，让音乐、歌声驱赶空寂和恐惧。

文兴在去连部的路上碰到了古义宝。古义宝发现文兴的瞬间，他的双眼眯缝成两条弯弯的线，两片嘴唇也随之向上向下张开来。十五米外，他的右手就五指并拢，中指自觉贴于裤缝，极不协调地甩着一条左臂向文兴接近，一直走到文兴的跟前仅两步的距离才戛然立定。一声响亮的"首长"吓得文兴一愣，文兴赶紧伸手。古义宝却迅速抬起右臂构成一个僵硬变形的军礼，反弄得文兴伸出去的手握了个空。

古义宝每天中午都往工地送饭，文兴几乎天天能见到他。文兴发现，古义宝每次见到他总有一点局促和尴尬，似乎有意在回避他。古义宝是文兴带来的兵，对自己的部下关心这是自然的，文兴几次想找他坐下来聊聊，总碰不上合适的机会。古义宝来工地是送饭，谁也没要求他进坑道作业，但他每次分完饭就悄无声息地钻进坑道跟班排作业，无论谁劝阻，无论炊事班有多忙，他都一直这样坚持着。

文兴不完全明白古义宝见他为什么总是局促和尴尬，倒像是他捏着他什么把柄掌握着他致命的隐私似的，可他并没掌握任何于他不利的东西。尽管他没像赵昌进那样帮助他，但他对古义宝印象不错，单纯老实，勤快上进，挺好的一个小伙子。文兴一看到他那局促样，心里不免生出几分怜悯和同情。不少农村来的兵，都有这样一种自卑心态，因为想找出路，想摆脱贫困的农村改变命运，就一面拼死拼活干，一面小心翼翼为人处世，生怕得罪了谁。这就不能不让有正义感的人生出许多怜悯与同情。

文兴是城市来的兵，是上下公认的没有架子的人。有人认为没有架子的人一般没多大能耐，然而文兴则认为，只有那些不学无术没有真本事的人才怕别人小瞧自己，故意端起一副了不得的架子吓唬人。文兴从来没有过不被人尊敬的感觉，无论是上级是下级，是男是女，是老是小，他都很有礼貌，别人对他也都很亲近。偏偏古义宝让他感到他与古义宝之间有距离。他想来想去，也许修车那件事让他至今心里有愧疚。

文兴到守备三连检查俱乐部活动，骑的是自己刚买不久的加重"永久"车。古义宝照例每天要到连部门口转转。古义宝看到了文兴的车，但他并不知道是文兴的车。车子没锁，很新，也很干净，只有钢圈上有一些泥水。古义宝推走一检查，发现辐条松紧调得不匀，于是就把辐条一一作了调整，然后再擦车。他擦得很仔细，车子本来就不脏，他就只好专找那些旮旮旯旯抠擦。文兴的车子是胀闸，古义宝擦闸时为了方便动作，松开了后闸拉条的螺丝。古义宝把车擦好，文兴正好要走，通信员赶到炊事班把车子推走。

三连营房坐落在半山腰间，乡下公路上没多少车，文兴一出三连营门就撒把飞车下坡。下到半坡，没想到旁边岔道上一台拖拉机和一辆马车抢道上公路。文兴急忙刹车，结果车闸失灵。是古义宝匆忙中忘了把后闸拉条的螺丝上紧。车子向拖拉机、马车撞去。文兴慌了，想停停不下，想拐拐不得。眼看就要和拖拉机相撞，文兴撒把一倒，人没出事，只是手和膝盖破了点皮，自行车却坏了，前轮被拖拉机压得变了形。

文兴没跟连里说什么，机关还是有人把这事传给了三连。古义宝心里很内疚，好心办了坏事，很不好意思。古义宝自己也说不上为什么，自打体检那会儿见到文兴后，他就有点怕文干事，他也不明白，不知为什么一碰上文干事总没好事。

在体检站，刘金根告诉古义宝，说部队一位首长在找他。他很紧张，素不相识，首长怎么会指名要找他呢？

文兴是看到了古义宝写的血书才想找他的。古义宝见到文兴很紧张，文兴就很随便地拉他在路边的石头上坐下，很随和地要他实话实说，他为什么这么坚决要求当兵。古义宝非常为难地看着文兴，他不知道该怎样回答。说为了保卫祖国，怕首长怀疑他撒谎说假话；说为了离开山区找出路，又怕首长笑他觉悟低不让他当兵。

文兴看出了他的心思，古义宝自然不知道文兴会写小说，更不会想到他找自己谈话并不是为了工作，而是要了解普通人的内心世界。文兴看他为难，就实话告诉他："不要有什么顾虑，我不是以部队领导的身份跟他谈话，只是随便聊天，有什么说什么，不论说什么与你能不能当兵毫无关系。"古义宝这才说，"家乡太穷，在这山沟里一辈子不会有出息。"文兴说："当兵津贴也只有几块钱。"古义宝说："部队起码不用愁吃穿。"文兴说："当兵也挺苦的，施工打坑道比家里干活还苦，而且还有生命危险。"古义宝很坚决，说："苦不怕，再苦也不会比家里苦，人吃饱了穿暖了就是要干活的，再苦再累都不怕。"文兴说："当兵也不一定都能找到出路，提干的比例很小，一百个里面也就两三个。"古义宝说："那起码也能见见世面，学点东西。"文兴就告诫他："因名额有限，身体合格的也不一定都能当上兵。要有两手准备，万一当不上兵，在家也不是没有出路的，事在人为。"古义宝没再说一句话，把头埋到了两条腿上。

文兴在工地上吃饭，旁边一帮士兵一边吃着饭一边在说话。

"又进去了？"

"进去了，也挺难为他的，当先进不容易呀！"

"这样的先进我宁愿不当，有什么意思！"

文兴听出他们在说古义宝，就不露声色地认真听着。

"有车不坐，故意步行进城，不知道他算的是什么账。"

"哎！要不怎么能显出精神呢！"

"说穿了还不是为那名声，为那四个兜吗！"

"别背后议论人啊，人家可是师里树的典型。"

文兴听了这些，心里有些沉重。

吃过晚饭，文兴到炊事班找了古义宝。古义宝像个懂事的大孩子一般跟在文兴的身后，他们一前一后走出了村子。两个人一前一后走着很别扭，文兴就停下来等古义宝，可走不了几步古义宝又落到了后面。古义宝自己也搞不明白，他在文兴面前怎么也不能和在赵昌进面前那么自在。文兴只好再停下来等他，让古义宝跟他并排着走，古义宝只好勾着头与文兴一起往前走。

文兴没跟他谈工作，也没有问他学习，只随便地跟他拉家常，问他家里怎么样，问他未婚妻来信没有。本来很平常的问题，古义宝却非常尴尬，竟满脸通红。

这些日子，古义宝让林春芳怀孕的事给弄得十分敏感，别说问未婚妻，就是提到家乡他都胆战心惊。林春芳又来了信，她不愿去流产，舍不得肚子里的孩子。古义宝几夜没能睡觉，没办法他只好直接给她姑夫写信，幸好她姑夫明白其中的利害关系，做通了她的工作。可这事已经在村里传得沸沸扬扬。那天晚上，刘金根神秘兮兮地来找古义宝，满脸幸灾乐祸。古义宝只能和盘向他托出，让刘金根的耳朵过一回瘾。接着他们便订下盟约，古义宝保证不提刘金根在学校做的一桩见不得人的事，刘金根也不得泄漏古义宝未婚妻的事，两相扯平。盟约虽有了，但古义宝对刘金根始终不放心，心里还是悬着块石头，随时警惕着刘金根。文兴一提到未婚妻，他不能不想到刘金根是否出卖了他。

文兴是知道林春芳怀孕这件事的，而且确实是刘金根告诉他的。倒不是刘金根背信弃义故意损古义宝，是刘金根和文兴闲聊时无意中说漏了嘴。

刘金根是在师军体队跟文兴结下的交情。刘金根来到部队后，没想到单双杠、跳马这些玩意儿也是军事技术，他终于找到了用武之地。本来就喜欢这些玩意儿，这下更来了劲，起早贪黑黏在这上面，一天不玩浑身不舒服。他这么一练，不仅能准确熟练地完成训练要求的规定动作，而且还自己摸索着练就了一套自编动作。不久，他便当上了连里的军体教员。师里组织军体比赛，老天爷终于给了他露脸的机会，比赛结束他就被选拔到师军体队。这个军体队是文兴和一位参谋负责。他本来就认识文兴，自然是一见如故。文兴对谁都一片真诚，何况刘金根在军体队表现极好，在军里比赛给师里争得了荣誉：团体第一他是主力，单杠拿了个人自选动作第一，跳马拿了个人第二。他是带着师里直接给的三等功回的连队，回连不久就当了班长。文兴来到连队，他几乎天天要去看他。那天晚上散步，文兴问了他家的情况，问到古义宝的未婚妻时，他失口说漏了嘴。

古义宝不能不打自招，他低着头不敢看文兴，底气不足地说自己还年轻，不能这么早就谈恋爱。文兴听了忍不住笑了，说："是不是穿上军装看不上乡下姑娘？"说者无意，听者有心，古义宝一下急白了脸，矢口否认。文兴不解地问："谈恋爱有什么不好的呢？谈恋爱和服役是两回事，没有一点矛盾，我上高中的时候就有女朋友。干革命就不能找对象了吗？马克思不是还喜欢年轻美丽的燕妮吗！"

古义宝疑惑地看文兴一眼，心里想，我不能上他的套。文兴似乎从他的眼神里看出了一些东西。他总觉得农村兵致命的弱点是摆脱不了狭隘的农民意识，他想让他明白这一点。于是，文兴故意问了一个让古义宝难以回答的问题。他问古义宝进城买菜为什么有便车不坐却要故意步行。

古义宝的脸又立时通红，他低着头没回答文兴的问话。

文兴见古义宝羞于开口，以为他不愿标榜自己，于是鼓励他说心里话，随便聊天不要有什么顾忌。古义宝再不想与文兴随便聊天了，他告诫自己不能跟文兴说心里话，于是跟文兴说，为了大家自己愿意多吃苦，苦累可以磨炼自己的意志。

文兴听得出来，这不是他的心里话，他没有要笑古义宝的意思，也不是要打击古义宝的积极性，他只是想让古义宝明白人应该实实在在生活，实实在在做人。文兴诚恳地跟他说："你想过没有，这样磨炼的实际价值是什么？工地每天有拉料施工车进城，不是专为你买菜派车，是来回顺便捎带，既快又方便，也不额外消耗什么，你也不用受累。再说，假如你真是想为连队多做事，你回来也可以做别的，用不着一天都泡在路上呀！"

古义宝一怔，怯怯地看了文兴一眼，但他什么也没说。

文兴还是耐着心继续劝导："你再想想，你这样故意自己找苦吃，自己找累受，你心里究竟想达到一种什么效果呢，这种效果又能让你实现什么目的呢。"

古义宝还是没有回答文兴的话，却低着头问文兴："你跟赵干事不是一个科的吗？你跟赵干事不好吗？"

文兴被古义宝问得皱起了眉头。他不明白古义宝为什么会想到这一层上去。他觉得有必要帮古义宝理清自己的思想动机。他仍耐心地劝导古义宝："这个问题与我跟赵干事关系好坏毫无牵连。一个人做任何事情总有他的出发点和目的，我们在做一件事情的时候如果没有好的正确的出发点和目的，就不会有好的效果。你说你这样做是为了大家，是有意在苦累中磨炼自己，我认为你做这件事的出发点不是为了大家，也不是为了连队，更不是为了别人，而完全是为了你自己。说明白一点，本来搭便车用半天时间就可以办好的事，你为了磨炼自己，却要用一天时间来办；本来用半天时间可以办得很顺妥的事，你为了自己用一天时间还没有办好，反累及老百姓，累及连里的领导。你想想，这是一种什么样的得与失。我这样分析，不知你是不是认同。"

古义宝似乎有些委屈。他不明白同一件事赵干事和文干事说得都有道理，但他们为什么会说成完全不同的意义。他打心里承认，文干事的话是自己心里想的却又不能告诉别人的话，他不相信文兴会看到他的心，可他又不能否认文兴真像钻到自己肚子里一样对他的五脏六腑知道得清清楚楚。在文兴面前，他感到自己像在体检站检查外科一样被脱得一丝不挂，浑身的丑处全都暴露在他的眼前，他像是严厉的医生一样在挑自己的毛病，又像是严父一般不许自己走错半步。赵干事呢，对自己确是一片热忱，时刻在关心、帮助、教育、培养自己，希望自己出人头地，每件事每段日子他都给定方向定任务，迫使自己按照这个方向努力，只是觉得他对自己的要求越来越高，要自己做的事越来越难，新的思想新的事迹越来越不好想不好创造。

夕阳在山那边落下去了，槐林里有一些寒意。古义宝求助般问文兴："那我该怎么办，该怎么做呢？"

文兴明白自己的话有些伤古义宝的感情，他毕竟是个农村入伍刚一年多的兵，而自己正是为了使他在军旅生涯中走好每一步路才主动找的他。文兴感到，这时候他不能再这样说下去了，过了火候就会走向反面。于是，他轻松地说："任何事情都包含着两个方面，或许我过分强调了一个方面，其实每个人都知道自己该做什么不该做什么，只是在决定自己做什么的时候受到各种客观和主观的因素左右和干扰，有时被某种意念控制，便身不由己地做起自己本来不想做的事情。不过，我们是动机和效果统一论者，有了好的动机还要考虑到效果，动机不好效果自然不会好，动机好效果不好也不行，有时甚至会适得其反。步行进城买菜完全没有必要，你要磨炼自己，机会多得很，你用自己的工余时间直接参加掘进作业就很好嘛！一个人不要故意去做一些让别人看的事，这样就掺进了太多的个人目的。这样的事做得越多，你就越脱离群众。"

古义宝一晚上都提不起精神。他心里明白，赵干事和文干事都是关心他，都是要他好，可是他俩要他做的却完全不同。赵干事要他创造事迹，文干事却不要他故意去做好事。他不知道自己究竟该如何是好。

五

夜给人世间的万物裹上了一层厚厚的帷幕，一些不适宜在光天化日下进行的行为便在夜色的遮掩下行动起来。赵昌进踏黑高一脚低一脚跑到办公室，周围的人谁也没注意到他的匆忙，他也没工夫注意别人的悠闲。

这件事已让他心急火燎三天了，他感觉事情已到了不能再拖的地步。打开门，拉亮灯，他急急忙忙拿起电话话筒。这个电话连续打了三天，不知打了多少遍，一次也没打通。师机关到施工连队，路途并不算远，但电话要从师通信连总机转到团通信连总机，团总机再转到营总机，营总机再转到连队文书那里，中转太多，工地又是临时架的线，信号非常不好。白天好不容易打通了一次，但除了电流声和杂音，双方都没能听清对方一句话，赵昌进的嗓子却喊哑了。

兴许是他的工作精神感动了守机员，电话终于接通了。赵昌进用左手的食指堵住了左耳朵眼，右手把听筒紧贴在右耳朵上才勉强听到对方一点微弱的声音。赵昌进连喊了八遍，那边才明白他要找古义宝。

赵昌进的嗓子极度嘶哑充血，好歹听到了古义宝的回答。他把要说的话一字一字对着话筒送了过去，他怕古义宝没听清胡乱回答，又重复了三遍，再次听到古义宝在里边"嗯嗯"，才扣上电话喘大气。赵昌进如释重负地锁了办公室门踏黑回了家。

其实古义宝没完全听清赵干事的话，不过他心里似乎已经有了一种被赵昌进一点就通的灵犀。古义宝连猜带蒙知道了赵昌进这个电话的大概意思，他是要告诉他，《毛泽东选集》第五卷出版了，让他要有所行动。

古义宝接完电话就开始琢磨，满肚子心事的样子。炊事班长以为他不舒服，盘问了半天，还不信地摸了古义宝的额头，因为他经常有病不说。

古义宝一直琢磨到第二天中午往工地送饭路过村里的小学时才豁然开窍。他终于完全理解了赵昌进电话的内容和他的一片情意，对赵干事又多了一份感激之情。可他又不由得想起了文干事，一想到文干事，他立即又犹豫起来。他让赵干事和文干事斗争了一路，在他的"指挥"下，最后赵干事还是把文干事打败了。学习毛泽东思想怎么会错呢！这是从上面到下面、从军内到军外的头等大事，这样的好事怎么做都不会错！决心一定，他立即行动。"做什么都要有思想"，赵干事这句话现在成为他的行动指针。他想个人学习是行动，但这种行动不够有思想，因为大家都在学，跟大家一样就没有思想。于是他想到不光自己学，还要带动别人学，帮助别人学，这就有了思想。

第二天进城买菜，古义宝接受了文干事的意见，搭了工地的便车。下车后他先奔书店，买了十一本《毛泽东选集》第五卷，他个人的钱不够，暂时先挪用了连队的公款，这当然只有他自己知道。可给学校送书，又伤了他一个晚上的脑筋。思来想去，他觉着做这件事让很多人看到不好，人家会说他沽名钓誉，故意做给别人看。但不让人看到也不好，没人发现，等于没有行动，自己主动向赵干事汇报，那就不够有思想。最后他决定中午去送，选择学生还未到学校的时机比较合适。

古义宝按预定的时间手捧着宝书来到学校。令他为难的是，他来早了，学校里空无一人。他拿不定主意，是放下书立即就走，还是等有人来了再走。放下书立即就走，学校不知道是谁送的，要是让别的人拿走送了也等于白送；站在这里等人来，又似乎太不高尚。他犹豫不决，于是先上了厕所。他在厕所里，头脑里先跟赵干事斟酌，赵干事提醒他不能这样悄悄地放下就走。从厕所出来，学校里仍无来人。这时，文干事突然闪在古义宝面前，他没跟文兴说话，脸却红了，连脖子都红了。古义宝不敢再等下去，他捧着书走向教师办公室。办公室门锁着，他下意识地朝里望了望，自然也是白望，里面不可能有人。他有点恋恋不舍地把十本书放到教师办公室的窗台上。

古义宝转身离开，一阵小风又把他拽住，小风把书翻得哗哗响。他转身回去，可找不着东西捆扎，摸口袋只摸出一张发票和一张空白信笺。他捡一块小石头用信笺垫着压住最上面那本书，这样风就翻不了书。捡石头压书时，那张发票掉到了地上，风吹着发票跑，他追着发票捡起来时，脑子里闪过一个念头，发票上有连队的代号，把它掉这里不就行了嘛！刚要放下，他又觉不行，这太不高明了，让人一眼就看穿。他毫不犹豫收起发票，赶紧离开学校。不早不晚，就在他走出学校时，迎面走来一位漂亮的青年女教师，她热情地跟他打招呼。

"解放军同志，有事吗？"女教师大方而又热情。

"没……没事，我路过顺便看看学校。"

古义宝拔腿就跑。他这一跑，引起了女教师的注意。她开办公室门时，发现了窗台上的书。其实见证人不只是她，古义宝的一举一动被尾随的刘金根看得一清二楚。第二天，学校敲锣打鼓，拿着大红感谢信来到了连队。古义宝的事迹很快就报到营里，营里报到团里，团里报到师里，赵昌进不失时机地将它报道在报纸上。

报纸上的文章古义宝是背着人看的。在这之前，刘金根悄悄跟他说："你到学校送书我看见了，我路过发现你进了学校，不知道你去学校干什么，我就跟踪了你。"古义宝又气又无奈。他气刘金根老是心怀鬼胎不能像老乡那样推心置腹，又无奈春芳那事在刘金根手里捏着，在刘金根面前他硬不起来。

事情就这么巧，古义宝的事迹见报没几天，古义宝差一点儿成了烈士。古义宝再一次见报后，他内心并没有多少激动，相反心里总泛着缕缕忧郁。那忧郁来自文干事，他总觉得文干事那双眼睛像 X 光一样透视着他的心灵，什么都瞒不了文干事。他只能用进坑道作业来排遣这种忧郁。那天他进去不到半个小时，掘进段出现险情，古义宝没忘先人后己，结果耽误了动作，一块石头砸到古义宝的安全帽上，安全帽被砸破，他的头也破了皮流了血，他坚决不让连里送医院，只叫卫生员包扎后躺在屋里休息。

刘金根带着女教师来到古义宝的住处，女教师是受学校的委托前来看望慰问古义宝的。送书后，古义宝被学校聘为校外辅导员。此时他已知道女教师叫尚晶，师范进修学校毕业，独生女，未婚。

尚晶进屋后，刘金根没有离开，他不想离开。他不想离开是因为他发现尚晶跟古义宝握手时那只白嫩的手很激动，竟不想放开，直到古义宝有了缩手的动作后，她才迟疑地收回那只白嫩的小手。刘金根心里很不舒服，他知道自己在这里三个人谁都很尴尬，但他宁愿尴尬也不愿离开。

放下慰问品，尚晶问了该问候的话，还告诉古义宝，周六队日活动想请他去作报告。刘金根明白自己不该在这里当电灯泡，但他还是不想离开。虽具体说不上为什么，但反正他认为他不该离开。

刘金根并不像古义宝说的那样四肢发达头脑简单，他没有因为古义宝的扬名而气馁，而是在军事技术上下功夫：当瞄准手，单炮射击五发四中；当班长，全班成为军体尖子班。在连里，他也算得上是有头有脸的人物。他甚至有点瞧不起古义宝，整天靠出力出汗做好事换名誉，没意思，军人还是要靠真本事吃饭。在外面，他虽然没有古义宝名气大，可他也算是师里挂号的体育骨干，自己感觉不比古义宝差，何况他还捏着古义宝的丑事，反觉着比他活得轻松自在。他不愿意离开，表面上是为古义宝好，其实他一眼就被尚晶那一对明亮的大眼睛打动了。要说交女朋友，他比古义宝更有权利。刘金根一直等到尚晶无话可说不得不告辞，还热情地送了尚晶。送走尚晶，刘金根又返回到古义宝的屋里。

"义宝，我看尚老师对你那眉眼，有点那个意思哟！"

"金根，你可千万别胡说！"

"不是我想胡说，我是怕你糊涂，给你提个醒，林春芳可是死心塌地在家等着你啊。"

"别说了，咱们都还是士兵，没资格谈论这种事。"

"我是为你好，你现在可不是一般的人物，别辜负了人家赵干事的一片心血，为名为利都是小事，要是在男女关系上出岔子，那就把自己一辈子前程给毁了。"

古义宝躺在炕上，闭着眼睛没再说一句话。

六

搞不清是谁带头立了这么个规矩——星期天吃两顿饭，尽管有人不习惯，或牢骚，或反对，但这个不成文的规矩一直在军营里延续着。

吃过上午这顿饭，古义宝决定要做一件事情。这件事情是他发自内心要做的，没有谁给他提示或启发。做这件事的念头在古义宝心里活动半年多了，他要实实在在感谢赵干事赵昌进。知恩图报，人之常情。古义宝打心里明白，没有赵干事，出了三连不会有人认识他古义宝；没有赵干事，他的名字也登不到报纸上；没有赵干事，他就当不上先进；没有赵干事，他也不会这么快就当上给养员；没有赵干事，身边的人也不会只是羡慕忌妒他。赵干事在古义宝心里是伯乐。如果要他叫赵干事一声爹，叫赵干事一声爷，他会当着众人响亮而充满情意地叫。

赵干事不要这些，他不要古义宝叫爹叫爷，也不要古义宝感恩戴德，更不要古义宝任何回报，他什么也不要。赵干事一见到古义宝，除了关心就是帮助，除此没有一句题外的话。他只要求古义宝一切都按他的心愿行事，按他的心愿做人，这就是最好的报答，别无他求。尽管他们俩接触这长时间，但古义宝对赵干事的了解只停留在名字和职务上，连他结没结婚、有没有孩子、老家在哪里、现在住什么地方，都一概不知。当古义宝意识到这一点时，他心里十分惭愧，于是他一心一意要正经感谢赵干事。这个念头在心里憋好久了，只是苦于没有机会表达而让他时时悬挂在心。

愈是如此，古义宝就愈想这件事，想得最多的是该怎么感谢他。说感恩的话，他口拙舌笨，他的几句话又值得了什么呢？送礼，他一个士兵能送什么呢？也不知道赵干事需要什么。帮忙，赵干事需要他帮什么呢？他又能帮赵干事什么忙呢？古义宝思来想去没有着落，心里就只好一直亏欠着。

古义宝终于下定决心，决定利用星期天进城到师机关宿舍找赵干事，到他家看一看，认认他家的门，兴许能帮他做点什么。

古义宝第一次走进师机关宿舍大院。高高的大门楼，全副武装的执勤哨兵，院里有楼有院，大机关的森严让他有点像刘姥姥初进大观园，大开眼界。进了大院往深处一走，古义宝的紧张就慢慢松弛下来。院子里面没有水泥马路，没有花坛，也没有亭台楼阁，除了那一片首长的独立小院外，两边都是一排排紧蹙在一起的破旧低矮的小平房；一排排房子间本来就没留下多少空间，后排的又紧挨着前排的后墙盖起了一个个小草棚，以小草棚为依托，一家家又用破渔网、小竹棍或草帘子之类的东西围起一个个鸡窝；一帮小男孩在追逐打闹，一帮小女孩在跳皮筋，喧闹中还夹杂着鸡们打情骂俏声。古义宝走进院子还闻到了一股难言的奇臭，有机关干部提着大粪汤在鸡窝旁的小菜地里施肥，各色蔬菜在奇臭无比的鸡鸭人粪的滋补下长得生气勃勃，一片欣欣向荣。机关干部星期天都挺忙，有的在剁菜拌鸡食，有的在侍弄菜地，有的在修鸡窝，有的在帮老婆晾衣服……

古义宝问了五个人，敬了九个礼（最后一个忘了还礼就急着转了身），记不清穿了几排平房，终于找到了赵干事的住处。

门口一个漂亮的小女孩坐在地上啜泣，小女孩她妈（一位模样挺利落的女军官）在门口脚盆里洗衣服。女军官一边洗衣服一边不让嘴闲空教训着啜泣的小女孩，一点也没顾及古义宝的出现。

"你站不站起来？还草莓！你以为你是公主啊！我烦着呢！再瞎胡闹看我不揍你！"

"人家都吃了。"

"你跟人家比，你爸是什么，是写点破文章烂材料的破干事，连点鸡饲料都买不来。你没见鸡都饿着没东西吃吗！你还来添乱，我现在没工夫理你，惹火我你屁股别怕疼！"

其实她不过在不停地说，压根就没注意小女孩在不在听，也不管小女孩听了她的教训后有没有反应，似乎她也不指望小女孩有什么反应。

古义宝犹豫了一会儿，趁女军官抬手将头发那空，不失时机地敬了进院后的第十个军礼。

"首长！"

"首——长？你是叫我？"女军官抬头看着古义宝，再看四周没别人，狐疑地反问，她还是头一次听到别人叫她首长。

"赵干事是在这儿住吗？"

"住是在这儿住，你在这儿可找不着他，人家是大忙人，全军头一号大忙人，星期天也不着家。"女军官不顾古义宝有何尴尬，一边继续洗衣服一边数落着，"这儿是他的招待所，有事你明天到办公室去找他。"

"首长，那我不打扰了。"古义宝又敬了个礼，可惜女军官没看他，她也没领会到古义宝对她的尊重。

古义宝出大院上了街，心里挺别扭，他说不清为什么别扭。是为女军官的不客气，还是为赵干事抱屈，或许都有点。像赵干事这样的好人，一心一意为工作，诚心诚意帮助别人，自己家里的事情一点都顾不上的好人，妻子竟这样对他。古义宝愧疚顿生，赵干事是为了帮助自己这样的人，才丢下家不管，才落得让自己的妻子埋怨，真冤了他亏了他，可自己又能帮他什么呢？

古义宝想起刚才女军官的那些话，先到街上买了三斤草莓。草莓初上市，挺贵，可再贵，比起赵干事对他的恩德算得了什么呢！

古义宝捧着草莓回到赵干事家。女军官在门口晾洗好的衣服，漂亮的小姑娘还坐在门口的台阶上。她妈仍一边晾衣服一边教训她。古义宝没再敬礼，也没再喊首长，直接把草莓给了小姑娘就转身走了。

"哎！同志，你，你是谁呀？"

古义宝连头都没回，出了机关大院门也没再逗留。他要立即将报答赵干事的心愿付诸行动。这趟街没白上，总算有了报答他的机会。别说赵干事这样帮助他，就是与他没有这层关系，他家里有这么多困难自己也应该帮他，为他做自己能做的事。古义宝飞快赶回了连队。

古义宝心事重重地找了司务长，把赵干事家没鸡饲料的事加以修饰，也不做隐瞒地向司务长一五一十说了，然后又把自己的打算拐弯抹角地说了。司务长同意了他那拐弯抹角说出的打算。玉米面、麸子连队有的是，拿几十斤去算不了什么。司务长当然不会让古义宝自己掏钱买了再去送赵干事，这样就不近人情了。

古义宝再次骑车驮着一袋麸子和玉米面赶到赵干事家，赵干事家没有人。古义宝在门口等了二十分钟，仍不见他们回来。古义宝忽然开窍，这样不是更好嘛！何必要等人呢？有人反而要说许多多余的话，还让人家过意不去，心里老惦着这事，欠了你多少情似的，这样反把他们之间的关系搞复杂搞庸俗了。想到这一层，古义宝有些埋怨自己的糊涂又有些庆幸自己的聪明，他赶紧把袋子紧紧地靠门立好就骑车离开了。

古义宝再度兴高采烈地见到赵干事是一个月以后。师里为迎接军里的"学雷锋、学硬骨头"六连经验交流会组织了联合工作组深入部队调查研究，了解"双学"活动的先进集体和先进个人，为师"双学"经验交流会做准备。赵干事跟着工作组来到他们团，然后又来到他们连。

春意融融的中午，赵干事专门找了古义宝。古义宝从见面的一瞬间就发现，赵干事看他的眼光里又增添了许多不同于往常的内容。

他们走出营房顺着蜿蜒的山间小路向山下的河谷走去。赵干事一直没开口，古义宝心里就有些忐忑。是因为他给赵干事送了一袋鸡饲料，赵干事对这事不满意？这事影响了赵干事的名誉？他帮了倒忙？古义宝这么一想，头自然就耷拉下来。他像做了错事的孩子一样蔫蔫地跟在赵干事身后，等着赵干事批评。

"连首长对你怎样？"

"挺好。"古义宝不解地抬头看着赵干事，尽管他们已经很熟，可赵干事从来没以这样的口吻问过他这一类事情。

"好到什么程度？"

"……"古义宝又看了赵干事一眼，赵干事一脸认真。

"真对你好的有几个？谁又把你当兄弟？"

"……"古义宝再看赵干事一眼，他今天跟过去很不一样，问的问题也很怪。

"周围的人对你怎么样？"

"也挺好。"

"几个排长对你怎么样？班长们对你怎么样？有几个是真跟你好，有几个是假跟你好，又有几个是骨子里不跟你好表面上却跟你好？"赵干事似乎不需要古义宝回答，一口气不停顿地问下去，"老乡里又有谁对你真好？谁对你假好？谁忌妒你恨你？新兵里真正敬服你的又有多少？这些你都想过了吗？"

"没有。"

"我知道你没有想，你也不会去做这样细致的分析。为人处世，不把这些搞清楚是不行的，这些要是搞不清，你就盲目，两眼一抹黑。干什么都带盲目性，只要一带盲目性，你就冒犯得罪了人，别人在背后对你咬牙切齿，你还蒙在鼓里；带了这种盲目性，即便做的是好事，是百分之百正确的事，同样会得罪人……"

他们走到了谷底。谷有一条大沙河，两岸是苍翠葱绿的柳林，黄绿的柳叶在和煦的阳光散着沁人心脾的清香。河水淙淙，清澈见底。他们在柳林的山石上坐下，两人那一脸正色的神情和说话的气氛与这明媚的春色构成一种鲜明的不和谐。但古义宝听得心里热乎乎的，他听出赵干事是在跟他说掏心窝子的话。赵干事今天跟过去完全不一样，过去他是首长，自己总得仰视赵干事，今天赵干事像自己的大哥，他们之间已没有距离。

"与周围人相处比做事还重要。我刚才问你的问题你要认真去想，认真去分析，去想去分析并不是要你一个一个去对待，那样你就什么也干不了了。要抓主要矛盾，抓矛盾的主要方面。头一等重要的是连首长。你要分清谁把你当兄弟，谁喜欢你，谁讨厌你，谁表面喜欢你骨子里却讨厌你。要分清这个，就先要弄清连干部他们之间的关，比如谁跟谁好，谁跟谁有矛盾。如果他们之间都没有矛盾，你可以无所顾忌地跟他们相处；如果他们之间有矛盾，你就不能投靠一个得罪一个。"

古义宝似听名言，一字不漏地听着，还不时咽着唾液，像要把赵干事说的每一个字都嚼碎后咽进肚里。

"你还要弄清，领导对下级有千种万种的要求，但领导也是人，也有他个人的脾性、爱好和情感。领导无非有三种类型：一种是惜才，爱惜有真才实学的人；一种是重情，很讲人情恩怨；还有一种是贪利，计较小恩小利。作为下级来说，应该根据上级的嗜好，尽量满足和适应他的特性。对排长、班长们也是如此。其他的人你可以不管，但对特殊人，比如个性特别，或知你底细的同乡，要区别对待。这里面有个关键的诀窍，就是任何时候你都要夹着尾巴做人，只要做到了这一点，你就容易与周围的人相处。只要你跟这些人相处好了，你的理想就会如愿以偿。"

整整一个中午，赵干事没提麸子和玉米面一个字，就像从没发生过这件事一般。但古义宝自己感觉出来的是，他与赵干事在私人感情上加深了一大步，可以说是有了一个根本性的进展，是一个度的突破、质的飞跃。

古义宝没像往常做了好事登了报一样激动得偷偷地蹦跳，他变成熟了。他在心里一遍又一遍咀嚼着赵干事那一句句话，越嚼越有滋味。

过了一个多月，古义宝又用自行车驮了一袋麸子和玉米面用同样的方法送到了赵干事家门口。古义宝是用进城买菜的机会送去的。赵干事家自然是没有人，古义宝选的就是这样的时间。做完这件事后，古义宝窃喜。这样做非常绝妙，不单单省去许多客套和尴尬，不让双方为难；更绝妙的是，彼此你知我知心照不宣，没有一丝顾虑，却又知道彼此的心意。他第一次感到自己越来越精明能干，心里有说不出的激动。

七

一个跟往常一样的晴朗天，古义宝又要进城采办副食。吃过早饭，出发前他照例又拐到家属招待所。连长爱人来队休假，要住一个月。过去进城他都没想到要问一问连首长要捎什么东西，现在他懂了。

"连长，我进城，要捎什么东西吗？"

连长和爱人正面对面坐在小桌前吃早饭，连长不紧不慢照原来的速度嚼咽完口中的馒头，若无其事地说："没什么要捎的吧？"说连长若无其事，是因为连长连头都没侧一下，继续吃他的早餐。这些在以往的日子里古义宝从没注意过，过去他跟连首长说话从来不直接看他们的脸和眼神。今天他注意到了，是赵干事教他要注意这些的。他觉得挺有意思，原来人与人之间还有这么多深奥的东西要学习。

"蔬菜肉蛋什么的，都还有吗？"要在以往，古义宝是不会再说这句话的。连长说没什么要捎的，他会百人一面千人一腔地说声"哎"，便高高兴兴地离去。今天，他注意到了连长的若无其事，便觉得不能就这样离去。他见连长对他的话没感什么兴趣，便又添出许多热情，说："黄花鱼和小偏口都上市了，要不要买点鲜鱼？"

连长停住筷子扭头看了古义宝一眼，古义宝发现连长的眼睛里流露出新的感觉。古义宝一下感到自己忽然像个菜贩子鱼贩子。

"哎，买点鲜鱼吃吧。"连长的爱人被古义宝刺激出了馋欲。

"嗯，另外看看有什么桃子、海棠什么的新鲜水果买几斤。"连长说着，从上衣口袋里摸出了十元钱。

"我这里有，买了再说吧。"古义宝笑眯眯地退了出来，连长也没再说什么。

往常，古义宝也给连首长捎过东西，可都是连首长主动找的他，所以都是先收钱，东西买回来后再一五一十把账算清，多退少补。今天，他头一回没预收钱。尽管连长没说什么，但古义宝那对开始注意人的眼睛还是看到了，连长的脸上再不是若无其事了。

古义宝把盛菜的筐、酱油桶、醋桶一件一件绑到手推车上。临走发现车胎气不足，找来气筒。可气筒的夹子坏了，打气必须另有人帮忙摁着胶皮管。正巧一班班长走过，古义宝十分热情地叫一班长帮忙摁一下气管。一班长只当没听见，睬都没睬他就走过去了。古义宝头一次领受了被人鄙视的滋味，酸酸的，挺难受。这是为哪般？是他没听到？不可能。是他故意给他难堪？那为什么呢？他从来没得罪过任何人，他也没跟任何人计较什么。古义宝心里直纳闷。

刘金根帮他按了气管。古义宝打着气，思绪却没能离开一班长。好像刘金根说了一句别全占了什么的话，古义宝没在意，也没听清他说什么，又没好意思追问。出了营房，古义宝的心情还是高兴不起来，仍在想一班长。一班长的鄙视伤着了他的心。

古义宝觉得赵干事真有学问，自己跟傻子似的整天只知道做好事。除了刘金根，自己从来就没有注意过别人，也没想过别人对自己怎么样，更没防备过别人。总想都是当兵的，天南海北凑到一处不容易，过上几年又都各奔东西了，有的兴许一辈子就再也见不上面了，大家都好好地在一起为连队做些事情，把连队的事情做好，到时候说起来都挺自豪，也挺光荣。可没想到，当兵的之间还有这么多怪事。一班长无缘无故地故意冷落自己，为什么呢？平时自己挺尊重他的，背后都没说过他一句坏话。

想了半日，古义宝终于想起了刘金根说的那句话，他是说好事别全占了。他一下明白了一班长为什么冷落他，是发展党员的事。一排报的是一班长，勤务排报的是他，最后支部研究决定先发展他。按说这又不是他个人去争的，也不是个人能去争的事，自己争也是争不来的，这是入党呀，这么严肃的事情还兴你争我抢啊！解开了这个结，古义宝觉得一班长的心眼儿太窄了，这样的事怎好怨他，与他结恨呢！你只有再好好努力才是正经主意。

尽管这么想了，古义宝的心情还是没法轻松。力气似乎也从身上跑走了，走路没一点精神。走着想着，他反过来替一班长想，他也不容易，名额就这么两个，自己占了自然就没有别人的份儿，别人干得也不比自己差到哪儿去，心里自然有气。再说自己做的那些好事，就像文干事说的那样，大多还是从个人名利角度出发，连队、大家伙并没有得到什么好处。

这么一想，古义宝又觉着自己挺惭愧，也觉着一班长挺亏。还是赵干事说得对，跟周围的人相处好比做好事还重要。到这会儿，他才真正体味到赵干事的真心和诚意。爹娘，老师，谁又教过他这些呢？他真为自己能碰到赵干事这样的好领导好首长而庆幸。

这时，古义宝的心情才慢慢好起来，浑身又有了劲。他想，自己一定要为连队、为大家伙多做好事，让大家感觉他的存在对他们都是有益的。这么一想，他的劲从脚底往上冒，就像战胜了一次灾难，拨正了自己的航向。

古义宝兴冲冲地在街上采购了副食，给连长买了鱼，还买了桃子和海棠果，然后到储蓄所存了二十元钱。填存单的时候，他突发奇想："我在连队代办储蓄多好，省得大家往城里跑，同时在连里也能树起勤俭节约的好风气。"于是他就停止填单，找到储蓄所的领导，把自己的想法向储蓄所的领导做了汇报。储蓄所的领导表扬了他的精神，表示要支持他的行动，并详细地交代了搞代办业务的具体手续。

古义宝心里像喝了蜜一样甜，推一车货物没觉着累就回了连。

给连长送鱼的时候，只有连长的爱人在。她对古义宝买的东西很满意，着实谢了一番，只是没提钱的事。古义宝自然不能张口要钱。

晚上，古义宝把搞储蓄代办所的想法分别向司务长、副连长、指导员、连长做了汇报，大家都一致称赞，积极支持，也都表扬了古义宝为大家服务的精神。给连长汇报时，连长一点都没有若无其事，一直对他笑嘻嘻的，还不时点头，一副很高兴的样子。当然，古义宝不知道连长过去听他说话的表情是什么样，因为过去他从来没注意过这些。汇报完后，连长还特意说了买的鱼和水果都很好的话，可也没提钱的事。古义宝当然不好提醒他。他明白自己已经学会了看人脸色说话的本领，何况他们是连首长呢。他一点也没让内心的那一点焦急跑到脸上，尽管那相当于他一个月的津贴。在跟连长汇报完事情的同时，他已经做好这笔额外支出的安排。连队公款他是绝对不会动的，也没法动，司务长凭他的发票报销，买鱼和水果是没有发票的，再说他也绝不想这样做。他只能对不起自己的爹娘了，只能在自己节约下来准备孝敬爹娘的积蓄中开支。令他欣慰的是连长很高兴，连长很赞赏他要做的事情。古义宝回到宿舍，欣慰之中还是有一点隐隐的心疼，因为那毕竟是他一个月的津贴，他家毕竟连酱油都舍不得打。

古义宝心中的那点小小的隐痛还未消退，通信员给他送来了一封信。这是一封令他完全意想不到又让他热血涌动还叫他心惊胆战的信。信是尚晶写来的。"亲爱的义宝同志"这几个字几乎让古义宝停止了呼吸。有文化的女人就是不一样，那么大胆，那么公开，那么直截了当。古义宝没敢在宿舍里将信看完，营区内也找不到适合看这种信的去处，他还是上了厕所。

尽管厕所里灯泡的度数很低，光线昏暗，古义宝还是让尚晶这封信给弄得魂不守舍。他第一次看这样的信，也是第一次领受一位姑娘用优美的文字向他表白爱慕之心，他第一次感受被人追求的甜蜜滋味，尽管他已经跟林春芳有过那种贴肤的行为，但那不叫爱，他什么都没感受到，只有后悔和怨恨。他跟林春芳做那件事也没有这种震撼心灵的激动和甜蜜，他都怀疑自己跟没跟她做过这事。他甚至不相信这信是真的，他这么个农村青年，还是个大头兵，这么漂亮美貌的女教师居然会爱上他！他不知道自己该怎么办，一时竟忘了擦屁股，提上裤子就站了起来。古义宝走出厕所，心却仍被尚晶牵着。刘金根让他回到了生活的现实中。

"义宝，你怎么啦？"

古义宝这才完全回到连队这块土地上，这才看清站在他面前的是刘金根。刘金根让他进一步明白自己这是在连队，是一个穿着两个兜的士兵，在那遥远的沂蒙山区还有一个已经怀孕的林春芳在等他。他浑身的血顿时全流到脚下的地里去了，手脚发凉，凉得让他警觉，凉得让他害怕。

"刚才蹲厕所蹲长了，有点头晕。"

"是不是血压高了？"

"不会不会。"

古义宝从此便陷入了无法自拔的痛苦。

八

宣传科、组织科的办公室晚上都灯火通明。师机关的宿舍和办公室不在一个院，隔着好几条胡同，走起来要向左向右拐好几个弯，往常除了司政后值班室和个别人到办公室来办急办的事外，晚上办公室里很少亮灯。

"双学"会是政治部在党委那里挂了号的重大中心工作，"双学"会给政治部的科长干事们提供了一次显露才干、表现能力、试比高低的机会。

文化科也亮着灯。文化科的牌子在几个月前给摘了，被合并到了宣传科。一合并，文兴自然便成了宣传科的干事，其实还在原来的办公室，仍做文化工作，只是去了一块牌子，管的还是吹拉弹唱、打球照相、迎来送往、布置会场……

明亮的灯光下，文兴正在全神贯注地写东西。这会儿他不是在写小说、散文，他这支笔在政治部是数得着的，他被抽到了"双学"会材料组。

按说"双学"活动是组织科主管的工作，但组织科的笔杆子没有宣传科的硬，领导不好这么说，他们平常也不愿承认这一点，可到了真要练笔杆子的时候，不服就不行了。材料组六个人，组织科只有一个人，还主要是做通联工作，宣传科四个，秘书科一个。

会议的筹备工作进展到了定材料阶段。文兴主动要求整理个人典型材料，他说自己参加中心工作少，情况掌握不全面，整理个人材料他比较合适。

三十二份材料中有九份个人典型材料，他全包下了，占了四分之一还多。文兴从不计较干多干少。第二天上午，政委、副政委、主任等主要政工首长都要参加典型材料论证审定。九份材料他都认真看了，每一份材料他都写出了详细的意见，让他为难的是古义宝的材料。古义宝在师里甚至在军里已小有名气，而且也是他带来的兵，他对古义宝的一切可以说太了解了。雷锋能想到的事能做到的事他都想到了，也做了；雷锋没有想到没做过的事他也做了。文兴对他这种一门心思找好事做的行为，内心是不认可的，他认为学雷锋绝不是像他这样做好事。他认为个人材料里，古义宝的材料最差。它的差距不是标题不合适，也不是文字粗糙，而是整个材料通篇都是他那些惊人事迹和惊人思想，缺乏一个有生命力的立意，这涉及学雷锋学什么的大问题。

事关重要，要对一个已有影响又是自己熟悉的典型提出相反的意见，不能草率。他到办公室把材料又看了一遍，重新推敲了意见。

果然，第二天审定典型材料时，在古义宝那里卡了壳。

文兴就古义宝有车不乘故意推小车进城买菜、医院看望住院的战友却先去找医生献血等典型事例发表了自己的看法。他认为典型、榜样是一种导向，树立典型宣传典型就是以典型的思想、行为来引导群众走好人生之路。每一个人的行为都受他的动机所制约，都有他的目的性，树立的典型必须为群众确立动机和行为一致的榜样。他认为古义宝的行为常常与他的动机不相一致，他所创造的事迹明显隐含着个人主义的成分。这样一种以自私的利己主义为出发点而行为表象却表现为共产主义道德的自相矛盾典型，对部队建设，对军人的个人成长，会起到什么作用？又有什么意义呢？

文兴的话音还在会议室里回转，赵昌进急不可耐地接上话。他说："我无法苟同文干事的观点。不可否认，我们是动机和效果统一论者。然而对一个人的行为和动机的分析，只能是客观的，而不能是主观的，因为你不是他肚子里的蛔虫，你无法钻进他的肚子里去看他究竟想的是什么，只能是分析和猜测。文干事对古义宝动机的猜测明显带上了主观臆想的成分。我们姑且不去分析古义宝行为的动机，存在决定意识，我们可以就事实进行分析。我们可以想一想，古义宝为了锻炼自己的意志方便工作，以往返步行八十多里路的毅力来完成工作任务，说他沽名钓誉的话，世上又有几个愿以自己的生命为代价的追名逐利者？他到医院去看望战友，一进医院他首先想到病人需要鲜血，主动先去献血再去看望战友，说他这是为了名利，世上又有多少愿意以自己的鲜血来换取名利的人？说他整天为做好事而找事做，我不禁要问，一个人整天想着为人民为国家为集体为他人做好事又有什么不好呢？要是我们社会上的每一个人都像他那样整天想着做好事，我们的社会风貌会是多么文明！我以为我们不能脱离实际去空谈行为和动机的统一，如果凭猜测想当然去谈别人做什么事的动机很可能要陷入经验主义的泥潭。我觉得事实和现实是最重要的。整天想着做好事的人，在一些人眼里却是傻子，我们的社会我们的事业就需要这样的傻子，而且是越多越好。整天想做好事的比整天不做事的好，整天不做事的比整天做坏事的好，这么一想道理就简单得一目了然了，老百姓也会明白的。"

在座的政委、副政委、主任及其他人似乎完全被赵昌进的分析折服。政委竟不由自主地点起了头。文兴不动声色地听着，待赵昌进完全把要说的话说完，文兴又发表了自己的意见。

文兴说："我很同意赵干事不能凭主观臆想来猜度别人行为动机的观点，而我们的宣传工作却常常做着以主观想象强加于人的人为创造思想的事情。比如说，王杰舍身扑炸点救民兵的英勇行为，不用做任何修饰和美化，它本身就是一种舍己救人的革命英雄主义的表现，我们没有必要也无法去猜测王杰在发现险情到舍身扑炸点的一瞬间心里想的是什么。或许他什么都没想，也没有时间想，事情本身也不允许他想，他的行为很大程度是人道主义的本能驱使。可我们有一些人就给他编了许许多多的'在那千钧一发的刹那间'，认为似乎这样的英雄形象才完美才高大，其实未必。英雄的形象是靠英雄行为本身的力量形成的。舍身扑炸点的行为本身就是置个人生死于度外的舍己救人的崇高品质的结晶。"

领导们又把赞同的目光投向文兴。赵昌进脸上原先笑成块的肉慢慢耷拉下来。

文兴平静地继续说："我也十分同意赵干事注重事实的观点。意识是无形的，但人的一切意识不是不可知的，意识总要通过各种言行表现出来，别人无法阻止，连他自己也无法控制，就算控制得了一时却控制不了长久。因此，人的行为动机都自觉不自觉地渗透在人的行为之中。王杰的英雄形象是以他的舍己救人的英雄行为自然地耸立在人们心中的。他的行为鲜明地表达了他的动机。我们也可以通过古义宝的行为来分析古义宝行为的动机。他给学校送了《毛泽东选集》之后，仍在学校停留是为了什么？他不搭便车却要步行进城买菜，这能省车省油省人省力省时还是能提高效率？他去看望住院的战友，并非抢救急需，却先主动去找医生要求献血，结果因身虚而晕倒，惊动周围的人。这样我们不难看出他的思想脉络。我不想贬低古义宝的行为，他是个好同志，他是个纯朴的农民的儿子，他有着积极进取要求上进的朴素感情。问题是我们如何来培养和引导他。就目前他的行为而言，我认为他走的不是一条正确的路。他把做好事当作一项改变自己命运前途的任务强逼自己来完成，这对于真正提高他的觉悟、陶冶他的情操、净化他的心灵是没有益处的，这样人为地提高他的精神境界，只会有害于他，在群众中也难以发挥应有的作用，甚至适得其反。"

赵昌进并未示弱，也没有理屈词穷。他想的是如果在这一问题上失败，就等于宣布他培养了一个假典型，他的政治观念和思想方法都是错误的。他立即以不让别人插言的速度进行辩驳，说道："文干事的意见里有一种倾向表述得比较隐晦，但已有明显的表露，那就是盖棺才能论定。对于一些重大人物重大事件，确实盖棺才能论定。但对于一般的人来说，作为领导和领导机关，如果抱有这种倾向，难免束缚手脚。金无足赤，人无完人。我们树立典型、表彰先进，并不是给人树碑立传。即便是英雄，也要允许他有缺点和不足。但作为领导机关，不能因为他有某种不足和缺点就放弃培养人教育人的神圣责任，树立典型本身就是培养教育的一种手段。俗话说，十年树木，百年树人嘛！我不否认古义宝有缺点，说实话，他还是地道的穿着军装的农民，他的意识和性情都浓重地保留着农民的习性。但这并不影响我们培养教育他，表扬他的长处就是批评他的短处，树他做典型就是对他提出更高的要求，促使他更严格地要求自己。我们既要防止爱屋及乌，也要防止叶公好龙，更不能因噎废食。"

这一番论争把气氛搞得相当紧张，尽管彼此说话都有书生文人风度，但在座的无论领导还是同事都感觉到不能再让他俩这样争论下去。

主任很明白自己所处的位置和这个位置应起的作用，结束这样的场面当然他最合适。他说："我看这样的论证很有好处，作为部队思想工作的指挥部，政治部应该养成这种善于研究探讨理论问题的良好风气，人的分析能力、洞察能力和思想认识水平就是在这种研究探讨中得以提高的。问题不讲不透，理不辩不明。关于古义宝的材料，大家刚才都发表了很好的意见。我看，可以先把材料给我，我看后再征求一下团里的意见，然后再向政委、副政委汇报审定。下面继续研究别的材料。"

九

当指导员把"双学"会通知告诉古义宝时，古义宝激动地流下了眼泪。他们团只有两名士兵代表，而且赵昌进跟他打过招呼，要他有两手准备，他明白这份荣誉来之不易。

古义宝走出连部，操场上的一片喊杀声扼制住了他的喜悦。火力排在练对刺，炮排在操炮，看着那些流着热汗的战友们，他立即冷静下来。古义宝收起激动，心底立即涌起一层愧疚。这个时候他更意识到自己是农民的儿子，来自穷困山区，不比别人多什么资本，也不比别人聪明，而别人也没有比他少出力少流汗，自己的进步都是领导的关心培养，都是赵干事的教育帮助。这个时候他更记得赵干事要他夹着尾巴做人的话，他恨不能拿出自己全身的力气来为连队为大家多做事情。回到炊事班，古义宝有点坐不住，操场上的喊杀声让他无法安宁，就像他窃取了别人的东西一样，心里有愧。他来到猪舍，发现猪圈里的猪粪满了。他立即脱下军装脱下鞋袜，拿起铁锹甩开膀子挖起来，一个人挖了一圈猪粪。

古义宝满怀激情地参加了"双学"会。报到那天，他一放下行李，就立即走出房间找事做。但可做的事情太少，而且参加会的先进人物都在抢着做好事。他刚拿起扫帚要扫院子，立即就有好几个士兵代表也拿着扫帚打扫起来。他就发挥自己的专长，到招待所伙房帮着一起干活，跟人家的炊事员一个样。早晨，他比服务员起得还早，拖完地板再刷厕所，刷完厕所又扫院子；每顿饭吃得像比赛，全饭堂他总是第一个吃完，生怕被别的士兵代表抢占了洗碗的位置。大会简报组把他的事迹印到会议简报上。他在会下的行动比会上介绍的事迹更引人注目，他的行为给与会首长、机关和全体代表留下的印象比材料本身要深刻得多。在做这些事情的时候，他没有按赵干事要求他的那样去思考，完全是发自内心的自觉和真诚，他是在对全连战友做补偿。愈是这样，他愈让周围的人赞赏。于是他从师里"双学"会开到军里，又从军里开到军区；他把好事也从师里一直做到军区。最后，他的名字和照片又都登到军区报纸上。

古义宝把一级一级"双学"会开完时，他已成了军区"双学"标兵。待他把全军区的巡回报告作完回到连队时，他被提升司务长的命令已公布了一个多月。古义宝一下子领到了两个月的工资，有二百多块钱，拿钱的手不住地颤抖。

指导员跟他谈完话，他当即摸出五十块钱交了党费。

通信员给他送来了一堆信，差不多有半麻袋。古义宝怦怦心跳着看信，信来自四面八方，大都是听了他的报告或从报纸上看到他的事迹后写信来赞扬。信一时半会儿看不完，他就把信先拣了一遍，发现有一封是林春芳写来的，尚晶有六封。古义宝把她们俩的信挑出来，他最想看尚晶的信，但他还是强压住内心的欲望，先拆开了林春芳的信，这是他入伍后她的第二封来信。

义宝：

你好吗？你说通信会影响你的进步，我只好强忍着思念不给你写信。第一封信是没办法才写的，纸是包不住火的。我按照你的意见，拿掉了。痛苦和羞辱是我自找的，我太无知了，当初我真没脸出门，恨不能跳井一走算了。时间长了，人们也不说了，或许是我的脸皮也厚了。

我已经是你的人了。你要你的前途，我要我的爱情。你的进步到哪算一站，这样拖下去哪年算个头？

现在你在外面成了人物，见的世面也广了，你要是有啥想法直说便是。我们农村姑娘不值钱，何况像我这样的就更不值钱。不过农村姑娘也是人，我不会死皮赖脸拖着你的，只要你把话说明白就行。

我不明白的是为什么一干革命就不准谈对象，谈对象还影响前途。我看过电影《在烈火中永生》，小萝卜头不是在监狱里生的吗？她的爸爸妈妈都是地下党员，他们在那么艰苦的革命环境下还谈对象，现在你当了兵却不准谈对象了，我想不明白里面是什么道理。我当然不好冤枉你。一句话，你有什么想头就直说，别顾这顾那的，也不要推这推那的，像我这样的农村姑娘一辈子也只能与土坷垃打交道，投了猪胎就别怕挨刀，我是有思想准备的。心情不好，就写这些。

林春芳

当头一盆冷水，古义宝满心的欢喜被赶得无影无踪。这几年中，他不是没有想过林春芳，她时常钻进他的心里让他寝食不宁，但他想她不是思念她，更多的是想该如何处置他们之间的事。两边的老人张罗了他们的事后，古义宝当时是高兴来着，大小伙子，谁不要老婆呢！再说林春芳在村里是数一数二的姑娘。至于爱情，他和她都还不明白是怎么一回事。自从结识了尚晶之后，古义宝才真正品尝到爱和被爱的滋味。他一想到尚晶就心跳，一见到她手脚就没有放处，说话也乱七八糟没了次序。在林春芳面前，他从来没有过这种感觉。私下里，他忍不住一次又一次拿她们两个比。林春芳每一次都让尚晶给比下去了，尽管有时他想帮林春芳，但最终她还是败给了尚晶。古义宝不得不承认，无论模样、皮肤、打扮、情趣，还是文化知识，林春芳与尚晶的差距是明显的。古义宝已无法管住自己，他不能不想尚晶。

每次林春芳让尚晶给比下去之后，古义宝都在心里责怪自己，他觉得对不起林春芳。当兵是她出力帮的忙，如果不是她帮忙，他就没有现在。再说她已经把身子都给了他，若再这山望着那山高就太缺德了。林春芳要是惹急了赶来部队闹，他吃不了兜着走。古义宝这么一想连心都凉了，他哪还敢想尚晶！

尚晶的第一封信弄得他心猿意马几天没睡着觉，思前想后，尽管心里恨不能立即去见她，但还是没敢给她回信。信没回，但这颗心却安分不下来，只要一有空闲，尚晶就无孔不入地钻进他脑子里，赶都赶不走。他把那封信都背下了，给她回信的腹稿在肚子里烂熟了。憋了半个月，一个礼拜天下午从城里回来，炊事班一个老兵到排里甩老 K 去了，两个新兵进了城，宿舍里只有他自己。他突然想尚晶想得六神无主，竟拿笔给尚晶写起信来。写完信，封好信封，他不敢让通信员送，贼一般骑车赶到就近的乡邮所去寄。邮票都贴好了，他却突然犹豫了。没办法，他揣上信跑到野地里又把信拆开重看了一遍，又觉许多地方不合适，于是又贼一般溜回连队，偷偷地把信烧了。憋了三天，下午宿舍里又没人，他又六神无主地偷偷重写了一封，第二天进城时不顾一切把信投进了邮筒。

自此，尚晶的信便如山泉源源不绝。每次古义宝都是热血涌动地看信，然后再陷入无休止的担忧和后悔中。每到这时，他才清醒地意识到自己是一个士兵，根本就没有权利在驻地找对象。他把这一纪律和自己的认识告诉了尚晶，尚晶却更夸他高尚和自觉。这只脚还没拔出来，那只脚又陷了进去。他就这样无能为力地陷在这种喜忧混杂的矛盾之中，反复地折磨着自己。

古义宝看完林春芳的信，拿着尚晶的六封信不知如何是好。他把六封信按邮戳的时间顺序依次排好，然后拆开了最后一封信。

我想念的义宝：

我知道你因何不给我回信。我一点儿都不责怪你。因为这本身就是你那纯洁高尚灵魂的写照。你在那封宝贵的信中已向我表露了你的真情，你爱我，爱得让你常常失眠。这就够了，这已让我品尝到爱的甜蜜，也感受到了你的真诚，被自己所爱的人深深地爱在心里，这还不够吗？

你不要为你不能给我回信而歉疚。我不是那种浪漫的中学生，我追求的是那种只有军人才具有的深沉的爱。我不要你为我而分心，我也不希望为此而分心，你就全身心地去投入你的工作吧。我不需要你的回信，只要常常看到我的信在心里想着我就够了。我每两周给你写一封信。

……

尚晶

古义宝害怕了，连信纸都跟着他的手一起颤抖。他没想到事情会这么严重，非常后悔给尚晶写了那封信。古义宝很清楚，自己虽然提了干，已经有了在当地找对象的资格，但他要是真把林春芳和尚晶的事闹出来，别说典型当不成，只怕连这身军装都穿不成了。他意识到自己太不负责任，竟跟尚晶在玩猫和老鼠的爱情游戏，这种爱不可能有结果，如果他硬要让这爱有结果，那他就得为此葬送自己的一切。他怎么可能为了爱情葬送自己一生的前途呢？可他明白，他无法抑制自己不去想尚晶，他也没办法管住自己不再爱尚晶。

危急之中他想到了赵昌进，只有赵干事才能救他。他没有一点犹豫，立即骑车进城。古义宝在科长办公室找到了赵昌进。赵昌进因培养典型成绩突出被提拔为宣传科副科长。待他把一切都和盘托出后，赵昌进非常生气，端起杯子连喝了几口水后才开口。

"你太没数了！你以为你这典型当得挺容易是不是？"

古义宝第一次见赵昌进生这么大气，有些不解又有些害怕。

为树古义宝这个典型，赵昌进确实费了心血。那次与文兴的分歧公开后，赵昌进预感到了肩上的压力。这事把他跟古义宝拴到了一起，直接关系他们两个的政治生命。如果他败给文兴，不仅古义宝不能当典型，而且等于公开宣布他赵昌进制造了假典型。制造假典型是品质问题，弄虚作假，欺世盗名，他们两个的政治生命就此完结。如此直接威胁他个人前途命运的事，他岂能束手待毙？会后，赵昌进分别找了主任和政委，他不是简单地在背后在领导面前否定文兴的意见，攻击文兴的偏颇，而是充分肯定文兴意见的价值，然后在肯定的前提下再客观而巧妙地指出，文兴的着眼点和出发点不是工作，而是创作；不是考虑实际工作中如何培养典型，而是按照文学艺术创作塑造文学典型的要求，按完美的文学艺术形象来要求现实生活中的人，这是两个不同的范畴。先把领导的思路非常自然地引导到他的轨道上，接着再陈述自己的观点，同时不露声色地对文兴的意见进行分析批判。他认为，文学艺术的典型人物是比生活中现实人物更典型、更理想化、更完美、更高的艺术形象，这种人物现实生活中根本没有，也不可能有。用文学艺术创作对理想化典型人物形象的塑造追求来要求现实生活中的人，犯了脱离现实的空想主义错误。从另一种角度看，因为现实生活中的典型达不到这种更典型、更理想化、更完美、更高的要求，而否定典型，这实际是消极的取消主义。果不其然，主任和政委都被他完全说服了，并指示古义宝的经验材料由赵昌进整理。文兴对此既没再公开反对，也没再找领导沟通。赵昌进心里清楚，文兴不公开坚持自己的观点，不等于他认输，换了谁这事都不会善罢甘休。文兴多精明，领导都同意了，自己再固执己见，那就拿抹布擦脸自找难堪了。他感觉文兴那对笑眯眯的眼睛里藏着窃听器和监视器，赵昌进的一举一动一言一行都在他的监控之下，赵昌进怎么敢掉以轻心？赵昌进觉得必须让古义宝明白这些，如果他在婚姻问题上栽跟斗，那就不只是他一辈子前途要葬送，连赵昌进也要受牵连。可气的是古义宝一点都不明白问题的严重性，居然敢冠冕堂皇跑机关来跟他商量这种事，他真恨不能踹古义宝两脚。

他十分严厉地对古义宝说："你给我记住，部队最忌讳两件事：一是男女作风问题，一是经济问题。工作上出差错理直气壮，哪儿跌倒哪儿爬起来，可要在这两件事上犯错，这辈子别想再爬起来。你要是真想要尚晶，只要林春芳到部队一告，你就回你的老家刨地去吧。你不要林春芳，部队就不会要你，我一点都不是吓唬你。你现在面前有两条路：一条是继续在部队好好当典型，现在已经提干，好好努力，前途无量，但必须与尚晶一刀两断，立即公开与林春芳的恋爱关系；另一条是回你老家去种地，你可以去跟尚晶谈你的爱，但我想不可能有好结果，你抛弃林春芳，林春芳不会饶你，到部队一闹，你身败名裂，解甲归田。到了那一步，尚晶她还能爱你吗？肯定是抓鸡不着蚀把米，鱼没吃着惹身腥。何去何从，你自己好好掂量掂量，路就清清楚楚摆在你面前。"

古义宝差不多忘掉了呼吸，他被赵昌进的滔滔宏论惊傻了，完全傻了。

赵昌进发现了古义宝内心的震动，看出这小子对尚晶动了真感情。人心都是肉长的，是男人谁不想找个称心如意的对象？但是，谁让你当了典型，世上的事情哪能都遂人愿呢！于是他缓了口气，低下声来劝他。对立统一是自然辩证法，有得必有失，有失才有得，世上的人和事都逃脱不了这个规律。日有阴晴，月有圆缺，这是自然法则。天遂人愿，心想事成，只能是梦想。

古义宝大睁着眼睛，他不是惊异于人同样都是一个脑子，赵昌进的脑子里为什么会装这么多学问，而是要把赵昌进的每一句话记到心里。

十

刘金根带着三块奖牌回到连队那天，天特别闷热，知了被骄阳烤得哇哇乱叫，训练场上的兵们早湿透了裤头。

刘金根其实不只带回三块奖牌，在他回连之前，文兴以机关的名义先传达了一句直接关系到刘金根命运前途的话。这句话是这个师的最高首长——师长说的，是专门给他们团长说的，他们团长又把这句话下达给了他们营长，他们营长再告诉了他们连长。刘金根回连前先到团机关，团长接见了他，团长又当着他的面复述了师长那句话，师长说，刘金根是个好兵。

师长说刘金根是好兵，不只是因为刘金根在军、军区军体比赛中争得三块奖牌，为师里争得了荣誉，主要是刘金根做了一件事，师长认为能做这种事情的兵绝对是好兵。

军区要举行军体比赛。军体是纳入训练大纲的军事项目，有法定的训练考核时间，写进了各级的训练计划。为迎接军区军体比赛，军、师、团都进行了选拔，刘金根被抽到军体队集训。集训队住在教导队，文兴和一位参谋是他们的直接领导。

师长到教导队检查班长集训队第一阶段训练情况，临回机关时突然雷声大作，顿时暴雨倾盆。师长就只好在教导队吃饭。午饭后，雨仍没停，师长就到招待所休息。师长刚躺到床上，一声落地开花雷炸响在师长住的房间后面，雷声中夹进了一声惊人的咔嚓断裂声。师长翻身下床走到窗前察看。窗外坡下是一条大公路。雨下得很大，雨帘几乎隔断了视线。师长慢慢才看清窗外的一切。不知是雷击还是大雨造成滑坡，坡沿上的一根木头电线杆被拦腰折断，两根电话线拽着半截线杆半悬半倾地歪在坡沿随风晃悠，随时都有倒向公路的危险。两根电线被断电线杆拉下横拦在公路上方，高度只有一米半左右。公路到这里正是下坡，雨大路滑，能见度差，如果此时有汽车或自行车经过，准要发生重大事故。

师长正想叫人，这时发现雨中出现了一个兵。那个兵犯难地站在断电线杆前，爬没法爬，拉没法拉，手里又没有工具。一会儿工夫，那个兵就淋成了落汤鸡。但那个兵没有放弃，他脱掉胶鞋，光着脚板戳在坡沿上的那半截断电线杆。太危险了，那半截杆子悬在坡沿上，万一电线一断，很可能连人带杆一起摔下去，就算摔不死也活不好了。师长隔着窗户喊了一嗓子，那个兵自然听不到。师长立即操起了电话。那个兵已经爬了上去，忽然电线杆一倾，那个兵摔了下来。那个兵急得团团转，四下里找东西，眨眼不见了人影。师长想他可能放弃了，这也不好怨他。不一会儿，那个兵又冒了出来，不知他从哪儿找到了一根铁丝。他把铁丝弯了个套，从那半截电线杆的底部套进去移向上端，把另一端拴到自己身上，然后他光着脚丫往旁边那棵树上爬。他终于爬上了树，在树上把铁丝别在胳膊粗的树枝上，然后拼全力拉那根断电线杆。断电线杆让他提了起来，两根电线离路面有四五米高了，车辆经过再不会有危险。那个兵拉起断电线杆后，把铁丝死死地拴牢在树干上。不一会儿，一辆卡车和公共汽车平安地开了过去，他们当然不会知道这里之前对他们有多大的威胁。

当师长和团里的人冒雨赶到那里时，那个兵还趴在那棵树上，在固定那两根电话线。他的脚底被划破，流着鲜血。

那个兵就是刘金根。

刘金根根本没想到这事会让师长发现。当时他正蹲在厕所里解大便，听到惊雷中夹着一声咔嚓的断裂声，就跑出厕所看到断电线杆悬在那里。他想的是汽车和自行车经过要出危险，于是就做了这该做的事。他压根没去想什么学雷锋做好事，更没想到会被人发现。他若是发现有人，肯定会叫他一起帮着干。

刘金根回到连队，连里的人早都知道了他的事迹。全连无论干部还是士兵都一片羡慕和称赞，弄得刘金根不好意思红了脸。

士兵们的热情很快被走进操场的那一团耀眼的洁白吸引过去了。眼尖的认出，那洁白是施工地双顶山小学的尚晶老师穿的连衣裙。尚晶一身白，白太阳帽，白连衣裙，白塑料凉鞋，白长筒袜，骑一辆红色凤凰牌自行车。她这打扮让兵们一个个两眼都定了神。

指导员亢奋而又拘谨地接待了尚晶。与这样一位耀眼的姑娘单独相处，再加上四周有这么多不期而至的眼睛光顾，他没法不拘谨。他们的谈话频频被来找指导员的人打断，那天下午那一个多小时里，班排长的工作积极性突然高涨。尚晶断断续续说明了来意，学校要搞一次大队日活动，想请古义宝到学校做一次辅导。指导员也断断续续向尚晶介绍了古义宝的近况，说到古义宝出席了军区"双学"会，已提升为司务长。指导员这话让尚晶那对明亮的大眼睛闪出一道异样的亮光，她竟抑制不住自己，哇地发出惊喜的一声。

尚晶向指导员请求，能不能单独与古义宝谈一下活动安排，而且大大方方地跟指导员说，她今天来不及回去了，想在连队住一宿。指导员想以连队条件太差婉言拒绝，他知道这一晚要给他增加无法估算的工作量。但他的借口遭到尚晶温柔而又坚决的回驳。她说："要说艰苦，你们长期在艰苦中生活，我住一宿又算得了什么呢？再说，我又不是来享受的。"指导员便再也找不到合适的话说。

古义宝穿着肮脏的炊事服跑步来到连部。通信员去叫他时他正在改灶，满手满脸都是泥。见是尚晶，他慌了手脚，进退不得。

尚晶也无法掩饰地在脸上露出了恋人相见的羞涩。指导员看得十分明白，于是就有了责任，尚晶与古义宝的谈话便在指导员的陪同之下进行。

古义宝和尚晶两个一下午都无法让心情平静下来。他俩都急于单独相聚，可指导员一点都不体谅，对他们的愿望毫不理会。直到古义宝让炊事班的士兵为尚晶打扫好房间，送她去房间时，才得偿所愿。

"为什么不告诉我？"一到背人处，尚晶便变成真正的尚晶。

"啊……"古义宝装傻。

"是不是当了官，成了英模，见了世面，眼眶子高了？"

"不、不、不。"

"义宝！"门被喊声一下撞开，幸亏俩人还没来得及激动，闯进来的是刘金根，"你小子当了官，不哼不哈连个招呼都不打，还是一个村的老乡呢，尚老师，你说该罚不该罚？"

"该罚，该狠狠地罚。"尚晶自然要推波助澜。

"金根，你什么时间回来的？"

"下午啊，我前脚到，尚老师后脚跟，就像约好了似的。尚老师，是吧？"

"是啊，咱们是约好了来为他庆贺的，就看他怎么表示了。"

"我请客，一定请，不过在营房里怎么请呀，改日咱们到城里下馆子。"

"你可说话算数啊！"尚晶媚了古义宝一眼。

"哎，金根，这次出去不错啊，尚老师——"

"什么老师老师的，难听死了，叫我小尚，要不就叫名字。"

"我忘了告诉你，我们金根可是体育健将，这次在军区军体比赛中一人得了三块奖牌。"

"看得出来，一看这身架就知道是搞体育的。"尚晶不无欣赏地看了刘金根一眼。刘金根也注意到了尚晶的目光，心里流过一丝甜蜜。

"哎，金根，前些日子干部股的股长来连队了解你的情况了，还召集连里骨干征求意见了呢，下一步准要提你。"

"好啊，那你们两个人都欠我一顿喽！"

古义宝觉着不好故意再留下来，尽管尚晶在眼睛里做出了许多暗示，但他还是和刘金根一块离开了。

"哎，尚晶来干什么？"一出门，刘金根就逼问古义宝。

"她是代表学校来请我去做辅导的。"

"我看她醉翁之意不在酒哟！"

古义宝觉得这事瞒刘金根就没有意思了，他承认尚晶对他有那个意思。

"那你呢？你现在是干部了，有资格在当地找对象了。"

"我怎么会干那种伤天害理的事呢，我不要林春芳还能要谁？"

"心里话？"

"心里不心里还能怎么样！"

"义宝，说到底咱俩是老乡，说真话，我真怕你一时糊涂，你现在是干部又是典型，更不能不要林春芳了，一闹起来事情就麻烦了。"

"是啊，傻瓜都明白这个道理。"

"既然是这样，你就要跟尚晶挑明了，这样谁也不耽误谁。"

"哎，金根，你是不是看上人家了？"

刘金根的脸霎时通红："别开玩笑了，我哪有这资格！再说，人家也不会瞧上咱这穷当兵的。哎，义宝，我想请假回家看看，反正刚回连，也没接手什么事。"

"是啊，离家都四年了，我也想回家看看。不过，金根，干部股刚来了解你的情况，肯定想提你，你出去也好几个月了，这个时候回连应该好好干一番才是，我看你现在还是不回去的好。"

"也是，那就听你的，支部那边有什么情况就都靠你啦。"

他们俩的关系忽然密切了许多。

尚晶的晚饭是古义宝故意让炊事班的战士送去的。吃过晚饭，古义宝找到了送开水的理由上了尚晶住的房间。他不能放过这个机会，他必须跟她摊牌。

古义宝进门，尚晶把不高兴挂到脸上。他完全理解。

"实在对不起，乱七八糟的事太多，顾不上来看你。"

"或许我太没有自知之明，给你添麻烦了。"尚晶眼睛里竟闪着泪光。

"别这样说，请你理解，这是连队，是部队的军营，它跟外面的世界有许多不同。"

"我真后悔住下来，我应该连夜赶回去。"

"那你就等于没有完成任务，我去辅导是要请示团里的，现在团里还没有答复，你这样回去不等于白跑了吗？"

"或许我真是白跑了。"尚晶说得十分伤心。

"小尚，请你原谅我，你对军人了解得还太少，有许多事情你可能不理解，许多事军人是不能按个人的意愿行事的。"

"包括爱情？"

"应该说尤其是爱情。"

"为什么？"

"我也说不清。"

"你真进步了，连说话都变了。可我还是不明白军人为什么不能爱。"

"我必须跟你说实话，我完全明白你的一片真情，说心里话，你漂亮、聪明、开朗，我很喜欢你，但我不能爱你，我真配不上你。"

"我不爱听这些空话。"

"阻止我爱你的不仅是军队纪律，主要是我入伍前已经有了未婚妻。"

"什么？你……你怎么……"尚晶感到非常意外，"你为什么不告诉我？"

"没有机会。"

"你有机会。你给我第一封信里就可以讲。你不爱她，是不是？"

"那时候，我根本就不懂什么叫爱，只知道男孩长大了总要找个老婆。"

"你现在应该懂得什么是爱了，那你现在爱她吗？"

"我跟她谈不上爱，只能是一种道义和责任。"

"谁在逼你？你为什么要这样选择？"

"没人逼我，但我必须这么做。"

"你是干部，有权利在驻地找对象。"

"正因为我现在是干部，才只能做这种选择。"

"为什么？"

"我过去是士兵，可以毫无顾忌地跟她解除婚约，虽然那只是一种口头婚约，但我们的社会是承认这种婚约的；不过反过来说，不管是过去还是现在，即使我跟她解除了婚约，我们之间也不可能建立关系。"

"为什么？"尚晶十分不解。

"当时我是士兵，不允许在部队驻地找对象，我没有资格与你恋爱；现在我虽是干部，可以在驻地找对象了，但我无法与她解除这婚约了。如果我硬要解除，那我就成了'陈世美'。这种情况，部队是绝不允许的。'陈世美'穿军装，我不能为了爱情不顾自己的一生前途，这样的爱情也不会幸福。"

"……"尚晶眼睁睁看着古义宝，一句话也说不出来。

这些话在古义宝心里不知翻腾了多少遍，早在肚子里焐熟了。道理都是赵昌进耐心地教给他的。他为弄明白这些道理耗去了无数个美好的夜晚，忍受了无法用语言表达的痛苦。他怎么也说服不了自己为什么只能要林春芳而不能爱尚晶，可他不服不行，不服他就得葬送自己的一切。

"你心里可能在说我，这个人为了名誉愿意放弃自己终身的幸福，真没有意思。我怎么会不想要幸福呢！然而，幸福不是我们凭一股热情和幻想就能得到的。你平心静气想一想，如果咱们什么都不管，为了爱情放弃一切，咱们真能幸福吗？如果这样，部队肯定要处理我，就不会要我这个'陈世美'，因为我喜新厌旧不要林春芳，就算我不在乎名誉脱下这套军装回老家，你怎么办？你能跟我上那个穷山沟？就算你为了爱情吃苦也甜，可你在人家眼里是那个引诱'陈世美'的'公主'，你能忍受包括林春芳在内的鄙视吗？真到那时，我又会给你什么幸福呢？"

古义宝这一连串疑问，尚晶想都没想过，她也想不到这些。别说回答，她听起来都应接不暇。

古义宝找到了开脱的机会，他继续开导："现在，我不只是在为自己着想，想得更多的是你。说句不好听的话，我要不穿这身军装，天塌下来我也可以不管。可现在我穿着军装，有了这身军装，一切就由不得我。"古义宝坐在椅子上低下了头，他似乎不是在跟尚晶说话，而是在自言自语。

尚晶被古义宝这一通肺腑之言说晕了。他让她惊愕，因为在她接触的人中间她没有见到过像他这样的人。难道这就是军人的特殊素质？与他这般年龄的社会青年怎么会有这等心胸？

"你别再说了。"尚晶不愿意他痛苦。

"你我虽然不能成为夫妻，但我们可以成为最好的朋友，我会把你作为最知心的朋友。小尚，你愿意吗？"

"……"

古义宝看到两行热泪从尚晶洁白的脸上流了下来。他心里一热，差一点就控制不住自己。他双手紧紧抓住椅背，也不知是他要拽住椅子，还是让椅子拽住他，他怕自己站起来，站起来可能就控制不住自己，就可能再犯对林春芳同样的错误。

屋子里只剩下他们两个人的呼吸，谁也不看谁，就这么静静地沉默着，等待着时间消逝。

"你陪我去洗个澡吧，身上太黏了。"不知过了多长时间，尚晶轻轻地说。

"洗澡？"古义宝惶恐不安。

"是啊，到山下的沙河里洗。我在家也是，天黑以后，与几个姑娘一起到村外的小溪里洗澡。你不是我最知心的朋友吗？替我去站一会儿岗，好吗？"

"喔，那好，我去给你拿香皂。"

"我等你啊。"

古义宝去拿香皂是实，但更重要的是他得去向指导员请示。

夜色割断了士兵们追随他俩的视线。

古义宝帮尚晶找到沙河水深的地段。这是一条入海的大沙河，河水清澈，河底没有淤泥，全是细沙和卵石，但河水很浅，最深处也只是齐腰。

古义宝自觉地与尚晶拉开距离。

"你不要离得太远，我害怕。"

"哎。"

他们已经谁也看不清谁了。附近没有村庄，周围除了淙淙流淌的河水、低吟浅唱的夏虫、逍遥游弋的流萤，就只有两岸沙沙曼舞的柳林，热情的夏夜令人感到神秘又多情。

古义宝听到河水流淌的旋律里加进了一种特别的水声，这水声令他心里躁乱，脑子里不由得浮想联翩。他无法不想象尚晶赤裸地站在水中的样子，但他抑制着自己不扭转头去寻觅。

"你在那里吗？"

"在。"

"你能轻轻地哼哼歌吗？"

"很难听的。"

她真这么害怕吗？古义宝不敢细想。

"你也下来洗一洗吧！我能听到你的声音就不害怕了。"

"噢。"

古义宝真的感到自己身上黏黏的，十分听话地走向了河边。古义宝还是忍不住扭头朝那边看了一眼，隐隐看到在幽幽的河面上有勾魂的绰绰白色。

古义宝弄不清是他还是她在缩短他们之间的距离，那团模糊的洁白在慢慢地变得清晰。当他确定自己真的看清了尚晶那雪一般白的身子时，古义宝像受惊的兔子一样跑上了岸。尚晶没有再叫他。

尚晶穿好衣服默默地来到古义宝跟前。天很黑，但古义宝仍能感觉出尚晶披散着黑发身穿着白色连衣裙的妩媚。

"你真的就这么决定了吗？"古义宝感觉尚晶低着头。

"心里的话我都说了。"

"你一点都不喜欢我？"

"我喜不喜欢你，你是知道的。"

"你真的一点都不爱她？"

"我只能尽量对她好。"

"这样太残忍了，对你对我对她，都太残忍了。"

"要做一个好军人，只能这样。"

"你太可怜了，为什么你就不能放弃这个典型呢？"

"那不只是典型，还是我一生的前途。"

"难道我在你心里就没有一点位置吗？"

"你说呢？能没有吗？"

"义宝……"尚晶突然靠到了他的胸前，古义宝的脑子乱成了一团糨糊。尚晶一点一点抬起了头，两片滚烫的嘴唇触着了古义宝的下巴。古义宝情不自禁地一下抱住了尚晶。两个慌乱的灵魂漫无目的却又十分清醒地在寻找着，碰撞着。当他们的双唇触碰的瞬间，古义宝像触电一般挣脱了尚晶。

"不，尚晶，这样我会一辈子对不起你。"

尚晶什么也没说。俩人默默地顺着山路往回走，一路上再没有一句话。

十一

丫头大了娘操心。

清晨，尚晶穿上了浅粉色新连衣裙，临出门却又跑回房里换上了平时穿的上白下蓝的套裙，引得当娘的用了好一阵心思。娘想，这丫头大概心上有人了。娘有了这一猜想，心就细起来，眼睛不住地在女儿身上搜寻线索。

尚晶娘好福分，两儿一女。两个哥哥在前面，尚晶自然是吃喝她先挑，穿戴她先要，占了便宜还常到爹娘面前撒娇，娇得捧着惯着不知怎么好。没想到小丫头一下长成了大姑娘，而且在娘眼睛里出落得如花似玉，更成了娘的心尖尖。当娘的看出丫头今天有些异样。平常这头发总是胡乱绑成个马尾巴，也不管是正是歪是上是下连镜子都不照一下就往外跑。为这，当娘的没少唠叨，老说她什么时间能长大。今天却不同了，她看到女儿对着镜子梳了两遍头，还晃来晃去照了不知多少回。当娘的心里暗暗高兴，丫头准是有了心上人，要不她怎么会这般收拾。眼看就要当丈母娘，能不高兴？高兴之余她又急着想知道未来的女婿是哪一个。这些日子也没见她领谁上过家，也没听说学校里有合适的，那会是谁呢？可千万别跟村里那些没出息的搞到一起，瞎了一辈子前程。当娘的想到这一层，不免又担上了心事。

说是娘懂女儿心，其实不然。尚晶她娘哪会想到女儿恋上了一个当兵的！

女儿自然有女儿的主意。尚晶虽然在农村山沟里长大，但自小娇惯，养成了一种自命不凡的清高，高中毕业虽没考上大学，却当上了民办教师，这就更拉开了与一帮同伴们的距离。尤其到县师范进修回来，她心里便定下了一个主意，她要离开这山村。在进修时，她曾收到三个人的求爱信，但她都拒绝了。那三个小伙子人都不错，但都是民办教师，跟他们只能是从这村到那村。人往高处走，水往低处流，她想女孩子早晚要出嫁，但这村到那村是自古以来没有社会地位的农村妇女的命运，是命运悲剧，她不想重蹈这种悲剧。她想离开山村，并不是因为他们村多么穷困，她只是深切地感受到农村和城市的差异太大。在农村，除了吃、住，就是生儿育女。日复一日，年复一年，一代一代都是为这三件事忙活，除此他们再没有别的追求和理想。

她认为，一个人应该有文化，有思想，有奋斗，有追求，有事业，有作为。而这些似乎只是城里人才能想的事，只有城里人才有资格想这些事，也只有城里人才有做这些事的天地。在山村谈这些，别人会以为你神经有毛病。她原打算靠自己的奋斗来实现自己的理想，但几经努力感到自己想得过于天真。民办教师转公办的名额微乎其微，像她这样靠自己奋斗几乎是三十儿晚上的月亮，没指望。退一步说，即使耗上几年，自己拼上命努力，耗到后来人也老了，家也成了，就算转了公办还有什么意义？谁能帮她实现自己的理想呢？自从部队进了村，她一下开了窍。找个军官，她的理想就能如愿。再说军人品质好，身体好，素质也好，到时候一办随军就可以调动，谁也不用求。于是，她对军人有了一种特殊的感情。这些，她娘怎么能懂呢？

尚晶一早晨都在犹豫，她拿不定主意今天穿什么好。在营房的小河边，与古义宝拥抱让她感受到了男人的力量和火热。这力量和火热让她心跳加快，至今仍温暖着她的心，一想起来就脸热。但她同时也感到了古义宝闪电般的冷却，一想到他情绪的突变，她的热情也就凉了下来。尽管她对古义宝仍没有完全放弃，但已感到与军人恋爱的另一种无奈。军人的理智多于情感，可以随时牺牲个人的一切，包括爱情。想到这一层，她不得不问自己："我这是为谁装扮？我为他穿新衣，他是否就敢欣赏？到头来竹篮子打水一场空，不是反而给同伴们制造笑料吗！"于是她又果断地回屋换上了原来穿的套裙。这些复杂的情绪变化，她娘怎么会看得出来！

尚晶到村口迎了三次没迎着，路太远没法准确计算到达时间。

古义宝特意请刘金根陪同一起来学校，这个主意得到了指导员的赞赏。他们俩骑自行车抄小路进的村，一进村就直接奔学校，尚晶必定要扑空。她扫兴地回到学校，古义宝和刘金根已被校领导迎进了会议室，尚晶原先想象的见面场面成了泡影。古义宝发现尚晶情绪低落，以为尚晶不满意他带刘金根一起来，想找机会做些解释。幸亏没找着机会解释，尚晶对刘金根一起来没有一点反感，相反比往常更多地注意到了刘金根。

古义宝的辅导报告安排在下午。中午，学校的食堂专门为古义宝他们俩加了餐。除了校领导，尚晶也一起作陪。报告没有作，校领导先反复说了许多感谢的话，除了感谢，学校领导实在没有别的话题好说。尚晶倒是有许多话要说，可在这种场合没法说。

中午学校没地方安排他俩休息，只好让尚晶领他们上她办公室。经过操场时，一些学生在操场玩，有的在打篮球，有的在玩单双杠。一看到单双杠器械刘金根就手脚痒痒。古义宝不明白尚晶怎么发现刘金根手脚痒痒的，只见她十分热情地向学生介绍刘金根是体育运动员，说他在军区比赛得过奖牌，邀请刘金根为大家表演。

古义宝看着尚晶的热情和刘金根的得意，心里莫名其妙地泛起一股酸水，酸得他心里好难受。

刘金根当然不会推辞，他憨笑着脱了军上衣，鲜红的背心裹着健壮的身肌立即呈现在尚晶面前。刘金根从容地收了收鞋带，用地上的尘土擦去手心的汗。他轻松地鱼跃上杠，接着翻身上杠，双臂大回环，单臂回环，再双臂回环转体，前空翻下杠。动作娴熟，干净利索，轻捷优美。

古义宝注意到尚晶美丽的杏眼里闪着神奇的异彩，两眼一刻也没有离开刘金根，而且身不由己地带头热烈鼓掌。

刘金根接着又上了双杠。

古义宝有些尴尬。不知是怕学生们也让他表演叫他尴尬还是别的什么原因，当刘金根做完双杠动作后，尚晶突然发现古义宝已不在现场。

尚晶心里咯噔一怔，但没表现出急于要去找他的样子。她还是等刘金根穿上衣服，并领他到水管洗了手，才与刘金根一起进了她的办公室。

尚晶一直想跟古义宝单独说几句话，但整个下午她一直未能找到机会。下午古义宝作报告时，她倒是一直陪着刘金根坐在一起。

尚晶发现古义宝的报告没有以往那么生动，她不能肯定是不是她主观的心理因素引发了态度变化。有几次她发现古义宝在讲台上用眼睛的余光扫视她和刘金根，以致他讲话卡壳，只好用喝水来掩饰他的走神。尚晶心里有些同情甚至可怜他，她想跟他说几句让他高兴的话，可惜没说成。

作完报告，古义宝和刘金根没在学校停留，就骑车上路回连了。

尚晶和学校领导一起把他们送出校门。尚晶不能单独再送，临别时她只能说欢迎他们再来。

古义宝和刘金根骑了一段哑巴路，古义宝憋不住开了口。

"金根，你觉得尚晶这人怎么样？"

"什么意思？你小子是不是还不死心？"

"我是问你，你没有觉出来，她今天对你的热情有些特别？"

"你小子吃醋了是吧？我看你贼心不死。"

"我是没法了，谁叫咱目光短浅猴急着弄了人家。说真的，尚晶人漂亮、活泼、开朗、大方、有文化、有知识，娶到这样的女人做老婆不枉一生。"

"好啊，这回算说了实话，原来是吃着碗里的盯着锅里的！"

"说真的，你喜不喜欢她？"

"喜欢又有屁用，人家会看上咱这土包子？"

"哎，你要真看上她，等你提了干，我来做大媒。"

"你小子不怀好意！"

"好心当作驴肝肺，好，那我就不操这份闲心了。"

"不是咱想不想的事，咱知道自己有几斤几两，癞蛤蟆想吃天鹅肉，吃得着吗？"

"事在人为嘛！说好了，我要是给你做成了这媒，你怎么谢我？"

"那好说，你想要什么我给你什么，只要你开口。"

"说话可算数哟！"

"君子一言，驷马难追！"

"好，那就一言为定！"

十二

这一天，刷新了守备三连的辉煌历史。

军、师、团的首长，还有军区后勤部的首长到守备三连来参观。守备三连是军基层后勤建设工作现场会的现场参观点。

三连热火朝天。先是团里来检查准备工作，团里检查了师里又来检查落实情况，师里检查了军里再来验收准备工作，逐级检查完了，团后勤处长和师后勤部副部长干脆就在三连住下了。三连的官和兵两个月忙得身上没有一天是干的。三连营房前的路平了，平得跟水泥马路一般，他们平整了十几遍；三连的营房新了，前后门窗全部重新刷了外绿内白的油漆，油漆是团后勤直接送来的；三连的营区美了，所有大小树木的树干都齐根往上涂了一米三高的白石灰；营区内的路全部铺成了水泥路，包括通往厕所和猪圈的小路，连篮球场也灌成了水泥球场，水泥是师后勤送来的；水泥路边都种上了太阳花，路与墙之间的空间都栽了花，月季、迎春、美人蕉、菊花，应有尽有；每个屋的窗台上都摆着云竹、海棠、茉莉、杜鹃等各种花，花都是到地方园艺场买来的；三连的厕所也香了，是军后勤拨款重盖的新型无蝇厕所；三连的猪舍像小洋房，这是他们亲手打眼放炮用了小半个山头的石头新砌起来的；三连的菜园子里有多种多样的应季蔬菜多种多样，这也是大家动手让荒山变的良田。

三连的官兵忙，最忙最累的还数古义宝。谁都知道这份荣誉多半是靠他争来的，他创造了节煤指标、猪肉自给、蔬菜自给三项第一，让上面对三连发生了兴趣，加之他也是军区树的典型。过去古义宝当先进，无论是连长、指导员还是炊事员，尽管嘴上都跟着说光荣，但内心并没有一点光荣的感受，因为古义宝出力出汗当典型，他自己是得了好处，别人却是跟着看热闹。这一回完全不同，古义宝让人人都有露脸机会，个个都感受到光荣。而更让大伙打心里佩服的是，古义宝本人却只埋头绞尽脑汁地干着一件件实事，从没有丝毫要标榜自己的意思。

请他去开会，他要在连队为迎接参观做准备，就把赵昌进亲自用了心思写的经验材料交给了指导员，指导员的口才终于有了施展机会。三连后勤建设在会上一炮打响，军区后勤首长指示，这材料要在军区报纸上全文登载，要推荐给总部《后勤》杂志。与会代表所认识的三连就是指导员，指导员就是三连。

连长则展示军事干部综合素质。参观团车队开进三连操场时，连长已让全连官兵在太阳底下全副武装整队站了近一个小时，但他让每个人仍精神抖擞，激情源源不断地从脚底沿脚筋向上蔓延。当最高首长走下汽车时，连长不失时机地以百倍的精神喊出了一串清脆嘹亮的口令，整理好队伍，以标准的步伐跑步向军区后勤部长报告，一串潇洒的动作以及军人味十足的报告词，让全连官兵提气，一个个都绷直了腰杆挺起胸膛，有几个容易冲动的士兵竟鼻子发酸眼眶子湿润了。连长的言行举止博得了首长们的笑脸，给连队添了分。

连长要介绍的情况早就烂熟于心，从连队的任务、装备、人员到营房设施、后勤管理和农副业生产，桩桩条理清，件件数字明。听的人不由得不服他惊人的记忆力和军人语言简洁明了的特殊魅力。

副连长在连队小作坊里同样露了脸。鲜豆腐、酱豆腐、油豆腐、豆腐干，仅豆腐这一项就让首长们赞不绝口。其余腌辣椒、酱黄瓜、糖醋蒜、腌雪里蕻、五香萝卜干、虾头酱、蒜薹、腌鸡蛋、松花蛋……近三十种小菜，尝得代表们都想带走几样。这些都是古义宝的心血。单做豆腐这一项，古义宝就不知跑了多少趟副食店，但还是做不成，不是卤大了太老，就是卤小了压不成块。后来五班的一个士兵说他爸是做豆腐的，古义宝请示连首长同意，专门把那个士兵的父亲请到连里，住了差不多半个月，硬是把他们教会后才让他回的家。但首长和代表们不知道这些，只听副连长介绍得如数家珍，自然以为这些小菜都是他亲手腌制。

副指导员也没落下，他在炊事班现场表演中显了身手。表演项目是炊事班人人现场配料炒一个不重样的菜，包括古义宝在内；然后集体表演拉面技术，由副指导员现场解说。六菜一汤，七碗拉面，仅用十八分钟。首长们都亲口品尝，无不称赞。可代表们哪里知道，这拉面技术也是古义宝到饭店跟师傅学，回来再手把手教给一个个炊事员的，饲养员小彭为这不知挨了多少训哭了多少回。

最精彩的还是参观猪舍后炊事班的射击表演，最后这个压轴戏又由连长组织指挥。六个人射击，五个优秀，一个良好。连长报告的成绩连同最后的结束词，又博得了全体代表一片掌声。

参观达到了出乎意料的效果，上下十分满意。要说美中不足，只有饲养员小彭临上靶场时突然肚子痛，未能参加表演。

小彭的射击问题确实让古义宝伤了脑筋。小彭的工作没说的，叫干什么干什么。叫喂猪一心就扑在猪身上，猪喂得很好，枪却打不好。几次打靶都不及格，一扣扳机就闭眼，怎么训也改不了。现场会有炊事班射击表演这一项，不让他参加是弄虚作假，古义宝头一个反对，且态度十分坚决，其他干部就不好说什么，连团里、师里的后勤领导也不好说什么。可大家心里都担心小彭会在这节骨眼上出洋相，给连队丢脸。但古义宝态度不仅十分明确，而且坚决保证帮小彭训练好。

古义宝做事从来都是说到做到，不开玩笑，他抓小彭训练下了真功夫。按说他够忙的了，几十种小菜好弄吗？烹调技术表演也不是闹着玩的！近二十头猪天天要吃，还要改灶节煤，几天不改耗煤量就上升。古义宝只能见缝插针陪着小彭练，开饭后烧饭前，晚饭后睡觉前，一有空就趴在地上练。不过小彭究竟练得怎么样，改没改掉毛病，大家都不知道，只是听说临开会前的一次射击打及格了。

小彭是全副武装上的靶场，这也是古义宝突然当着全体代表向连长报告的。又说小彭突然肚子痛，可能是刚才拉面的时候抻了肠胃。大家确实看到小彭痛苦万分。

连长立即报告军后勤部长，没等军后勤部长开口，军区后勤的首长就指示赶紧去治疗。

至于小彭是否真是肚子痛，只有小彭和古义宝知道。

参观结束，各级首长都讲了话，给予了高度的评价。军区后勤部长和军首长接见完连队士兵和连里的干部后，专门单独接见了古义宝。此时古义宝没有忘记把功劳记到连长、指导员、副连长、副指导员的身上，就连照相机的镜头对准他时，他都没忘记他们，把他们都推到前面。

十三

刘金根未能参与感受连队那一天的辉煌。一封"母病重，速回"的特急电报把他拽回了沂蒙山老家。本来刘金根正在喜头上，提升四排长的命令刚公布没出十天，听别人叫他排长而产生的那种羞涩还未退去，从大屋的双层床搬进小单间独睡还未完全习惯，头把火还正在酝酿之中，就碰到了这码事。

连里领导态度十分明确，让他立即回去。按说当兵也五个年头了，儿走天涯海角也忘不了娘的养育之恩，刘金根也打心里想回去看看，何况刚刚荣升，他的地位发生了质的变化，由山区的一个种地的农民变成了一位军队干部，他何尝不想立即扑向家乡，让家人和乡邻与他分享这一份荣耀！但让他犹豫的一则是自己刚提干，别说三把火，连干部班还没值过一次，连队正赶上如此重大活动，大家伙都忙得整日屁股朝天，自己回家不太好；二则是他正在寻思如何求古义宝与尚晶取得联系，无论成还是不成，有了定论回家才好另做打算，现在回去什么事也办不了。可事情让他无法延缓，万一老娘有个三长两短，他这个不孝之子要遗恨终生，良心一辈子不得安宁。权衡再三，刘金根还是回了家。

刘金根回去一并就把探望父母的假休了。不过他还是像一般新干部那样提前两天归了队。连队已经从喜庆中冷却而走上常规生活。当兵的，尤其是家里没老婆牵挂的，回家都待不住。过惯了军营生活，哪怕是山沟沟、穷海岛，在家整天鱼肉山珍、走亲访友，还是待不住。听不到号音，听不到杀声，看不到队伍，心里空落落的，没滋味透了，待不了几天就想往回跑。

刘金根回到连队，立即便得知连队正孕育着人事大变动。现场会给连队添了荣誉，俱乐部里增加了一个大奖框，士兵们敲锣打鼓聚了一次餐；代表三连的领导，连长、指导员、排长、班长也就有了升职的机会。上面干部部门来连队蹲了两天，分别找干部士兵谈话，还开了座谈会，连长、指导员可能都要提到营里去。如果他俩上，连里其他人也好跟进，提拔一人，升迁一串。古义宝升副指导员大家认为是板上钉钉的事，剩下几个排长都较着劲精神百倍地瞄着副连长的位置。让刘金根羡慕的是，无论连长、指导员还是士兵们，都说古义宝的好话。一点都不像以前他当典型那样，当面都说好听的，背后却都嗤之以鼻。

刘金根上下一转，这些日子的空白全得到了补充。吃过晚饭，他单独找了古义宝。

古义宝自然不能先急于问自己的事，他关心了刘金根娘的病。

刘金根娘是病了，胃出血。刘金根到家，他娘在医院已止住了血，一见儿子，病好了大半。家里的电报是斟酌再三才发的。他娘是真有病也想儿子，但更要紧的还是刘金根找对象的事。刘金根是单男，老人心里挂着的头等大事就是儿媳和抱孙子。姑娘是粮管所的会计，是他舅舅保的媒。按说姑娘的条件跟刘金根算是般配，相貌、工作、人品都不错，他舅舅知根知底才保的媒，他爹娘觉着能娶到这样的媳妇也算是百里挑一了。刘金根却为了难。他跟她见了一面，也吃了饭，私下里也说了话，还真挑不出能摆到舅舅和爹娘面前的不满意。可他的心已经在尚晶身上了。外表上她跟尚晶难分高下，尚晶要丰满一些。性格倒是两个样，尚晶热情、大方、开朗；这一位内向、含蓄、温柔。刘金根坐了蜡，不表态，怕失去机会，尚晶那边八字还没有一撇，弄不好两下里都耽误了；表态吧，尚晶那里要同意了，没法给舅舅交代，爹娘也不依。他左右为难。爹娘和舅舅看他那吞吞吐吐的样就急了。在他们眼里，这样的媳妇还不中意，想找七仙女呀！找仙女也得掂掂自己的身量。

刘金根被逼得没了路只好说实话，说先不定，通信了解了解再说，回去就跟尚晶联系，要是那边不同意，就与这边敲定；要是尚晶同意，这边就断，反正就通几封信断也好断，这样两下都不耽误。舅舅和爹娘生气归生气，但婚姻是大事，还得随他的意，他现在好歹也是个军官了。再一听儿子的这套打算，没亏这几年军粮，想事情想得够周全的，肚子里主意没少装，这么一想也就只好照这个缓兵之计办。

古义宝一听十分赞同刘金根的做法，说："你小子没在情场多混，出手不凡，功夫不浅呀！心里话，尚晶我还没完全放手，你倒盯上了。"可事到如今，古义宝只能答应，说今晚就给尚晶写信，帮他穿针引线。他还能说什么呢？

接下来古义宝自然要问他家里的事，刘金根立即苦下了脸。古义宝一看刘金根的神色心里着了急，难道家里出了事？古义宝着急，刘金根更为难。再为难也得说，刘金根站起来神秘地看看门外有没有人，然后把门插死，这更让古义宝心里没了底。刘金根不紧不慢地告诉古义宝一个无异于五雷轰顶的消息：林春芳没有做流产手术，孩子生下来了，是个男孩，已经四岁了。

古义宝完全傻了，一屁股跌坐在椅子上，半天没能说出话来。

刘金根说，事情不能怨林春芳。她接到古义宝的信后，打算去做手术，可她一个姑娘家自己怎么到医院去做这种手术呢？她只好去找她姑夫。她姑夫倒很同情她，答应跟医院联系好之后再领她去做。可林春芳她娘觉着这事怎么也得跟义宝的爹娘通个气，免得日后他们落埋怨。林春芳娘便把这事告诉了义宝娘，义宝娘自然要告诉义宝爹。义宝爹当即找了林春芳爹。两下里一合计，说这事不能听义宝的，头胎咋好流产呢？这是一条人命，是伤天害理的事，不能由着他来。于是他们决定瞒着义宝让林春芳过门。林春芳死活不同意，但肚子一天一天大起来，她还要做人哪，她用了不少残忍的办法，挑水，推车，跳地崖……该在世上的就掉不下来。林春芳心理上生理上都受了不少痛苦和折磨，最后只能按老人的意愿办，举行了没有新郎官的结婚仪式，请村上有头有脸的人物和左邻右舍喝了一顿喜酒，办得挺热闹，摆了十二桌。

刘金根说："林春芳真够苦的。去看她的时候，一见面林春芳就流泪。一个姑娘家，没有结婚就挺着大肚子过门，说什么的都有。你当兵到现在还没回过家，她领着个名不正言不顺的儿子，心里是什么滋味？她让捎话给你，你当你的模范，你做你的官，她不稀罕，你承认那是你的儿子就回去看看，你不承认也不要紧，只要你说一声就行，反正也没有办结婚登记手续，好说好散，你走你的阳关道，她过她的独木桥，把自己的儿子养大，培养成人就此一生了。"

刘金根说："她这些话当然是气话，但她的确不容易，你得尽快回去一趟才是，越拖儿子越大，儿子越大事情越麻烦。"

古义宝被刘金根带来的这消息吓晕了，他眼睁睁地躺在黑暗中，百思不得其解。为什么命运要给他出这样的难题，要跟他开这种玩笑？他档案中所有的表格上那个婚姻栏中填的都是未婚，可现在突然冒出一个儿子来，而且已经四岁了！他想笑，却笑不出来；他想哭，也哭不出来。他无法面对组织，无法面对领导，无法面对战友们，也无法面对尚晶。他悟出一个奇怪的逻辑：他的荣誉都伴随着麻烦，他不明白为什么每当他争得荣誉获得成功的同时麻烦总会接踵而来。他不相信命，可他觉得老天爷一直无情地在跟他作对，甚至不放过他深埋在心底的一丝私念，生怕他得到过多的好处，或许那些好处本不该属于他。

黑暗中，他静静地流着眼泪。这是男子汉绝望的泪。

十四

古义宝走进宣传科，宣传科的干事告诉他赵昌进不在，在党委会议室参加党委中心组学习。古义宝的失望无法躲藏，明明白白地放到脸上。

夜里，他又是一宿未能合眼，意想不到的事情让他不知道该如何是好。他没有跟刘金根商量该怎么办，不是他对刘金根存有戒心，在这一件事上对刘金根已没有什么好隐瞒的了，甚至刘金根知道的比他本人还多。当时听刘金根一说，他完全蒙了，压根就没头绪去想怎么应付这件事。他只是恨，只是气，只是怨：恨自己，气自己，怨自己；恨林春芳，气林春芳，怨林春芳。

夜深人静，他恨完气完怨完后，才想到该怎么办。这时，他特别感到需要别人帮忙。头一个想到的便是赵昌进。这事对谁都不能说，要让组织上让领导知道了他未婚先育，给处分是小事，这先进模范就他娘算完蛋了？先进模范还能做这种偷鸡摸狗的事？说出去不把全军笑趴下那才怪。真要是让连里那些兵们知道了，谁还瞧得起他？他还有什么脸面在连队当领导？即便破罐子破摔厚着脸皮把这官当下去，也不会有半点威信，还不如个兵。刘金根的嘴他已经封了又封捂了又捂，好在刘金根正在求他做媒，估计刘金根不会跟他开玩笑。剩下的难题是怎么让这个儿子名正言顺地活在这世上，而且不只是让儿子名正言顺生存，还要保自己的名誉，这个两全其美的办法怎么他娘的都不好找。古义宝想来想去，这事只能靠赵昌进。在这个世界上，只有他可以完全信赖，他比兄长还兄长，比父母还父母。

古义宝预感到厄运已经当头，他居然不在。党委会议室是这个师最高权力中心所在地，他怎么能随意闯进去找他呢！再说这又不是三言两语能说完的事，可学习不是半天就是一天。在办公室等也是白等，坐在那里傻等那就真如同傻瓜了，万一碰上文兴这样的熟人问起来，说什么呢？

古义宝点着头哈着腰敬着礼退出宣传科，一转身脚后跟踩着了身后那人的脚，古义宝慌忙点头哈腰敬礼赔不是。等他点完头哈完腰敬完礼道完歉抬起头，才发现站在面前的竟是文兴文干事。古义宝两片嘴唇哆嗦着忙乱半天，没能哆嗦出一句完整的话来，把自己的脸倒先憋了个通红。

"古司务长，进城来办事啊？有些日子没见了，来找赵科长吗？他在党委会议室学习，走，到我那边坐坐。"文兴倒是又握手又请坐，十分热情。

古义宝行尸走肉般跟着文兴进了他的办公室。古义宝奇怪的是文兴没领他进大办公室，而是打开了赵昌进的办公室。他来过，那是科长和副科长的办公室，难道他也被提拔了？古义宝狐疑地进了办公室。里面没大变化，还是两张写字台对放，旁边有一对沙发。文兴给古义宝泡了杯茶，让他在沙发上坐。他自己坐到跟他斜对面的写字台前，那里原来是科长坐的。

"古司务长，我觉得你这一段时间变化不小啊！"

文兴一开口就把古义宝的心拽了起来。他紧张得血都涌到了脸上，手脚没了放处。难道刘金根这小子把那事告诉了他？这小子跟文兴关系不一般，刘金根提干肯定是他帮的忙。

"没……没啥变的……"

"不，变化很大，那天到你们连参观，给大家印象很好。"

"我……我没有做什么啊……"

"你做了，你做了许多实实在在的事，这些事与你过去做的那些事性质完全不同，也可能这些事不是你刻意或者故意要去做给谁看，而是出自一种朴素的感情，真心实意地想为连队为大家做点事情。说得更直接一点，做这些事情你或许没去想或者很少想个人的名利，所以你做得很自然，做得很扎实，大家看得见，连队很需要，士兵们都说好，这种变化还小吗？"

古义宝心头悬着的那块石头落了地。他悄悄地嘘了口气，十分谦虚地说："这都是我的本职工作。"

"如果你真能这样想的话，那我说的话就没有错。你想想，你过去整天故意找好事做，那是为什么。今天，你把自己的心血和才能都用在自己分管的工作上，为连队为大家做那么多实际事情，这又是为了什么。那是不同的，起码你想的是要把自己分内的事做好，让士兵们吃好、睡好。这还不够吗？我们干部要都能这样想这样对待自己的工作，那不就好了嘛。"

古义宝的两只弯弯眼又笑眯成一条弧线。

"不过我要问你一件事，那天炊事班的那个饲养员是真的肚子痛吗？"

古义宝的心一抖，怎么什么都逃不过他的眼睛？他忍不住抬眼看文兴，文兴微笑着，古义宝从那微笑里看不出一点歹意而只有真诚，他的脸便又红了。

"是肚子痛，如果打他也能打及格。"

"及格不及格其实无所谓，只要我们实事求是就行了。他就是打及格了，也不能保证他以后军事技术就过硬了；他要是打不及格，也不能就说他训练不好。你们连搞到这样不容易，虽然上面是给了一点钱，但最基本的，像农副业生产，养猪种菜做到副食自给有余，还有小作坊，还有炊事员一专多能，还有士兵储蓄，都是其他连队没法比的。重要的是，你怎么把这些发扬保持下去。"

"我一定记住你的话。"

"你找赵科长有急事？"

"赵科长？"

"对呀，最近他提科长了。"

"那你提副科长啦？"

"我啊，你看我是个当官的料吗？"

"我看你们都能当首长，我的进步都是你们的帮助，我到哪儿也忘不了你们。说真的，文干事，有时间多到连里来看看。"

古义宝走出师机关大门，文兴的话还在他的耳边回响。弄半天，除赵昌进外，他也时刻在注意着他。可他们俩又完全不一样：一个是直接给他出主意，私的公的跟自己一家人一样；另一个却是专门评说指点，毫不客气地挖他灵魂深处的丑恶，告诉他该做什么，制止他不该做什么，没一点私情。可有一点他们是相同的，他俩都要他多为连队做事情。古义宝这么想着，心里产生了某种满足。

这种满足刚一露头很快又被心里那愁事取代。他要办的正事没有着落，心里就没法舒坦。他百无聊赖地回到连队。在无助的忧虑中，他想只有立即回去结婚，才能化险为夷，遇难成祥，而且越快越好。

他实在受不了心理上的折磨，还是找了刘金根。刘金根完全赞同他的主意，结婚后暂时不要让林春芳带孩子来部队，过上几年工作有了变动，领导也有了变化，士兵们也都换了茬，也就没有人在意这事了。

此刻，古义宝变得傻头傻脑，刘金根倒似乎先知先觉，话说得句句在理。说到最后，古义宝问刘金根这事要不要找赵昌进讨个主意。刘金根不知是出于老乡的感情还是因为尚晶，他真诚地阻止了古义宝的这个傻念头。

刘金根成了古义宝的老师，比赵昌进还老到。他说："搞政治工作的不能不依靠也不能全依靠，不能不掏心窝也不能全掏心窝，要看什么事什么时候。这事违反着纪律，部队处理这类事历来偏激，怎么处罚都不为过分，也永远不许翻案，告诉赵科长等于自己往枪口上撞。赵科长是你的恩人，你怎么谢他都应该，可这事千万不能跟他商量。你要跟他商量等于逼他，他要知情不说，他就要为你犯下错误，他是你什么人？他能为你宁肯自己犯错误而丢弃一个团职干部的原则吗？你想得太天真了。你现在是典型，人家培养你帮助你，树了你也树了他自己；你要真犯了错，他与你非亲非故，他犯神经病啊，躲你还躲不及呢！你要影响到他的名声，他不知道要保护自己吗？千万别犯傻，这事就你知我知天知地知家乡知，部队上不能再让第三个人知，多一个人知就多一分危险。

你呀,有时候太直,做人不能太直,心里搁不住事是要出大麻烦的。"

古义宝第一次感到刘金根才是真正的同乡,也第一次感到刘金根有些地方比他能。他情不自禁地抓住刘金根的两条胳膊,说:"就听你的,一切都靠你,一辈子不会忘了你。"古义宝对刘金根产生了一种负债的心理。当天晚上他立即给尚晶写信,尽管信上每一个字都令他心酸,但他只能以这个实际行动来报答刘金根。事情发展到这步田地,就算他心痛也不得不毫不犹豫地把与尚晶的感情一刀剁断。

十五

古义宝回家结婚返回连队,副指导员的任职命令已经公布,连长到守备营当了副营长,指导员到炮营当了副教导员。连里的官兵都说古义宝双喜临门。古义宝背过人却说喜他娘个蛋!人们也发觉古义宝身上没有透出做新郎官的喜气,眼睛没发出那种特别的贼亮,脸色也没特别红润,倒是呈现出特别的憔悴。兵们私下里说,或许是跟老婆睡觉累的,新婚嘛,憋了二十多年了,就只个把月,还能亏她!古义宝心里的苦衷只有古义宝自己清楚。

古义宝走进那四间土屋,一家七张嘴正围着一锅白菜豆腐汤忙着嚼煎饼。古义宝进门没来得及叫爹娘,他爹就劈头盖脸给了他一顿臭骂,惹得村里不少人赶来围着看热闹。义宝娘只好用义宝带回的糖果香烟来打发围观的大人小孩。古义宝气得真想扔下东西扭头就回部队,是林春芳领着孩子的可怜相,是儿子那对完全陌生却又新奇还带着惊恐的眼睛把他拽住了。他任爹肆意发泄,没回一句话。爹喷出的话粗俗得能让姑娘的耳朵失去贞操,什么"没两个蛋拽着你,你他娘就上天了",什么"自个儿的精血都不愿要,你他娘弄人家干吗?弄了人家又不认人家,连畜生都不如"!

爹一边骂一边把嘴里嚼碎和没嚼碎的煎饼喷向老伴儿喷向儿子、女儿、儿媳和孙子。古义宝的三个弟弟妹妹既不看他们爹那副生动的脸,也不听他那些伴着碎煎饼粒儿骂人的脏话,唯一能吸引他们的是那锅白菜豆腐汤。其实这锅汤只是比往常多了几块豆腐和几片肉片,上面漂了一层油花儿。可孩子们只知道今天的汤比往常的汤要香得多鲜得多,多喝一碗多喝一口就多一分幸福。他们没有兴趣也没有必要管他们爹在生气在骂人,他们爹骂人跟缸里的地瓜煎饼一样是家常便饭，他们早就习惯了。骂是小事，火了还打，往死里打，反正只要不是骂自己就行。赶紧吃，要不火星射到自己头上就吃不成。

义宝娘连拖带推把义宝弄进林春芳的屋子。古义宝一头倒在炕上，无声地流着眼泪。他说不清是因了委屈，还是痛恨自己的过失，还是悲泣自己的命运。

"别吃了，养你们这帮猪！"果不然，火射到了三个孩子头上。

爹把勺子扔到锅里，扔得咣当响。三个孩子立即停止咀嚼，眼巴巴看着锅里和碗里没喝完的汤，恋恋不舍地站起来，趁转身的时候伸长脖子把嘴里嚼碎和没嚼碎的东西囫囵吞了下去。

"他爹，你做啥呢？孩子刚进门还没坐下，有话咋不好吃了饭再说！"

林春芳也放下小半碗没喝完的白菜汤，拉着儿子进了灶屋。爹有些尴尬，也觉得自己有些过火。他对老伴儿斜了一眼，等她给他搬梯子。老伴儿没理他的茬，舀一碗白菜豆腐汤，拿一张煎饼进了林春芳的屋。

屋里只剩下老头子一个人。他自觉没趣，立起身，背手出了门。三个孩子乘机杀回来了，却只有他们剩在桌子上的遗憾。

家里的尴尬气氛一直延续到晚上吃晚饭。义宝炒了六个菜，做了个鸡蛋汤，蒸了白面馒头，开了一瓶家里人从没见过的泸州头曲。摆齐菜，义宝娘叫齐一家人。一张张脸都阴着，因为他爹老人家阴着脸，大家就只好也阴着。义宝的儿子爬上了凳子，脆脆地叫了一声："爷爷喝酒。"这一声爷爷把尴尬给轰走了。他爷爷笑了，一家人也就都跟着笑了。爷爷是发自内心地开心，双手把孙子抱过去坐到他的腿上。这样，席间才有了可说的话。

"明早，一起过去看看你老丈人、丈母娘。"话是对义宝发的，可他爹没看他一眼。

"后晌，请村里的长辈和村干部来家坐坐，孩子都四岁了，也不好大张扬了。"

古义宝没有回答爹的话，但任务已经派下来了，不回答就等于领受了任务。

该到睡觉的时候了，古义宝和儿子大眼瞪小眼没法进行交流。

林春芳一边给孩子脱衣服，一边让孩子叫爸爸。儿子说："我不认识他，我不叫。"古义宝从包里拿出一辆小汽车，给了儿子，儿子看着他妈，他妈点了两次头，他才怯怯地叫了声爸爸。古义宝并没有因此而激动或感到别人说的那种幸福，他只是淡淡地一笑。

古义宝和林春芳一起躺进林春芳铺好的一个被窝里，儿子急了，哇的一声大哭起来。一边哭一边喊："不要爸爸跟妈睡，不要爸爸跟妈睡。"孩子出生到今一直跟妈睡一个被窝，如今一个陌生的爸爸要占他的被窝，他怎会依他？古义宝没办法，只好从林春芳被窝里爬出来，靠炕边躺下。林春芳连哄带吓让儿子睡觉，可儿子就是不睡，一直警惕着爸爸，不让他占自己的被窝。儿子最终熬不过瞌睡虫，在被窝里发出了甜嫩的鼾睡的鼻息。林春芳吹灭了灯，她主动爬出自己被窝，再钻进古义宝的被窝来。他们俩还没做那件必须做的事情，古义宝就听到林春芳在他耳畔轻轻地抽泣起来。

古义宝在黑暗中瞪着两只傻眼，看着黑黑的天棚，没有说什么，也没有侧身安慰她。他理解她此时的心情，也知道她有一肚子苦水，可这怨谁呢？怨他？怨她？怨爹？怨娘？怨天？怨地？怨谁都没有用。他自己心里并不比她好受多少。此时他更实在地明白，他这一辈子的命就这么注定了，他只能老老实实做林春芳的丈夫，老老实实做孩子的爸，老老实实做爹娘的儿子，其他一切一切的浪漫幻想都只能扔进营房边的小河里，让小河里流淌的水把它带进大海，流得无影无踪。

林春芳时起时伏的抽泣，唤起了古义宝做丈夫的责任感。这辈子就这么过了，还说什么呢？说能说得完吗？说能说得清吗？说了又能怎么样呢？他侧过身来，伸出胳膊把林春芳搂进怀里，搂得不轻不重，林春芳倒是借机紧紧地贴了过来，贴得很紧，光身子贴还不够，她也伸过胳膊，紧紧地搂住了古义宝的腰，搂得很用力，让古义宝喘不过气来。林春芳搂着古义宝，并没能停止抽泣，热泪更汹涌地涌到他的胸膛上。古义宝一句话也没说，不是他不想说，是他找不到能开口的话。没有话，他就只好用行动来表达，他想把林春芳压到身下，把林春芳的情绪转到这事上来。林春芳没有迎合，却用力挣脱了古义宝的怀抱。古义宝有些莫名地吃惊，他不明白林春芳的这一举动表明什么。挣开后，两个人无言地等待着，可又不明确在等待什么。最后还是林春芳开了口，说了他们见面后的第一句话。她说："该给孩子起个名了。"义宝问："咋一直没起名？"林春芳说："爹说等你回来起，你是在外面见了世面的人。"义宝说："没有名那你们一直怎么叫他？"林春芳："孩子是清晨生下的，爹说就先叫早儿吧，总不能老这样叫下去。"义宝说："这不是很好嘛，他本来就来得太早，又是早晨生的，实实在在，朴朴素素，还能有什么名比这更好呢？我想不出来。"林春芳说："这样合适吗？别人会一辈子取笑他的，现在就已经有人说笑话了。"义宝沉默了一会儿，说："那就叫早春吧。"林春芳没再说什么。

古义宝说完话，该自己尽责任了。古义宝重新开始第一次正式履行丈夫的权利和义务，没有语言，也没有交流，只有目的明确的动作。当他满怀补偿和索回损失的心理进入她身体的瞬间，他像雪崩一般过早地崩溃了。

接连数天都是如此。他对自己失去了信心，林春芳却毫无觉察与己无关一般，俩人没有一点沟通。他想提前归队，被他爹一声吼住没敢再提。

林春芳的心里更苦。孩子虽四岁了，可别人开玩笑说的那种夫妻间的欢娱她一次都没体验过。林春芳私下想，她们准是瞎说，夫妻那事或许就那么回事，她看到过兔子、牛、羊，好像也都是如此，哪有像狗和猪那么没完没了没够的。可她又说服不了自己，因为她已不止一次在梦里体味到那种销魂的激动。这个疑问她只能深深埋在心里，不好意思跟古义宝提。

古义宝自己也不明白是怎么回事。蜜月留给他最深的印象是他无法用语言与林春芳进行无拘无束的情感交流。他们之间很难找到共同感兴趣的话题。整整一个月，他未能真正做一回丈夫，也没能给林春芳一次真正的快乐。

尚晶是古义宝回连一个礼拜后到的三连。古义宝以刘金根的领导和介绍人的双重身份先单独与尚晶见了面。古义宝和尚晶都没了那次见面时那种热切和心理紧张，倒都显出了老朋友之间的坦然。

"先别急着谈他，还是先谈你自己吧，怎么也不跟我言语一声就……"尚晶打断古义宝的话。

"咱们本来就是朋友，以后更像一家人一样。你慢慢会理解的，我只是完成了该完成实际早就完成了的婚姻。我这样做，主要是为我自己，当然我也不想你为我陷入无辜的不幸。如果说过去我还不敢这么肯定地对你说这话，今天我可以肯定地告诉你，金根是个可以信赖的人。"

尚晶觉得古义宝变了，连他说话的方式都变了，变得这么冷静、这么老练、这么成熟，又这么虚伪，说的全是假话，完全不是发自内心，倒像是从哪本书上背下来的。可从他毫无感情色彩的话里，她听出了他的冷漠正是他内心痛苦的反映。

"你这样做不是也害了她吗！你不觉得这样对她也太不公平吗？"

"这个苦果是我们两个人共同酿成，她自然也要承担一份责任，当然我是主要的。庆幸的是，我没有再把不幸带给别人，我想咱们俩的话题就到此为止了。"

尚晶的心里一惊，她悟到了深埋在他心灵深处的隐痛。她不能再去触它，要不自己就太残忍了，于是她开门见山地提出了自己的疑问。

"你把我介绍给刘金根，除了你们是老乡外，你还考虑过别的吗？"尚晶一眼不眨地盯住古义宝脸上的反应。

古义宝惊奇地看了尚晶一眼，他没有想到她会提出这么个怪问题。

"想过。"

这一回轮到尚晶惊奇，她有点急切地想听到下文。或许无论男的女的对自己的初恋都特别看重，即便不成功，也总想弄清对方对自己的真情实感。

"你们一个是我同乡，一个是我有生以来唯一的女性朋友，我对你俩都要负责，要不我不会做这个媒。至于别的，我当然希望自己的朋友能得到幸福。"

"我可以跟他谈。"尚晶莞尔一笑。

刘金根与尚晶谈了整两个小时，古义宝看了四次手表。到后来他的心里竟一阵阵酸起来，以至什么事也做不下去。直到刘金根喜气十足地跑来找他，他才摆脱这种奇怪的心境。

当尚晶与古义宝再次单独见面时，尚晶有些可怜他。尚晶是故意没直接给刘金根明确答复，她跟刘金根说，她会把态度告诉古义宝。尚晶对古义宝的怜悯产生于古义宝与刘金根的比较。刘金根跟她是第一次单独见面，可当他们的谈话一进入实质性话题时，刘金根竟会毫不隐瞒地把他第一次见到她就如何仰慕她，以后又如何时时想她恋她念她，以至夜里如何失眠，又如何催古义宝做媒，把心里私藏的一切全掏给了她。尚晶听得脸上红一阵热一阵。当尚晶稍稍流露出一点好感时，刘金根像头豹子一样蹿起一下抱住了她，她还没能反应过来是怎么回事，刘金根已经吻住了她的双唇，两臂搂得她喘不过气来。她本能地反抗，却又没有任何发怒的语言，她的反抗便显得那么半推半就，那么更具诱惑力。她没能在古义宝那里得到的而在刘金根这里闪电般地得到了，她在刘金根泰山压顶的拥抱和狂吻中融化了，她被火一般的热情烧化了。她浑身像烟似雾一般升腾飘摇，她完全没了意识。当她感觉到那只急切得有些颤抖的手伸进她的乳罩时，她那根还没有完全麻痹的警觉神经才让她浑身触电一般振作起来。而那次在沙河边，她把双唇送到了古义宝的嘴边，他却吓得跟掉了魂似的。这差异让她清醒过来，这样做对古义宝太不公平，就是这种正义感让尚晶阻止了刘金根的进一步进攻。

古义宝进了房间坐到椅子上。令古义宝吃惊的是尚晶冲了进来，二话没说，没给古义宝一点思考的余地，捧住古义宝的脸献给他一个热烈的吻，吓得古义宝差一点摔倒。尚晶却冷静地说："这是我欠你的，这是个已经不纯洁却是真诚的吻。好了，我们的一切到此结束，现在跟你说正事，我的介绍人，请你告诉刘金根，我完全同意与他建立恋爱关系。我只有一个条件，我希望能尽早把我调到城里的学校任教。"

十六

吃过晚饭，赵昌进在房间里看报纸。当科长后他更忙了，在办公室没有时间看报，只好把报纸带回家看。军队工作，司令部忙的是作训部门，政治部忙的是宣传部门。和平时期，最忙的还是宣传部门。首长开会讲话、政治教育、学习动员，讲稿都要他们写；理论学习要培训骨干、各项教育要抓试点先行，这些课也都要他们去讲；典型要总结经验、教育要小结汇报、活动要情况简报，这些也要他们去搞；政治、经济、哲学、历史、时事，还有机关首长一切不明白的问题不懂的知识都要由他们去解答；还有吹拉弹唱、打球照相、迎来送往、布置会场等文化工作也都要宣传部门去做。一年到头报纸见稿比篇数，上级转用材料比份数，首长的讲话稿没定数。要当好宣传科长真不是件容易的事。上讲台出口要成章，写文章要下笔如流水，没真才实学别想在宣传科混。

赵昌进是一位十分刻苦好学的人。上级文件每份必读，首长讲话每次必摘，当日报纸每张必看。尤其是军报，每版必看。把报纸带回家看，这一点夫人倒是很欢迎，也很赞赏，一来她可以看到医院里没有的报纸，二来看完的报纸可以卖钱。赵昌进倒是没往这上头想。

今天赵昌进感到这报纸看不下去，看与不看一个样，一句话一件事都记不住。让他心绪不宁的，是文兴。

赵昌进提科长，他原打算从管教育的干事里提一位副科长，一来是自己信任的人，二来工作上可帮他一把。没承想党委根本没征求他的意见，竟提文兴当了副科长。走的老科长原来是文化科长，他当然要为文兴说话，文兴便坐到了他的对面。其实，他们真要坐下来说，并没有什么大矛盾。他们从没为个人的利益计较过争执过，但他们各自又都知道双方在许多问题上的观点是不一致的。现如今成了搭档，都想把这个科搞好。他俩也都明白，要搞好这个科，他俩之间相处得好坏至关重要。各自心里有了这些，他俩面对面坐在办公室里，表面上相敬如宾，骨子里各自的话又无法说到对方的心里，除了工作之外他们再找不到可说的话题，聊起来也是相互应付多、真正倾心少。他们怎么能心往一处想，劲往一处使？常言道，道不同，不相为谋。

今天没有谁惹赵昌进生气，是他自己在生自己的气。他恨自己，他一直自认为什么都比别人能，今天才感到自己许多时候在许多地方许多事上却很蠢。前些时候，军区要出一本先进模范人物的通讯报告文学集。这事是军区组织部布置下来的。组织科决定写古义宝，便组织了几个人写了一个多月。可文章报到军区被退了回来，说质量不行，连人物通讯都够不上，只是份经验材料，没有文采。组织科长跌了面子，可又没那能力，只好自认无能求副主任出面请宣传科帮忙。当时赵昌进忙着搞形势教育试点，另外他从内心承认搞文学作品自己不如文兴，于是他没加考虑就请副主任直接找文兴商量。文兴不大愿意写这样的文章，但副主任发了话，他不好推托，只好重新为古义宝写了报告文学。今天书出版发到了部队，军区上下都看到了文兴的文章不说，组织科还给师里的首长一人发了一本。政委读了文兴的文章，在党委会上说，这是写古义宝的所有文章里最好的一篇。这等于宣布，别看赵昌进写那么多文章，都不及文兴的一篇。他心里那个难受没法形容，难受还说不出来，连老婆都不能说，只能自己消受。

事情正巧凑到了一起，今天文兴带着师计划生育展览从军区回来，又大受政委的表扬。这个展览本来是由干部科和卫生科的两位副科长负责搞的，准备了一个多月，主任请政委去一看，很不满意，说经验不突出、展览不生动，指名要文兴去搞。文兴立即把几个团的美术骨干调来，又写又画又设计。他自己写脚本，搞方案，二十天重搞了一套展览。展览经验具体可操作，典型人物事例生动，图片实物相配衬，成果实效有事实。展览的图表数字全部用节制灯光显示，照片配有灯箱，文字是用"四通"打印的美术体，再用有机玻璃、胶塑纸刻制，整个展览设计精巧，美观雅致，令人耳目一新。首长和机关干部参观后交口称赞。

赵昌进是个要强的人，不用人批评，在他心里，表扬文兴，等于批评他赵昌进，他先就坐不住了。

在院子里收拾菜地鸡窝的夫人回到屋里。

"哎，我说赵昌进，最近古义宝有段时间没来了。"

"人家现在当副指导员了，哪有闲工夫瞎跑！"

"那你得想法买点鸡饲料，快断顿了。"

"这鸡不养行不行？"

"吃鸡蛋的时候你咋不嫌烦！"

"能下几个蛋？还不够饲料钱。"

"赵昌进，你今天是怎么啦？想找我茬是不是？"

赵昌进自然不能把心里的无名烦恼告诉她。她是麦秸草，一点就噼里啪啦响。夫人有几等几样的夫人。有的虽然没读过《女儿经》，可三从四德、嫁鸡随鸡、夫唱妇随、夫贵妻荣的信念却坚信不疑，对丈夫可说是吃了秤砣铁了心，天塌地陷无二心。有的则夫荣我也该荣，夫辱我却不愿辱；有福多享，有难不愿同当；只愿丈夫出人头地、官运亨通，不愿老公比人低、落人后，否则，家无宁日。也有的跟丈夫同床异梦，这山望着那山高，身在曹营心在汉，一旦有机会便想远走高飞登新枝。赵昌进对自己的夫人没有做过类型分析，然而他知道她只希望他比别人强而不愿他比别人差。

赵昌进没再说一句话。他对妻子的策略一直是点到为止，见效就收，绝不再深入敌后，不让后院起火，这也是他的一个原则。妻子毕竟是军队医院的护士，也是军人，一般还是尽力顾全赵昌进的面子和身份的，只要他不逼她太甚，她还是能尽力克制自己的。

敲门声转移了他们的注意力，进来的是古义宝。赵昌进夫人很热情地招呼古义宝。古义宝自然没忘了给她带来刚才让她不愉快的鸡饲料。

古义宝来找赵昌进，并不是特意来送鸡饲料，而是为了刘金根和尚晶来找他，想他肯定认识地方教育局的人。

赵昌进对古义宝助人为乐第一次表示不满，这是他第二次明确对古义宝表示不满。前一次是古义宝回家结婚没跟他商量。在赵昌进的一再追问下，他也没跟赵昌进说出实情，古义宝记住了刘金根的话，他对赵昌进第一次撒了谎，说他结婚是为了割断对尚晶的感情，免得跟尚晶说不清道不明，生出别的事来，他来找他汇报请示他不在。接着他把求他的事说了，赵昌进很激动地站了起来，古义宝也是第一次见他发这么大的脾气。赵昌进看着眼前的古义宝，觉得他有些不听招呼了。他要求古义宝绝对不要再跟尚晶来往，结果古义宝居然把她介绍给刘金根，还要帮她调动工作，他怀疑古义宝对尚晶仍存有别样的企图或者说叫感情。他心里产生了一丝要放弃他的念头，但立即把它否定了，这样做等于自己否定自己。他不能做这种功亏一篑前功尽弃的事，他不能放弃他，不能让古义宝任其自然。

"我一再跟你讲，当个好典型难，要谨慎一辈子，做一辈子好事；当坏典型容易，只要做一件坏事就行，一件坏事足可以让一个人臭一辈子。我可提醒你，你要是对尚晶还抱有什么个人感情，就有你栽跟头的时候。"

"我向毛主席保证，我绝对没有也绝对不会有。是刘金根死缠着要我介绍，尚晶又多次向我表明想找当兵的，我才帮的这个忙。调动的事是刘金根求的我，我们是一个村老乡，这个忙不帮，他能跟我急，我实在不好推，所以才来找你帮忙，你要觉得不行，我回去就回他们算了。我也是要面子在他们面前夸下了海口，说你一定会帮忙解决。怨我没有头脑。"古义宝确已不是原来的古义宝了。

"你别再说了，我再一次告诉你，就此一回，这样的好事以后别做。你现在身份不同了，千万别放松对自己的要求。争荣誉难，保持荣誉更难。你出名了，周围的人都瞪着眼盯着你，你要有点事，有些人还巴不得呢！稍一松懈你就可能掉进万丈深渊。"

古义宝从赵昌进宿舍出来，自行车轱辘碾着月光往连里走，车子蹬得特别有劲。做人还真是难，给人介绍个对象也让人生这么大气。他细细想来，突然一下警觉起来。赵昌进和尚晶实际向他提出了同一个问题，不同的是，一个是担忧，一个是试探。难道他们都看透了自己？难道自己心里真还藏着别的鬼念头？他自己也说不清。

十七

农历十二月十八，是刘金根和尚晶完婚的喜日。

这日子是刘金根定的。之所以定这一天，有什么说法，他没向别人透露，只告诉尚晶这是个好日子。新房定在连队接待临时来队家属的小招待所里。说是招待所，其实就三间小房。刘金根选了中间那一间。尚晶曾经住过那间房，也是刘金根第一次与尚晶见面第一次吻她的那一间，刘金根选这一间做新房或许有这个因素。

尚晶隔三岔五从学校赶来考核新房布置的进度和质量，顺便蚂蚁搬家似的捎来一样样她认为该她准备的东西，当然婚前渴望的那种感情预支的甜蜜有非常大的吸引力。

赵昌进尽管训了古义宝，但尚晶的工作调动他还是帮了忙。没出半年，尚晶便到县城里的一所小学做了老师。没有住处，学校照顾她，把她安插到集体宿舍，两个青年女教师合住一间。刘金根和尚晶对赵昌进感激不尽，俩人特意登门拜谢。赵昌进一见尚晶，心里就真为古义宝遗憾。

刘金根这些日子忙晕了头。刷房子打地坪这些粗活当然有士兵可以帮忙，不用他出力出汗，可新房里的一切都得他来设计安排，都要他一项一项操办，排里的工作又一点不能耽误。不过忙虽忙，他一点没觉着累也没感到烦，反倒忙得轻轻松松快快活活，干什么都觉得那么有滋有味。他特别盼望尚晶来考核。热恋中的情侣，谁不盼着天天相见？新婚前的焦渴，更叫他难以忍受孤独。虽然尚晶一刻也不放松她的防线，但少不了弄出些亲亲抱抱的快活事。即便什么也做不成，有这么漂亮的未婚妻相伴着布置他俩的洞房，那也是一件幸福甜美的事。

古义宝不知出于一种什么动机，刘金根定下日子后他立即给林春芳拍了电报，限时让她来部队探亲。这是他第一次叫林春芳来部队，也是她有生以来第一次出远门。结婚后古义宝一直没开口让她来部队，她有心来也不好提。这一次她不知古义宝为什么突然拍电报让她去部队，还专门注明不要带孩子。快过年了，自己到部队过年把孩子扔给老人，一家人不得团圆。但林春芳只能听他的，她心里清楚，她没有资格改变他的任何主意。

尽管古义宝已经不止一次跟林春芳讲定不准带孩子到部队来，但他还是不放心，他没让通信员去车站接林春芳，自己找了一辆加重"飞鸽"上了汽车站。古义宝在车站出站口发现那个熟悉身影的一刹那，他傻了。他真后悔拍了那个电报。孩子倒是没带来，可他实在没把林春芳直接接回连队的勇气。林春芳穿了一身臃肿的棉袄棉裤，罩在外面的蓝涤卡单衣裤无法罩住它们的臃肿。上衣的下摆和裤脚处顽强地露着棉衣棉裤大红大绿刺人眼目的色彩。那个媳妇髻算是放下来了，编了两条玉米棒似的短辫，那一脸没有青春光泽干涩的黝黑，让古义宝既同情又难过。

古义宝庆幸带来了军大衣，他立即过去帮她遮住了这些让人见笑的东西。林春芳从他眼神里明明白白看到了他的虚荣，她毕竟是上过初中的女子。

"你何必叫我来丢你的脸呢？"

古义宝侧脸看到林春芳的眼睛红了，但没流下眼泪。古义宝心里一酸。这时他才想到，孩子都四岁了，他还没给她买过一件衣服一双袜子。这时他想起了尚晶的话："你不觉得这样对她也太不公平了吗？"

"春芳，我真对不住你，到现在我还没给你买过什么东西。"

"这，我不在乎。"

"不，我在乎。连队在城外山沟里，进城不方便，我先领你去吃点东西，然后给你买几件衣服，然后咱们再到浴室洗个澡，你也剪剪头，这些连队都不方便。"

林春芳低着头走着，静静地听着古义宝的每一句话，每一个字。心里想："你哪是在乎我，还不是在乎你自己的脸面！你哪是真心要给我买东西，有那心上次回家不就买了？你哪是在为我装扮，你是在打扮你自己！有本事你把我装扮成城里人啊！"林春芳扭头看古义宝一眼，这一眼看得古义宝有些不好意思。

古义宝十分大方也十分果断，根本就不征求林春芳的意见，自作主张地买了一套苹果绿色的绒衣绒裤，一件红黑相间的羊毛衫，一套混纺华达呢冬装，还有一条黑白红三色围巾。林春芳像个老实又懂事的女用人跟着古义宝，他买什么就拿什么，不说好也不说坏。

临进浴室的时候，林春芳才想起一件事，问："古义宝，洗澡后你要我换上这些吗？你要我剪什么样的头？"

古义宝看出了她的消极和不高兴。但他觉得这没有什么可犹豫的，于是十分肯定地点了点头，而且很明确地说剪个运动头。

林春芳在浴室门口再次进入古义宝的眼帘时，古义宝的眼神里有了一点光彩。洗了澡，剪了头，换上新衣服，林春芳整个变了模样，古义宝觉得能带得出去了。

把林春芳接来后，古义宝决定住刘金根和尚晶新房的隔壁。

婚礼在俱乐部里举行，婚礼司仪是古义宝。全连除哨兵外都参加，士兵们吃着喜糖、喜果，抽着喜烟，喝着喜茶，比过年还开心。新娘尚晶由连长爱人和林春芳照护着。

士兵们第一次看到学到部队婚礼的仪式，全体人员合唱了《爹亲娘亲不如毛主席亲》。接着是新娘新郎向党敬礼，向领导和同志们敬礼，然后是夫妻相互敬礼。接下来是证婚人指导员讲话，干部代表讲话，士兵代表讲话。未婚代表讲话，再是新婚夫妇讲话，还规定必须介绍恋爱经过和今后打算。最后便是闹洞房。部队闹洞房不到新房去闹，只在婚礼上闹。有让新娘新郎猜谜的，有让他们唱歌的，猜不着或不会唱就罚，罚新娘新郎面对面同咬一块糖或同啃一个苹果。尚晶的嗓子不错，人漂亮歌唱得也美，《见了你们格外亲》《我家的表叔数不清》《夫妻双双把家还》，歌、戏、曲都没难倒她。于是只好让他们吃同心果，一下把婚礼气氛推到了高潮。这事由副连长操纵，他用一根红线拴好了一只红苹果，站在板凳上提着苹果让尚晶和刘金根同时啃。待他们俩的嘴挨着苹果张口要咬的时候，副连长迅速将苹果往上一提，他们就嘴啃着了嘴，于是便一片哄笑，满足了大家的欲望，这样连续反复数次，大家才尽兴罢休。

婚礼一直闹到离熄灯只有一刻钟才刹住。

古义宝和林春芳把新娘新郎送进洞房后，走进隔壁自己的房间。进门后，古义宝一屁股呆呆地坐椅子上，两眼目光散乱，闷闷地抽着烟。林春芳看到了他那丢了魂似的样，可不知道他为什么。林春芳为他兑好洗脸水，让古义宝洗脸洗脚，他没反应。林春芳把脸盆端到他面前，他才把走神的眼睛收回来。古义宝呼地站起来，说："你洗吧，今晚轮着我值班，洗了你就睡吧。"说完，古义宝就走出门去。

林春芳端着洗脸水，心里好伤心。林春芳不明白的是，古义宝究竟为什么突然要她来部队。

古义宝在连部他原来的宿舍里并未能入睡。他出门时，听到了尚晶那一声让他心碎的呻吟，心里掠过一阵撕裂的痛苦。这一声呻吟一直响在他耳边，回荡在他心中，搅得他无法入睡。他只好穿衣起床，在营区漫游。

林春芳不知道睡了多长时间，也弄不清是在做梦还是在家里，她听到有人在轻轻地敲她的门。她一下惊醒。睡前她不光上了锁，而且插了销。她有些惊恐地听着，她听出是古义宝的声音，急忙开了门。她当然一点不知道古义宝已经在院子里站了快一个钟头了。他是午夜查铺查哨挨个屋转了一圈身不由己地回到这里的。他本没有回屋的念头，他是被刘金根屋里传出的那种声响刺激得忍无可忍才敲的门。

古义宝一进门，把门锁上转身把林春芳按倒在床上，一句话都没有。林春芳从他的动作和喘息中，感觉出他的急切。古义宝是那样的粗野，那样的蛮横，他甚至连上衣都没有脱下。林春芳被他的凶狠弄得有些不知所措。她对他那种从不尊重从不体贴她的做法有些反感。当然这种反感她只能埋在心里，至多不做迎合。但今天林春芳的反感慢慢被古义宝的狂热驱除。狂风般席卷，暴雨般袭击，她身不由己地被古义宝带进波涛汹涌的大海，她领略到了被抛上浪尖摔向浪谷那种无法言语的动人心魄的滋味。她感觉她要晕过去了，她全身在燃烧，她被烧成了一团气，又变成了一片云，扶摇直上，升腾在九天云霄。她有生以来，头一次真正品尝到人生这一奇特的无法形容无可言说的欢乐。她完全醉了，醉得那么舒坦，那么尽兴，那么淋漓尽致。

古义宝的吃惊更甚于她。他自己也不知道是怎么一回事，可有一点他无法告诉她，他一点也没有让她意识到也不敢让她感觉到或觉察到，那会儿，在他的意念里感觉中，燃烧在他怀抱里的不是林春芳而是尚晶。这是林春芳无论如何也意识不到觉察不到的。她完全陶醉了，他们第一次做了真正的夫妻，她第一次做了真正的妻子，享受了女人应该享受的权利。

还有一点他更无法告诉任何人，他把林春芳当作尚晶，并不是要与尚晶欢娱，而是咬牙切齿地在报复、惩罚她。那一刻，他要把对尚晶满腹的怨恨、终身的遗憾全部发泄出来。林春芳开始的冷淡和后来的燃烧，在古义宝的意识里恰似尚晶的反抗和痛苦的呻吟，这更激起古义宝男子汉的自尊，他便更加疯狂，更加野蛮。

十八

"八一"是军人的大节。这天，部队放大假。不少士兵除了上街逛街外，多半憋在宿舍里甩老 K。

今天，刘金根那间宿舍里倒是热闹异常。他请客，请连里的全体干部。

刘金根请客，叫古义宝来帮忙。古义宝司务长出身，菜烧得好，又是老乡，比别人更多一层意思。尚晶结婚后天天到连队来住，三连离县城不远，骑车也就二十分钟，那间新房成了他们的宿舍。有了老婆就有了家，自己开伙才像个过日子的样。结婚后，刘金根晚饭基本不到食堂吃。林春芳一走，古义宝就跟光棍差不多，平常出去回来晚了，星期天肚子饿了，总断不了到刘金根这里来蹭饭吃，俩人高兴了还常要喝两盅。一边是诚心来，一边是诚心待，老乡之间没什么好客气的。

吃了上午那顿饭，古义宝到连部转了圈，没什么事，他就上了刘金根宿舍。古义宝到刘金根宿舍，刘金根进城还没回来。尚晶却说了句："怎么才来？"好像古义宝还应该早一点来。古义宝只好应了一句："金根不是还没回来嘛，有什么要我干的快吩咐。"尚晶说："还真有要你干的活，这玩意儿我可弄不了。"说着她端过一盆海蛎子，说："这艰巨的任务就交给你了。"撬海蛎子还真不是谁都能撬的，会撬的拿螺丝刀在它的屁股眼上一触就开，不会撬的怎么也找不着这屁股眼，捅半天手撬破了也撬不开。古义宝是撬海蛎子的能手，他撬起来既快又干净，一边撬一边跟洗着衣服的尚晶聊天。

"看来当兵的找对象真应该找教师。"

"有什么新认识了？"

"我想只有教师才能跟当兵的一起过节。"

"还真是，'八一'正好是暑假。"

"现在教师老喊待遇低，其实我看当老师挺舒服，一年两个假，其他行业哪有这样的好事！"

"那谁叫你不找啦？是你自己不要啊！"

尽管尚晶是开玩笑，但古义宝还是红了脸。

"说真的，我看你也差不多了，别那么拼命了，整天只想着工作，只想着进步，也想想人家林春芳，上次好不容易来了，还没住一个月就叫人家走，林春芳朝我掉眼泪。当时咱是新媳妇，好多话说不出口，要是现在，你看我让她走！她又不上班，你把人家撵回去干什么？还不就为了自己当先进！当先进也不能不要老婆啊！苦行僧的日子还没过够？我才知道你们男人，表面一套暗里一套，我们整天在一起，金根他都没个……"

尚晶把话刹住了，脸也红了，红得叫古义宝不敢看。

就在这时，刘金根蹬着自行车回来了。好家伙，活鸡、活鱼、鲜虾、海螺、蔬菜驮了一车。古义宝立即帮着卸车杀鸡。

菜太丰盛了，加上古义宝的手艺，干部们吃得眉开眼笑。饭饱后，都说这屋子太小，挤着太热，大家就撤了。打牌的回去打牌，睡觉的回去睡觉。

古义宝不用说，当然要留下来帮他们收拾。收拾完，喝了杯茶，尚晶提出去赶海捉螃蟹。刘金根和古义宝都立即响应。三个人分头换了泳装，上了海滩。

刘金根赶海是一绝。他有一副水镜，到三五米深的海里，一口气下去，螃蟹、海参、鲍鱼都能捉到。只是海参和鲍鱼是禁捕品，让鱼检部门逮着，一个海参罚五块，一个鲍鱼罚十块。刘金根戴着水镜拿一个网兜去了深海。古义宝和尚晶就在浅海滩捉小螃蟹。海水齐膝盖深，清澈见底，古义宝教尚晶捉螃蟹的方法，脚步轻轻接近活动的石头，手上戴手套，轻轻翻开石头，只要没有人走过，每块石头下面准有螃蟹。

尚晶照着古义宝说的方法做，果然发现每块石头下面都有螃蟹，有的一块石头下竟有两只。古义宝说："那准是一公一母。"尚晶翻了他一眼。古义宝说："不信你拿起来瞧。"尚晶说："我不是不信，我是想，螃蟹尚且如此懂得情和爱，可有的人却差之远矣。"

古义宝扭头看尚晶，穿泳装的尚晶让他立即收回了目光。尚晶结婚后更显丰满，泳装把她全身的曲线勾勒得细致入微，古义宝有意识地慢慢与她拉开距离。

赶海真是件让人能忘记一切的乐事。不一会儿，他们的网兜里都有了收获。

"哎呀！快来，螃蟹夹着我了。"

古义宝不顾脚被划破，拼命跑过来。一只大脚蟹夹透了尚晶的手套，夹着了她的手指。古义宝一下掰断了螃蟹的腿，再掰开了它的钳。古义宝让尚晶回沙滩休息。尚晶不愿意，她还要捉。她说："她现在最爱吃的就是螃蟹。古义宝一喜，说你这么偏爱吃螃蟹，是不是有喜了？"

这一回，尚晶红了脸，说："有你个鬼啊！"

刘金根丰收而归。他捉了满满的一网兜螃蟹，还有海螺。尚晶高兴得跟孩子一样欢蹦乱跳。古义宝在一旁看着他们那亲热样，打心里羡慕。

十九

刘金根和尚晶尽情恣意，熟读了夫妻情感生活这部人生大书的每一章每一节每一页每一行每一字后，生出了一种难言的苦闷。热烈疯狂的两年过去了，尚晶毫无怀孕的迹象，夫妻间的情火便如釜底抽薪而显出底火不足，时常发生不相协调的现象，过早地出现了寡淡乏味。这寡淡乏味源自刘金根。尚晶对此没在心里产生丝毫遗憾或压力。没有孩子，无牵无挂，无拖无累，倒落得一身轻松，一份安逸，一种清静。少夫少妻，这是一种多么难求的逍遥！刘金根却担上了沉重的心事，不孝有三，无后为大。刘金根的压力更多来自他爹娘。他们看古义宝儿子七八岁了，儿子结婚两年没得喜，心如火燎。家里的封封来信都是这件事，刘金根自然就提不起精神来。可世人对这种事情的责任从不分青红皂白，全扣到女人头上。

尽管尚晶对此毫不在意，但刘金根的苦闷和来自家庭的压力，使她无法熟视无睹。尚晶悄悄地上了两个医院，两个医院的大夫的诊断结论都是正常。尚晶又暗访了中医，医生告诉她，也应该让男人检查一下。尚晶心里就有些沉重，她不希望也真打心里害怕问题在刘金根身上，她知道刘金根身上的压力。

星期天，古义宝陪林春芳到城里医院做人流。一来不愿让家里老人知道，二来觉得这里的技术比家乡镇卫生院要强些。古义宝用自行车驮林春芳进城，又用自行车驮她回连，林春芳头上连块头巾都没裹，医院出来是裹来着，临到连队了古义宝让她解了下来，他不想让士兵们知道这事。古义宝把林春芳送回住处，自己就没事儿一般去了连部。

这事能瞒别人但瞒不了刘金根两口子。尚晶买了些滋补品到隔壁看林春芳。尚晶走进房间，林春芳有些难为情。毕竟是农村摔打惯了，她居然没事儿似的坐在那里织毛衣呢！尚晶立即扶她躺到床上。两个男人都不在，女人之间便好说些悄悄话。

"你们咋还不要孩子？"真是哪壶不开提哪壶，林春芳的确不知道尚晶他俩是怎么一回事。

"不急，过两年轻松日子再说。"尚晶只好找话搪塞。

林春芳便把刘金根父母的着急告诉了尚晶。她这次临来部队时，金根他爹娘一遍一遍交代她，要她好好说服他俩，不要光顾工作，要紧上心给他们生个孙子。尚晶只能傻笑。林春芳还说她早就想劝他们，义宝不让她说。尚晶狐疑地抬起头来，她不知道他们两口子还议论他们什么。林春芳却错误理解了她的神态。

"难道你有问题？看医生了吗？医生咋说？"林春芳倒着急起来了。

"我没有问题。"

"那是金根有问题？"

"不知道。"

"他看医生了吗？听说有的男人也能有问题。"

"没有。我想他不会有什么问题，他一切都挺正常的。"

"是他现在不想要？"

"也不是。"

"那是怎么一回事呀？"

"我也说不清。有件事我一直想问，总不好意思向别人开口，你也不是外人……"尚晶说到这里又犹豫起来。

"什么事？有什么话不能跟我说呢，金根跟义宝兄弟一样。"

"真不好意思说，就是你们做了那事之后，那东西会流出来吗？"

尚晶和林春芳一块都红了脸。性这东西在当时长期被看作是肮脏的东西，谈性问题是低级趣味。尚晶看着刘金根痛苦，就感到自己也有责任，她暗地里还采取了一些对刘金根都不好意思讲的措施，但仍无作用，她也不知道是什么原因。

林春芳没有把要说的话说出口，她只是点点头。尚晶最不希望的担忧便笼罩了她心头。

"该让金根去看看医生。"林春芳看出了尚晶的心思。

"要不，我让义宝跟他说说？"

"不，不要。"尚晶很肯定地表示反对。

尽管尚晶不让林春芳跟古义宝说这件事，但林春芳还是在枕边把这事告诉了古义宝。古义宝听说后，感到很为难。一个男人去跟另一个男人说这种事，等于当着人面说他不是个男人，尤其他跟尚晶原先还有过这样一种关系，就更不便说这种事，他也说不出口。

作为丈夫，尚晶对刘金根无可挑剔，原先常有古义宝的阴影骚扰心头，但婚后，她对刘金根越来越满意。他哪方面都很称她的心，尤其让她可骄傲和满足的是他十分爱她，爱她爱得令她常常过意不去。她想，作为夫妻这样也就够了，有没有孩子算什么。可是人类是群体的社会，社会观念是社会约定俗成而又渗透在每个人的意识里的东西，有些便成为羁绊自我的无形套索、自律自我的戒条和承担责任的道义。这种套索、戒条和道义便常常顽固地折磨着一些人。

尚晶无法摆脱来自周围舆论对她的折磨。

夜幕悄悄地落向人间，大地被宁静包裹着，尚晶睁着两眼静静地躺在床上。

"金根，你应该去检查一下。"

尚晶说这话的时候，没有侧过身来，两眼仍睁着看着黑暗的上方，语调十分平静，没有掺和进任何感情色彩，似乎局外人在客观地发表科学的断言。

"我？检查什么？"

"医生自然知道。"

"……我好好的没有病，我不去检查！"

"检查并没有坏处，有病没病不是个人意志能决定的，即便有问题，也不会损害你什么，起码对我来说是这样的，你应该为我想想。"

这些话，尚晶是经过反复考虑后才决定由自己来向他提出来的。刘金根没再言语。这事在刘金根心中可不像尚晶说的那么简单。他认为这是作为男人作为丈夫最重要的尊严。如果证实他没有生育能力，等于宣布他不是一个真正的男子汉！他不是一个合格的丈夫！

刘金根决定不去找医生是早就想好了的，哪怕这辈子没有孩子，他也不去找医生来证实自己有没有这种能力，这一点他是铁了心的。

古义宝却为这事专门拜访了专科大夫，大夫的一番道理让古义宝明白了一切。他记起了一件事，他记得那是小学五年级的时候，他和刘金根都得了"疖腮"（即流行性腮腺炎），腮帮子都肿得跟猪尿泡似的，他抹了那种用枸杞的根和叶还有不知什么东西放在一起砸成的糊糊敷在腮帮子上，不几天就好了。刘金根不知是抹晚了还是别的什么原因，好多天高烧下不去，躺在床上烧得稀里糊涂，有十几天没能上学，看来是那次腮腺炎把睾丸烧坏了。这事古义宝没跟任何人说，包括尚晶和林春芳。刘金根也不知道古义宝专门为他拜访过大夫。

二十

赵昌进再次上三连，古义宝已当了指导员，刘金根当了副连长。

军报驻军区记者站的名记者来到他们师。记者原是他们军的新闻干事，名气大了就调到记者站。他是赵昌进的老师。赵昌进当新闻干事时得到过他不少帮助。现在当科长了，写稿少了，但联系并不少，重要的稿子都还是要由老师出面来帮他联系才能发出去。老师上门，他当然要亲自陪同。

赵昌进交代古义宝立即准备一个房间，被褥床单都要新的；伙食要搞好，多搞点海鲜；房间里弄台电视机，记者每天要看新闻，特别爱看武打片。

古义宝放下电话就忙活，说实在的，军长来他也不一定急成这个样。连部这边太乱，吃饭士兵们走来过去看着不方便，于是就把他自己跟林春芳住的那间屋拾掇出来，置床擦窗，林春芳来也没这么准备。连队的床单被褥都是旧的，古义宝只好把自己的两条新床单新被罩拿出来，又让通信员赶到村里小百货店买了新枕巾。一切就绪后，就缺彩电。把俱乐部里的大彩电拿来，古义宝怕士兵们有意见，影响不好。可除此只有刘金根个人有台十四英寸彩电，他觉着不好开口。

"哎哟，是不是林春芳要来呀？"星期六，尚晶提前回家。

"她来还用着这样啊？是赵科长陪军报的记者来。"

"是赵科长来呀，那可得好好打扫打扫。"

尚晶说完，就开门进了自己的屋。

古义宝走进了尚晶的屋。

"哟，今天是哪阵风，你怎么会进我们的门？"

古义宝这段时间很少到尚晶他们屋里坐，除了过年过节刘金根硬拽他来喝酒，古义宝平常基本不踏尚晶他们的门槛。或许是因为他们原来有这么一段，现在都成了家，一边是朋友，一边是老乡，自己又是介绍人，免得惹出话说。尤其是他咨询了专科医生之后，他更谨慎小心了，似乎有意在回避尚晶。他也弄不明白，是自己心亏还是觉得对不住她，还是自己至今仍深爱着她，他说不清。

古义宝没有答尚晶的话，却在椅子边坐了下来。

"你家的彩电好使吗？"

"好啊，怎么啦？"

"记者每天要看新闻。"

"那你抱过去呗。"

"不，我还是跟金根说吧。"

"跟我说不一样吗？我做不了这主？"

"不，还是跟他说好。"古义宝脸上没有表情。

"是你心里有鬼。"

古义宝的脸被尚晶说红了。

"你为什么这么怕跟我说话呢？我没有抱怨你什么，也没有要求你什么呀！"

"尚晶，别说了，如果金根真那么想要孩子的话，就抱养一个吧。"古义宝说完就要走。

尚晶把他叫住，她觉得他话里有话，问他这话是什么意思，金根是不是有问题。

古义宝看尚晶的神态立即改口安慰她，说他不过说说而已，金根什么也没跟他说过。

尚晶突然哈哈笑了，笑得古义宝很担心。她说："抱养一个？我为什么要抱养别人的孩子？他要是有问题，我又不是没有这个能力，我真想要孩子，我可以自己生。"

古义宝吃惊地看着尚晶，他无法再跟她说下去，转身离开了她家。

记者这次是带着题目下来的：军事和政治的关系。

记者想到基层连队做一些调查研究，吃一些梨子，解剖一些麻雀，通过对基层干部解决实际问题的典型事例的剖析来证实政治工作的作用。

赵昌进一听来了劲头，大题目，大文章，难做，可做好了有分量，有影响。

记者和赵昌进到了三连，跟别的工作组不一样，不开会也不听汇报，只一个一个找人谈话。不光在屋里谈，还到训练场谈，晚上散步、赶海、爬山，随便什么人随便什么时候随便谈。谈的都是连里、个人这两年发生过什么事情，遇到过什么困难，自己怎么想的，连队干部又是怎么解决的，这些事情自己心里觉得有什么要说的。

几天下来，记者和赵昌进记了一本子事。有关古义宝的事占去了三分之二。新士兵上岗害怕，他就陪岗，一直陪到新士兵说不怕了为止；一排有个"老大难"，训练不跟趟，他搬过去跟他睡上下铺，有空就跟他练，陪他计算单独修正量，睡了三个月，他追上去了；一个老兵的对象吹了，他要来女方的地址，每隔三天发一封信，发到第二十六封信，女的给老兵回了信，又成了，说再也不要让指导员写信了；二排一个士兵的父母离了婚，士兵吃不香睡不甜，他一次次跟士兵谈，又给他父母写信，父母都给他来信，士兵捧着一摞信面对指导员哭了；四排一个士兵口吃，怕人笑他，整天沉默寡言，他每天领他到海边教他练说话，改掉了口吃的毛病……

记者跟赵昌进说，古义宝真不是一般的人。记者原打算住两天就走的，几天下来他改变了计划，他不想再跑别的连队，他打算就从这一只麻雀开始解剖。当然，这儿的生活也是没说的，更有尚晶这个热情的邻居。赵昌进是她的恩人，尤其是记者，是大机关大城市来的，她感到他身上有许多新鲜的东西，他说出的话跟赵科长、古义宝、刘金根和学校里的人都不一样。她也说不上他新鲜在哪里，反正有一种东西吸引着她。她生性就热情大方，加上刘金根这些日子又到师后勤开会，所以每晚只要见他们不谈材料，她就过来跟他们一块看电视聊天。正好电视台在播一部五十集的武打片，女主角正是尚晶崇拜的偶像，跟记者一拍即合。记者生活得比在家里还快活，真有点乐不思蜀。

古义宝这些日子自然是忙上加忙。每顿饭菜都是他亲自定食谱，亲自督促烹饪后才让炊事员送到他们的住处。

晚饭后，古义宝去看赵科长和记者，他俩跟尚晶正一起在看电视。古义宝一发现记者看尚晶那眼神，心里就不觉酸了一下。赵昌进没让古义宝留下看电视，而让古义宝陪他去散步。

出了营房，赵昌进和古义宝就恢复了那种特殊的关系。赵昌进说："你干得真不错，记者几次都夸你，说你不是一般的人。"古义宝说："我说什么也不能给你丢脸。"赵昌进说："你越干越聪明，越干越精明了，连里干部士兵没有一个说你不好的。最可贵的是，你真诚待人。你读过《曹刿论战》吗？"古义宝老实说没有。赵昌进说："曹刿问鲁庄公何以战，鲁庄公说了三个条件：一是衣食所安弗敢专也，必以分人；二是牺牲玉帛弗敢加也，必以信；三是小大之狱虽不能察，必以情。说第一个条件时曹刿摇了头，说小恩小惠没有普遍施加到一般人身上，民众不会都顺从你；说第二个条件时曹刿还是摇头，说对鬼神不说谎，是小信，神不会真正信任保佑你的；说第三个条件时曹刿才点头，说这才是尽心竭力的表现，可以一战。这里面充满着人生处世哲学。小恩小惠只能收买个别人的心，要取得大家的信任，靠小恩小惠不行，因为你无法做到公平；要得到所有人的信任和拥护，只有靠一个'情'字。情能使你在千万人面前做到公平，你对谁都讲真情，对谁都真诚，人们便都拥戴你。你现在就做到了这一点，或许在理论上你还说不出个道理，你的行动是下意识的，其实不，你是有意识有观念的。"

古义宝听着赵昌进的话心里热乎乎的。他确实没有想到自己有这么高大，但别人说出来了，而且是自己的恩师，他相当激动。激动之中，他真诚地感激赵昌进，说："这都是你教的，都是你帮助的。"

赵昌进告诉他，等记者把这篇大文章写出来发表后，你会更上一层楼。古义宝心里就感激起记者来，对自己刚才的一酸感到太狭隘太无聊了。

古义宝把赵昌进一直送到住处。赵昌进推开门的一瞬间，古义宝发现记者的脸上不知为什么闪过了不自然的神色。武打片仍在播，不过不在打，女主角正紧紧地贴在师兄的胸前。

古义宝没有鼓起看尚晶一眼的勇气，立即告辞回了连部。

二十一

古义宝从军区回连，团里专门派吉普车送他到连队。他下了火车乘汽车回到县城，下了车先到师部见赵昌进汇报，赵昌进把他领到政治部主任办公室，汇报就升了格。主任勉励他要继续努力，不骄傲不居功，做出更多的贡献。古义宝一边表示着决心，一边喜气洋洋享受着荣誉。从师部出来，古义宝又到了团部政治处。团里如迎接英雄，在办公室的团首长一起听了他的汇报。团首长们又对他说了许多赞扬、鼓励和勉励的话，说他为团里争得了荣誉。他又表示了许多谦虚，表了许多决心。最后，政委就亲自派车送他回连。

古义宝的这一次冲刺，冲到了军区基层建设先进单位和先进个人经验交流会，赵昌进和记者的那篇文章是古义宝再次飞跃的运载火箭。文章在军报占了一个整版。文章虽然不是专门写古义宝事迹的，是结合实例加剖析的理论研究文章，但里面的事例大都是古义宝的。报社给文章加了编者按，引起了全军广泛的关注，古义宝跟着名扬全国。

人要是走上顺道，怎么走也顺当。就在文章发表后不久，军区要评选表彰基层优秀干部，同时召开基层建设先进单位和先进个人经验交流会，古义宝便被一级一级推选上了军区，最后成了军区表彰的四名优秀基层干部之一，成为模范指导员。报纸、电台、电视台，他都露了脸，一时声名大噪。

古义宝下了吉普车，十分豪爽地请司机下车休息，司机没下车，谢了一下掉头就回团里去了。古义宝兴奋地挥着手，直到吉普车拐了弯看不见了才收回他那只手。

营房里空空荡荡，寂静无声，连队接受临时突击任务，开拔到二百多里外的军农场去帮助夏收夏种，连里只剩一个班看守营房和负责农副业生产。

古义宝放下东西洗了把脸，先喜气洋洋地看了留守班。留守班的兵们都在菜地劳动，见指导员回来，大家跟着喜气洋洋。士兵们说，在电视里看到指导员了，那么威风。说完笑完，士兵们便继续翻地的翻地，运肥的运肥，浇水的浇水。

古义宝回到连部，心情十分轻松，心中阳光灿烂。他打开了那个柜子。他的屋里有两个柜子：一个是资料柜，放工作上用的资料和书籍；一个是他私人的。他现在已相当富有，不再像当初收藏第一张登有他事迹的报纸那样寒酸，如今他有一柜的奖状、奖品和证书，还有一大本他的事迹材料、文章剪贴。而且有一间完全属于他个人支配的屋子，他在这间屋里可以做他想做的一切事情而不需回避，也不会被人随便打扰。

他从柜子里拿出两样东西。一本是大影集，这影集不仅有他各个年代留下的事迹，更有价值的是里面有他人生中每一段光辉历程的真实记录。每次参加各种级别的大会，得到某种荣誉和奖赏后，他都想尽一切办法，向那些新闻干事索取照片。他的影集已经有三大本。另一本是报纸剪贴。这报纸剪贴不是工作需要的资料剪贴，那种剪贴在资料柜里，这里的剪贴全是别人歌颂他的文章、新闻报道、通讯、报告文学和事迹材料。他这次出去收获巨大，无论数量还是质量都是前所未有的，他要立即把它们归入他的财富档案。

他用了一个小时又十三分钟，把照片按次序插入影集，把文章、材料一页页剪贴好。他干得相当细致又相当熟练，而且兴致勃勃，完全忘掉了天热，实际上汗已湿了背心。

做好这些，他又欣赏了一遍。觉得意犹未尽，总觉得还应该找个人跟他一起分享一下，这才尽兴。他想到了尚晶。

古义宝出了连部直奔那个家属小院，他拿不准尚晶是在学校还是在宿舍。喜出望外，尚晶在家，门口晾着洗的衣服。古义宝疾步来到门口，但还是抑制了一下情绪，先敲了门。屋里立即传来尚晶脆生生的回应声。古义宝心里一喜，立即通报姓名。他听到了那声"请进"，随即就推门进屋。古义宝左脚刚跨进门，半个身子就僵在门框里进退不得。眼前的尚晶让他不知是进好还是退好。尚晶只穿了一件薄薄的汗衫，高耸的乳峰把两颗樱桃似的乳头清清楚楚地顶在汗衫的下面，隐隐能看到它们鲜嫩的颜色，下身只穿了个裤衩。

"哎哟，大模范回来了，进来呀！"尚晶却若无其事地叫古义宝进屋，古义宝额头上已泛出一些潮来。

"大热的天，你穿这么齐整干吗？又不去作报告演讲，快脱了。"

古义宝也觉得热，就脱掉了长袖衬衣，穿着背心也显得双方协调一些。但古义宝还是尽量避免正脸看尚晶，他担心自己抵御不了美的诱惑，不想让自己过于为难，他知道自己的抑制能力是有限的，这么考验自己太危险。尚晶在看一本妇女杂志，原来学校放了暑假，她无事可做。

"这次威风抖尽了，上了电视。那天我看到了，那几个给你们戴花的女兵好漂亮哟。眼没花花？"

"我有那贼心也没那贼胆呀！"

"这次都上了哪儿？出去都快一个月了吧？"

"可不，整一个月了，这次是开了眼界，军区首长接见了我们，还和我们照了合影，让我们下部队作巡回报告。咱们军区的各大城市都去了，每到一个部队都隆重欢迎，各部队的首长都跟我们合影留念，还陪我们参观游览名胜古迹……"

古义宝甜蜜地回忆着，尚晶也甜蜜地听着。

"那些照片呢？也不拿来让我开开眼界！"

"在办公室呢，我这就去拿。"

古义宝跑去拿来了照片，他没把大影集拿来，不想让尚晶发现他心中的秘密，他从影集上把照片重新取了下来，捧了一大摞。尚晶立即起身迎接，两个围着桌子看相片。尚晶一张一张看，古义宝一张一张介绍。他记得照片上每一位首长的名字，也记得照片上的名胜古迹，一个讲得如数家珍，一个看得入了神，两个都忘掉了天气的炎热。尚晶胳膊和肩膀无意识地紧挨着古义宝的肩膀和胳膊，俩人谁都没感觉到热。直到看完最后一张照片，古义宝转脸时才意识到他跟尚晶挨在了一起。

古义宝没有惊慌，也没有躲闪，他期待着尚晶对照片的感想。尚晶转脸发现了古义宝的期待，但她没有急于把感想告诉他，却看着古义宝的眼睛。两个人眼睛对着眼睛，目光撞到了一起，心里就撞出了一些火花。

尚晶不无敬慕地细声说："你够幸福的了，人一辈子能活到这般红火也值了。"

古义宝也轻声说："只能算是干出了一点成绩，幸福就谈不上了，你说我幸福吗？"

尚晶回过脸去背着古义宝："你不是一直为这个目标在拼命吗？为了这个目标，你不是一切都舍弃了吗？现在如愿了，你难道还不满足？"

"作为理想，作为一个人的人生目标，作为一个男子汉的人生价值，我是应该满足了，我也算是对得起自己了，可要说我幸福，我心里到底是甜还是苦，你是知道的。"

"世上的事情哪能件件都天遂人愿啊！赵科长早就告诉我了，他说对立统一是自然辩证法，有得必有失，有失才有得，世上的人和事都逃脱不了这个规律。日有阴晴，月有圆缺，这是自然法则。天遂人愿，心想事成，只能是梦想。"

尚晶回过头来看着古义宝。她不由得佩服他的胸怀，他为了自己的前途，忍下了多少痛苦。作为男人应该这样，他是个好男人。两个人的情绪立时转入了另一种氛围。

"你打算什么时候让林春芳带孩子来部队？"

"我也不知道，孩子的年龄还不知怎么算呢！到时候上学也不知怎么办，做人难哪！"

古义宝本意是要找熟人知己跟他分享喜悦，现在却诉起苦衷来了。

尚晶没有接他的话，却低下了头，两手不停地卷着那本杂志。

古义宝觉得有点燥热，过去打开了电风扇。

"嗨，说这些干什么！"尚晶放下杂志，给古义宝开了瓶汽水，"你应该高兴才是，想那些不愉快的事干吗？全军区不就四个嘛，前途无量，谁能跟你比呀！你也该松口气了，别把自己绷那么紧，活得那么累。"尚晶说得实心实意，一腔体贴，一片真诚。

尚晶的话重新点着了古义宝心中已经熄灭了的火，他直愣愣地看着尚晶，那火在心头蹿着火苗。当他的目光触到尚晶的目光，他想到了刘金根的事，心里那火立即熄了下去。他有一种负疚感，似乎是他带给了她不幸。他想要给她安慰，又找不到可安慰她的话，结果他接尚晶递过来的汽水瓶时，另一只手就爱抚地按住了她的肩头，嘴里蹦出一句："我对不起你。"

尚晶立在那里，怔怔地看着古义宝，说："你到今天才说这句话！"说完，两颗晶莹的泪珠竟夺眶而出。

那两颗泪珠让古义宝心里一抖，那奄奄一息之火如同泼上了汽油，砰地蓬勃燃起，烤得他两手打战。颤抖中还有内疚，是他让她忍受这样的苦恼，他有责任帮她解脱。古义宝不由自主地再次抬起手抚慰尚晶的肩头。尚晶两条柔软的胳膊举了起来，水到渠成地搂住了古义宝的脖子，两张饥渴的嘴不约而同相互吮吸起来。

古义宝不知道自己在干什么，也不知是怎样抱起尚晶又把她放到床上的。此时地球已经停止转动，太阳已经暗淡无光，世界上的一切都已消亡，整个空间就只有他们俩。当古义宝颤抖的手触到尚晶那富有弹性的乳房时，尚晶发出梦幻般的呓语："我的心爱的模范指导员。"

古义宝一个激灵，浑身的火像被当头泼了一盆冰水一般，他突然惊醒。他翻身下床，没等尚晶从陶醉中醒来，就拿着他的那些照片，逃出了尚晶的屋。

下卷·出梦

二十二

　　毒辣辣的日头照耀着高低不平的山路，山路上一头骡子疲惫地拉着车，马车上躺着两个疲惫的人。赶车的那个兵拿军帽扣在额头上遮着太阳，倚着铺盖卷儿，一边流着汗一边打着盹。古义宝平躺在板车上，身下铺了两条麻袋，两手捧着后脑勺枕在柳条箱上，军帽把整个脸遮住，身子随马车一颠一晃颠动，睡得似乎很香。

　　车上还装着古义宝的全部家当，一卷铺盖，一只自制木箱和一只柳条箱。

　　古义宝和驭手一路无话，由着骡子随心所欲拉着他们行进。

　　其实古义宝并没有睡着，他也不可能睡着。这些日子他一直在咀嚼从泰山极顶摔向万丈深渊的滋味，那感觉如同在做梦，结结实实摔到渊底他才醒来，醒来后那痛就无法忍受。

　　当他那根被欲念麻痹了的神经让尚晶的一句充满爱意的情话惊醒，他抓起衣服跑出尚晶的屋子的大门时，他才意识到自己做了什么，而做下那事又是一件什么性质的事。一下午，他都失魂落魄，忐忑不安。他几次想返回去向尚晶道歉，请求她的原谅，可他怎么也鼓不起这个勇气。他只好惶恐地担忧着，同时又一次次假设着侥幸安慰自己。他承受不了心理上的压力，第二天逃避灾难般赶到二百多里外的农场。当他与刘金根见面时，他的紧张和慌乱让刘金根感觉到奇怪，他从古义宝的目光里发觉了做贼心虚那意思。

古义宝用超常劳动量来惩罚自己的灵魂，驱除心理和精神上的自我折磨。士兵们割一垄麦子，他割两垄；士兵们挑四捆麦子，他挑六捆；士兵们翻一亩地，他翻两亩。只是他拼命惯了，士兵们自认谁也比不上他，所以谁也没觉出他的异常，更没有从别的角度去揣摸他们指导员的心理，一切都照常进行着。官兵的忽略才让古义宝那颗痛苦的心得到暂时的平静。

劳累而又担忧的一个月艰难地过去了，连队完成任务返回驻地。古义宝瘦了一圈，愈是接近返回驻地的日子，他心中的担忧和侥幸的企望愈折磨着他。

当他接到政治处主任让他到团里去一趟的电话时，他的脸一下就黄了，额头上冒出一层冷汗。他连车子都蹬不动，平时四十分钟的路，他骑了一个多小时。主任见他没跟他说话，直接把他领到了政委办公室。他的手和脚就不住地打战。政委的询问还没完，他就一屁股跌坐在沙发里。他到了团里便没能再回连队。政委主任训完话，接着便被送到师招待所，保卫科的副科长、团政治处的副主任和他们营副教导员在那里等他。

一进师招待所，古义宝便陷入了极度的痛苦和无边无际的悔恨。他没有脸见人，可必须一遍又一遍地向他们交代这事发生的过程、动机，反复核实每一个细节后，再让他一遍又一遍地写。

令他吃惊的是，刘金根居然告他强奸！

自责和冤枉交替着折磨他。他从他们三个人的眼睛里看出，自己由人变成了狗，英雄变成了狗熊，模范变成了囚犯。他不能冤枉自己，抱定事实一步不让。

他整宿整宿睡不着，他只想着一个疑问：尚晶为什么要告他强奸？

难道是怨他不娶她故意报复？是他没如她所愿反恼羞成怒？是他成名超过了她男人忌妒？要是他真和她做了那种事又会如何？他的头要裂开了。

古义宝这时真正体会到赵昌进那句话的分量。要做个好人，只能一辈子做好事，不做错事，做一千件一万件好事无所谓，但要是做一件错事，就前功尽弃。他为自己近十年的汗水心血叫屈，他为赵昌进的数年辛苦内疚惭愧。他知道他比当模范时更出名更昭著了，他在认识他的人心目中一落千丈，他从此完了，一切都完了。他几次做梦梦到这是假的，是刘金根和他开玩笑，可他醒来后看到陪着他的是他的副教导员，他便陷入更深的痛苦。他气，他恨，他后悔不及，他痛哭流涕。

古义宝真想请求专案组把尚晶叫来，他要当面与她对质，澄清事实。如果尚晶敢当他面说他是强奸她，他立即死在她面前都毫无怨言。一生最知己的朋友这样对他，活着还有什么意思呢！

古义宝被痛苦煎熬时，一点也没想到尚晶并不比他舒服。此时的尚晶同样经受着痛苦折磨。

那一天，古义宝突然无言跑走，尚晶当时的懊恼难以言述。尚晶跟刘金根结婚后，刘金根爱她的那份热烈，让她那颗渴望被爱的心有了着落，感情有了归宿。古义宝也自动熄灭了心中那火焰，让林春芳来了部队。责任、道义、现实和她一起把她和古义宝的那段感情认真地一点一滴收拾起来，包裹捆扎好，扔进了大海，给心圈起一个坚固的城堡。从此，各自把自己的心收禁在自己的城堡之内，安静地过日子，彼此也就坦然地相处。但尚晶和刘金根婚后不孕，当古义宝暗示了她原因之后，尚晶那平静了的心又在自己的城堡里烦躁起来。尤其是那位军报记者来连队的那些日子，招惹得她那城堡闹了地震，出现了裂痕。尚晶常常想穿越出自己的城堡寻求新鲜，是古义宝那酸气冲天的目光让她收敛拘禁了那颗不安分的心。但从那时起，那城堡的裂痕无法弥合，她常常信马由缰地穿越出来观赏外面的风景，还常常邀古义宝入梦来玩耍。那天，连队开拔农场后带来的寂寞和古义宝的不期而至，巧合地制造出一个世外桃源，让他们忘却了现实。尚晶那城堡竟然大门敞开，拘禁已久的欲望如野火渴望狂风，如禾苗企求春雨。对方却突然溜走，野火没有风吹而被憋熄，禾苗未遇雨露而干渴，沮丧、失落，被欺骗和被戏弄的感受如同遭受打击和污辱。她当时真想追出门去吼一声："古义宝，你混蛋！"

之后，当她冷静下来，就有了一个月漫长的闲暇来回忆思考这件事。她一想起古义宝起初的激动和后来的惊恐就好笑。反复想过几次之后，她就觉得这是件十分有趣十分可笑的事情，似乎是一个遥远古老的传说，根本不是发生在她和古义宝身上的事情，倒像是发生在梦中。

事情是那张照片引发的。刘金根向来勤快，从农场回到家后，就收拾屋子里的卫生。他从沙发底下扫出了一张古义宝的照片。刘金根的奇怪只能让尚晶证实，尚晶的心情还在兴奋之中，把这事当笑话一样说给了刘金根。刘金根的脸唰地变了色，变得让尚晶恐惧。而且那晚上后，他对她那么粗鲁那么蛮横，让尚晶非常后悔,她原以为他听了后会乐呢。可说出去的话已无法收回,一切都只能是后悔了。刘金根第二天便专程上了团部。

当尚晶知道刘金根做了过分的事后,她比古义宝还慌张,她意识到这事的严重。她痛恨自己把事情告诉刘金根。当天晚上,她偷偷跑到连部观察过古义宝。尽管她对古义宝有怨恨,但她完全不想害他。他真要跟她做了那件事,她绝对不会跟任何人说。

尚晶没想到的是这事会给她带来这么多麻烦和尴尬。保卫科副科长他们几次找她,要她如实说出事情的经过,而且一遍又一遍专问她那些让她难堪难以启齿却又必须回答的问题。尤其是保卫科副科长问得那么严肃那么逼人。

"古义宝两手抚摸你肩头的时候,你做了什么动作?你是站着,还是坐着,还是躺着?你推他没有?"

"古义宝吻你的时候你躲避了没有?你张没张开嘴迎接?"

"古义宝把你抱起来的时候,你的两只手放在什么地方?你反抗没有?"

"古义宝压到你身上的时候,你做了什么?你的两只手放在什么位置?"

实在难以开口,可又不允许不说,这都是确定问题性质的根本依据。

尚晶实在忍受不了这种难堪,最后她哀求地说:"请你们不要再问不要再来找我好不好,我从来就没有说他要强奸我,谁告的你们找谁去!"

古义宝在痛苦中压根没想到还会遭遇这些,他也没想到这件事会给上上下下的领导添这么多为难。团里接到刘金根的告发后,一分钟也没敢耽误,立即报告师政治部,师政治部立即报告政治部首长,师首长立即召开紧急碰头会,决定立即将此事报告军政治部。军政治部立即报告主任,主任立即报告政委,政委指示立即报告军区政治部。这事非同小可,他是军区刚刚表彰的模范。古义宝出事等于自团到军区各级都出事,除了古义宝这个模范臭名远扬外,这事无疑是对各级党委各级政治部门工作的一种否定和批评,谁愿意自己培养的典型出这种丑事!

军政治部指示立即成立专案组,查清事实。

专案组以严肃公正的态度高效率进行工作,不久便向党委写出了专案报告。报告由师报到军,再由军以传真电报报到军区;处理意见再由军区下达到军,军再下达到师,师再下达到团。

古义宝由副教导员带回团部,团里举行了由政委、主任和副教导员参加的小范围批评会。会上政委、主任和副教导员对古义宝进行了严肃而又深刻的批评，说他虽未构成强奸罪，但说明他脑子里潜藏着低级的肮脏的见不得人的不健康思想。这与一个共产党员，一个军人，一个政工干部，一个模范指导员是格格不入的。其原因是改造思想不彻底，在成绩面前飘飘然，忘乎所以，辜负了各级领导的教育培养，本该从严处理，念其初犯，在关键时刻悬崖勒马，没构成犯罪事实，没造成严重后果，还念他曾经为部队建设做过贡献，免究刑事责任，免予行政党纪处分，调离工作，到团农场负责生产。古义宝自始至终不住地点头，几乎是每一位领导说一句话他就点一次头。等三位领导一一说完，古义宝的脖颈子已经酸了，酸痛了五天，当时他一点感觉不到，他也不可能有心思去感觉自己的脖颈子，到晚上躺下时他才感到脖子酸痛得不能转头。当听到免予处分的话之后，他一下跪到地上哭了。他没能说出心里要说的话，只说了一句："我要重新做人，要不我不是人。"

出事后，古义宝在痛苦和悔恨之中还有一种惭愧，他觉得头一个对不住的是赵昌进，可一直没见到他。

古义宝思前想后，一个人为人处事，无论是当先进做模范，还是犯错误当后进，做人都要讲良心。这些年赵昌进为他操那么多心，写了那么多文章，还为他与别人貌合神离，如今自己出了事，等于给他当头一棒，等于给他头上扣屎盆子。自己就这么走了，算什么，哪怕挨骂挨打，也要见个面认个错说个对不住再走才是。

昨晚天黑尽后，古义宝提了两瓶酒和一盒蛋糕，贼一样摸到赵昌进的家门口。家里有人，亮着灯。古义宝有些紧张，在门口定了一会儿神，想好见面该说的话后，才敲了门。

来开门的是赵昌进。当赵昌进看清是古义宝时，他的脸瞬间收起笑容，砰地关了门，转身拉灭了屋里的灯，好像古义宝身上带着瘟疫病毒。

古义宝万万没想到赵昌进会当面给他吃闭门羹，赵昌进关门和拉灯的举动把他仅有的一点自尊驱赶殆尽。他毫无承受这种打击的心理准备，这比接受专案组盘问和批评难受十倍。古义宝鼻子一酸，眼泪在眼眶里打转，站在那里不知所措。他没有离开，他觉得自己该，该挨打挨骂。他想他不能就这么走，应该让赵科长把心里的气出尽。等了一些时候，古义宝又轻轻地敲了门。一遍又一遍，赵昌进始终不来开门。

古义宝再抬不起他的手，他轻轻地放下东西，心里酸酸地转身一步一步离开赵昌进的家门。转过墙角，古义宝的眼泪再也止不住了。他撒腿就跑，结果差点把迎面走来的文兴撞倒。

"这不是古义宝嘛！这么急上哪儿？走，到我那儿去坐坐。"

"副科长对不住，我走了。"

"走吧，我有话跟你说呢。"文兴一把拉着古义宝上了他宿舍。文兴的爱人没调来，他一个人住。

"没有必要这么沮丧。世上只有两种人不犯错误，一种是未出生的人，一种是死了的人。"文兴递给古义宝拧干的毛巾。

古义宝始终看不透文兴是个什么样的人。他一直对文兴抱两种心理，有时想见到他，有时又怕见他。

"人的悲剧性就在于虚伪，现实跟理想永远会有差距，但人为了满足自己的虚荣心，便自欺欺人制造虚假，强迫自己去做一些原本自己不是真心实意想做的事，为达到私欲的满足而创造极端。可欲望是没有止境的，可怜的人便成了欲望的奴隶，无休止地逼迫自己陷在这种悲剧式的制造之中。"

古义宝似懂非懂地听着文兴的话，他总感到文兴的话离他那么远，那么难懂，一点不像赵昌进说的话，句句他都明明白白。

"一个人受点挫折好，经受一次挫折，你会长许多知识，世上没有一帆风顺的事。犯了错误当不成模范，那还可以做普通人嘛。我倒认为，作为人，做一个实实在在的普通人要比做模范真实得多。我倒可以送你一句话：一个人只要不是官迷，不是整天争名逐利，他会活得很轻松很潇洒。"

"副科长……我对不住你们。"

"不要老是陷在对住谁对不住谁这样一个狭隘的思路里。这样你等于一辈子在为别人活着，你要想对得住对不住自己。什么时间到农场去？"

"明天。副科长，我完了。"

"别，别这样想，以后的路还长呢。人的本质其实是善恶并存的，孟子说，性本善。荀子说，性本恶。他们的说法看起来是对立的，其实目的是一致的。孟子强调'性本善'，是提醒人要防微杜渐，修身养性，保持人的本性。荀子强调'性本恶'，是要人时时克服自利心，克己复礼，返璞归真，做个讲仁义道德的人。我也认为，人的本性是善恶并存的。"

古义宝抬起头来看着文兴,他想到了赵昌进,他在疑惑,文副科长为什么不嫌弃他呢?为什么还这么耐心地在给他讲人生道理呢?

文兴继续说:"人做不做错事,多做错事少做错事,是由人的修养决定的。有的人不做错事,是因为他修养好,能把握自己,并不说明他灵魂中没有邪念;做错事的人,是他在某种特殊的环境特殊的条件下没能很好地把握自己,让邪念占了上风。做了错事,犯了错误,还得靠自己来拯救自己,靠别人都是空的。如果能正视自己的错误,重新振作起来,或许以后的路会走得好些;如果就此消沉下去,那只会自己悄悄地毁灭自己。"

古义宝在文兴那里坐到很晚才离开。从文兴宿舍出来,古义宝心里觉得轻松了一些,尽管他觉得文兴离他很远,他无法跟文兴站到同一个台阶,他与文兴走的也不是同一条道,但文兴让他羡慕。这时,他从心里感到文兴的理论水平比赵昌进还高,这倒并不是赵昌进伤了他的自尊。赵昌进的水平也很高,可赵昌进的话他都能听懂,包括他的眼神和没说出的话,他都能看懂,但他传给自己的全部知识,基础都是农民思想。文兴则完全不同,文兴让他感到了距离,让他感觉自己低矮。

"孙副场长!"一个十分细柔的声音传过来。

孙副场长?领导没有说过这个农场有个孙副场长。古义宝忍不住睁开眼侧身瞅了一眼,一位相貌平常的女人站在公路边跟驭手打招呼。

马车停了下来。原来女人的小推车爆了胎,前不靠村后不靠店,她求助驭手捎她。他们似乎很熟,可驭手对她不怎么热情,似乎是无可奈何。驭手帮女人把小车上的东西装到车上,又把小推车的一个车把绑到马车后边。古义宝一直躺着没坐起来。"哎哟!怎么还躺着一个?病啦?"女人显然是在跟驭手说。你才病了呢!古义宝心里想,连身都没翻。他感觉那女人上了马车,就坐到了他旁边的车帮上。一股女人特有的香气钻进他的鼻子,使他心里产生一丝想睁眼看她一眼的欲望,但终究没有睁眼看她,这时候他听到女人的声音都烦。

古义宝在马车上依旧想他的事。他心里像一团糨糊。他沉浸在痛苦、后悔、气恨之中无法解脱。他想得最多的还是跟尚晶的那件事,赵昌进说得对,抓鸡不着反蚀了米,羊肉没吃着反惹一身臊,一时冲动落得像发配的犯人一般。他不甘心,越想心里越酸,越酸却又越要想,想到后来天上是黑黑的,后面也是黑黑的，前面的一切都是黑黑的。

他一点都没考虑自己要去的是什么地方，也没去想要相认相识相共事的是些什么样的人。这一切对他都已无所谓了。

古义宝闭上眼睛，任骡子在黑暗中随心所欲地拉他走向什么地方。

二十三

疲惫的骡子拉着沉默的驭手和颓丧的古义宝摇摇晃晃赶到太平观农场时，日头已经从西面山头掉了下去。

炎日偏西收敛起灼人的光芒，古义宝才迷迷糊糊合上了眼皮。

他的精神和肉体早已疲惫不堪。在他慢慢明白无论自己如何痛苦如何悔恨也无法改变现实的命运之后，他那破碎的心灵便渐渐麻木，瞌睡和困倦便乘机一齐向他袭来。他暂时中止了那无休止的自我心理折磨，让灵魂从苦难中得以片刻的解脱，也暂且忘却不讨人喜欢的驭手和陌生女人。

他不知道自己睡了多久。或许是睡足了，或许是因为车子停止了颠簸，古义宝的眼睛睁开的一刹那，不知道自己这是在干什么，也不知道自己在什么地方，也不知道他来这里干什么。开始他以为自己是在连队睡午觉醒来，当他坐直身子，明白了自己来到了什么地方，明白自己来这儿干什么，明白自己现在要干什么后，心里像被蝎子蜇了一下。

骡子已经卸套，驭手和骡子都离开他去了他们该去的地方。他不知道那个女人是什么时候下的车，也不知道车是什么时候到的农场。他一点没觉察他们停车卸套，他睡得太死了，这些日子他哪一天也没正经睡过一个囫囵觉。

驭手怎么连个招呼也不打？拉砖拉粪拉牲口也得卸车呀！驭手竟会毫不理会地把他搁置在营房操场角落的水沟边就不管了！

古义宝见这个驭手时就觉得这人怪，跟他见面时脸上说不清是一种什么表情，既没称呼古义宝什么，连他的名姓也没叫，一路上也没跟他说一句话。古义宝没精神跟他说话是一回事，作为下级的他，又是第一次见面，怎么说也得先开口跟他打个招呼吧，可他就愣是招呼都不打，弄得古义宝跟他在一辆马车上待了一路还不知道他姓甚名啥。到了这里，他竟把自己当个没用的物件一样扔水沟边理都不理，如同扔一条死狗。这是部队，还有点规矩没有？他敢如此对自己，说明他根本就没把自己当场长放眼里。

古义宝再一次感到凄楚。

晚风送来轻松的吉他声，古义宝循声望去，操场那边杨树下一个士兵潇洒地依在白杨树下弹着吉他。他身穿海魂衫，身材相当健美，乐曲很熟悉，但记不得名，好像是俄罗斯歌曲，十分受听。另一边柳树下几个士兵光着膀子在甩老K。操场边的地里有一个年龄似乎很小的士兵在采着什么花。古义宝发现他们对他的出现没一点反应。

古义宝心里酸溜溜地收回孤独的目光，顺便把它投到两排破旧的营房上。看样子，两排房子盖建时就没有完全竣工，砖墙既没抹面，也没用水泥勾缝，一律光腔墙面，风吹雨蚀，已是砖小缝大了。门窗也像安上就没有刷漆，木头都朽了，房子的窗户几乎都没镶玻璃。再看操场，就北面那个已经歪斜欲倾的篮球架下的小半拉球场是平的，其余都坑坑洼洼，凹凸不平，长满了杂草，恐怕从来就没打过全场球。

古义宝心里除了凉还是凉。他这才意识到原来这就是他以后要待下去的地方。

古义宝扛起行李卷，他无法叫人，这里的人他一个都不认识。左手顺便又提起那只提包，反正都得自己拿。他不知道该上哪间屋，只好走向甩老K的几个兵。

"第一排，东头第三间吧。"

"也可能是第四间，自己去看看就知道了。"

他们兀自甩着牌，没有人抬起头来跟他说话。

古义宝扛着行李朝第一排房子走去，边走边从东面倒数着。第四间屋门留着缝，古义宝用脚踹开了门。

"你没长嘴啊！"

古义宝退缩不得，又腾不出手带门，他尴尬极了。屋里那个驭手光着脊梁正搂着一个女人在亲嘴，地上一大盆擦身子的水还没倒。

古义宝连声说对不起，没趣地收回那条伸出的腿，刚走出两步身后哗地溅来了水，驭手连门都没出就把那一大盆水泼到门前。古义宝两裤腿上溅满了泥和水。古义宝无话可说，驭手已经关上了门。古义宝把铺盖卷放到第三个门前。这回吸取了教训，先敲敲门，里面没有动静，推门，门没锁。屋里像刚遭了劫，一张双人床上散满了乱七八糟的废报纸，报纸从床上一直铺到地上；一张写字台六个抽屉两个拉开半拉，四个扔在地上；一把椅子倒在地上，只有三条腿；一个双开门旧式大衣柜，两扇门半开着，里面像挨了炸弹；屋里亮着灯，可开关绳拉断了，不知已经亮了多久。

古义宝无处下手，走出屋来，他想先把那只木箱和柳条箱扛回来再说。

弹吉他的还在弹吉他，甩老K的仍在甩老K，采花的也还在采花，他们与他好像毫无关系。

古义宝知道自己没法把那只木箱扛到屋里，他又不想叫这些心里没有他的兵帮忙，他想找辆小推车。他围着两排营房转了一圈，终于找到一辆推煤渣的小铁车。

柳条箱比较顺利地推了回来。古义宝再去推那只木箱。木箱太重，里面装着他当兵以来也是他有生以来最宝贵的财富，有他用自己的心血和汗水换来的那些记载着他的光辉历程的影集和报纸剪贴，有他的全部功勋章，还有书和他的日用品。他拼着全身力气搬了三次，实在没能力把它搬到小推车上。他下意识地朝周围看了看。在地里采花的那个小兵，不知是刚看到古义宝还是实在看不下去，跑了过来。小伙子好年轻，至多十八岁，手里拿着一束小白花。

"你来啦。"小兵或许不知道该怎么称呼他。

"来了。"

小兵帮古义宝一起把木箱抬到小推车上，又抢着帮他推。

"不，我来。"

"不，我来。"

古义宝冰凉的心感到了一点温热。

"你叫什么名字？"

"金果果。"

"这名字有意思。"

"没意思，别人老取笑。"

古义宝没让金果果帮他收拾房子。他自己也无心把房子收拾成什么样，只是把屋里的废纸整理捆好，扫了扫地，修了拉线开关，打开铺盖卷铺了床，连箱子都没开，脸也没洗，倒头就睡。

古义宝在这小屋里整整睡了一天一夜。这一天一夜中，只有金果果送来两次馒头、咸菜和菜汤。

夜里，天下起雨来。雨下得不紧不慢，一直下到天亮。古义宝在床上躺得慵懒无力，自己都闻到自己嘴里臭烘烘的。他翻身下了床，两天没刷牙了，他先洗漱。刷完牙洗罢脸，既没食欲，也没兴趣做事，拉过那把只有三条腿的椅子坐门口看着天下雨。天阴得厉害，云层压到对面的山头上，雨没有停下来的意思。古义宝看着门外场院上雨点砸出的一片水泡花，看得发呆。

隔壁驭手屋里的嬉闹声让古义宝心烦，夜里他被那吱哇乱叫的破床吵醒三次。"他娘的！"古义宝顺口骂了一声，"猪！"古义宝朝门外的雨狠狠地吐了口唾沫。

雨丝疏了一些，隔壁的床也停止了欢叫。起了风，风不大，却十分欢畅，吹得树叶哗哗，吹得雨丝唰唰，吹得门窗吱吱。一阵小风旋过门前，刮来片树叶和一只无名小虫，小虫不偏不倚正落在古义宝门前的一个小水凼里。水凼不大，周围是平的，雨点细而均匀，四面都往水凼里注水，凼里便汇成一个肉眼不易看出的漩涡，无名小虫在凼里旋转才显出这无形的漩涡，但它对小虫来说却是致命的威胁。小虫认识到了水凼对它的威胁，狗急跳墙般拼命地挣扎起来。小虫的脚很多，或许就是因为脚太多的缘故，它掌握不了方向，每当它接近生的彼岸时就转了向，被细小的漩涡带着在水凼里转圈。古义宝对小虫生出一些同情，但没有想到要救它或助它一臂之力，他十分专注地看着小虫如何自己来掌握和创造自己的命运。小虫再次拼出全力挣扎，它一点一点接近彼岸，令人遗憾叫人生气的是它又一次迷失方向，目的明确的欲念便变成了毫无效果的胡乱挣扎，它再次被细流带进漩涡。小虫气馁了绝望了，它放弃了挣扎，听凭漩涡带着它在水凼里漫游。古义宝有点生小虫的气，怎么就这样没志气呢，何况这关系到自己的生死存亡？小虫似乎感到了古义宝的气愤，它再一次挣扎起来，但除了在水凼里打转外，它再无惊人之举。

古义宝一直静静地看到它彻底绝望，看到它完全放弃生的愿望。到后来，小虫的翅膀无力地张开。再后来，一滴雨点正打在了小虫的身上，小虫便翻了身，肚子朝了上。它彻底地死了，它的内脏即将开始腐烂，一切都发生在这短暂的瞬间。

古义宝很失望。他心情十分沮丧地闭上了眼睛，将身子靠到椅背上。他忘记了椅子只有三条腿，他和椅子一起仰倒在地上。

古义宝躺到床上。他已没有一点睡意。他忽然意识到他目前的处境与刚才落水的小虫有某种相似，他对于周围的环境就如同小虫对于水凼，他对于外界的种种压力如同小虫对于一股股细流和无形的漩涡。

古义宝再次走到门口朝水凼中小虫的浮尸看了一眼，他不禁打了个寒战。

古义宝忽然想起了文兴的话，他不明白文兴为什么会如此未卜先知。

门外的雨点让他有些心烦。他站起来关上了门，重又躺到床上，可怎么也睡不着。

二十四

古义宝终于以场长的身份吹响了集合的哨子。

天晴了。晴得天高云淡，清风飒爽。

这是古义宝到农场第五天，除了知道驭手姓孙和认识金果果外，他对农场的事一无所知。原场长本该做好交接再走，可他连古义宝的面都没见就卷起他的东西走了。走得有点仓皇，不知是在这里待腻了，还是怕这种赦免夜长梦多，还是另有什么不可告人的隐情。他扔给古义宝的就是古义宝住进去的那间像被土匪抢劫了一般的房间和一个无从下手的破烂摊子，除此既没有一句话，也没有任何文字。这个农场有几个兵，有几亩地，种什么，存几块钱，有何财产，有多少债权债务，古义宝一概不知。

古义宝吹响哨子后五分钟，农场的兵一个一个走进那间称之为场部办公室实际只有两张破写字台和几把椅子至多四十平方米的两开间屋子。古义宝看着表，过了十五分钟还不见驭手进来。

古义宝问在座的，除了原来的场长还有没有指定班长之类的负责人。在座的没有人回答。古义宝就把眼睛盯住了金果果。金果果被他看得没办法，说除了场长就是孙德亮负责，他是志愿兵，场长宣布他是副场长，我们就都叫他副场长。

孙德亮就是驭手，还兼着农场的司务长和给养员，掌管着农场的财政大权和唯一的交通工具——马车。

古义宝打心里不欣赏孙德亮，倒不是孙德亮这几日夜里折腾得他难以入睡，也不是因为孙德亮把他扔马车上不管，他从骨子里觉得孙德亮不是个好军人。

古义宝让金果果去叫孙德亮，金果果十分为难。古义宝也看出他的为难，就没再让金果果为难，而是自己走出门去。

古义宝敲了门，又叫了名，里面没有立即开门，只是瓮声瓮气地说了声知道了。

古义宝回到场部办公室，又等了大约一刻钟，孙德亮才懒洋洋地走进办公室，进门还自找台阶地嘟囔："开会？开什么会呀！"

"孙班长，人是不是都到齐了？"古义宝盯着孙德亮。

"你是问我吗？人是都到齐了，不过这里没有孙班长，只有孙副场长。"孙德亮掏出烟，红塔山，档次不低。

"我来时，团里跟我交代，这个农场只有一名干部，也就是只一个场长，没有副场长。你这个副场长的称呼就到现在为止。"古义宝不紧不慢，却十分坚决。

孙德亮的脑袋来回转了几下，没有说出什么来。在座的一个个相互交流了眼神，有的还做了鬼脸，一个个毫不掩饰地流露着幸灾乐祸。

接着古义宝开始了他的就职演说。他说："今天开个见面会，因为前任没跟我交接就走了，所以我除了知道金果果和刚才知道的孙德亮外，其余一无所知。我不用说大家一定是知道的了，好事不出门丑事传千里嘛！今天咱们开的是见面会，每个人都自我介绍一下，相互认识认识。我先说，然后大家照着我的样说。"

"我叫古义宝，古代的古，义气的义，宝贝的宝。1975年入伍，一九七八年提干，1080年提升为副指导员，1982年提升为指导员，立二等功一次，三等功六次，曾被军区评为'学雷锋标兵'和'模范指导员'，原来我总以为自己当之无愧，现在看来，尽管我做了许多事情，但我离这些称号有相当的距离。我到农场来是因为我犯了错误。我的错误或许大家知道了或许知道得不清楚。我的错误是差一点与本连副连长的爱人发生不正当的关系。人家告我是强奸未遂，实际是企图通奸……"

屋里的气氛一下变得严肃起来，士兵们都把眼睛盯住了古义宝。

"我并不是想故弄玄虚，制造气氛。那天我看了小虫在水凼里淹死的悲剧后，躺在床上想了一天。我问自己到底是就此罢休转业回家，还是要在部队继续干下去。我的回答是要继续干下去，不能认输，要让大家看看我古义宝究竟是狗熊还是英雄。再说，我怎么也得把老婆孩子接出来，要不儿子一辈子还得跟土坷垃打交道。要重新正名，靠别人是靠不住的，只有靠自己，要不就跟那小虫一样只有绝路一条。跌倒了自己爬起来，在哪儿跌倒在哪儿爬起来。要爬就不能怕丑，一切从头开始，从零开始。怕什么？师里的文兴副科长说得对，是人谁不犯错误，不就是通奸还未遂嘛！我这么一想，一种从未有过的胆气便悄然而生，让我感到浑身是劲，心里坦坦荡荡的，没了一点猥琐与自卑，我那错误是一念之差，说起来堂堂正正，没什么要顾虑和忌讳，也没什么好隐瞒。

"我不是要为自己开脱什么，这没什么好开脱的，不管这事做没做成，都说明我的灵魂里已经有做这种事的意念，这种意念是流氓意识，这种心理也是流氓心理，这是我对自己的认识，是一点也不能原谅的。但是我对自己有一点欣慰的是我在关键时刻惊醒了，理智和纪律观念让我没有铸成大错，组织上的结论跟我说的是一致的。

"组织上和周围的人包括我们在座的有的同志，可能把农场当作是改造人的地方。我也认为农场是改造人的地方，但我所说的改造与他们认为的改造有本质的区别。我觉得在这里是干实业，是创业，人在自己的创造中可以改变自己的世界观，可以重新造就自己的一切。所以我声明，我不是罪犯，我是中国人民解放军的一名正连职军官，我是这个农场的场长，我有权力指挥和管理这里的一切，我也相信我能胜任这一职务。我的介绍完了，下面按照现在坐的顺序作自我介绍。"

"我叫金果果，今年刚入伍，在一连当通信员，我给副指导员爱人去送开水，正巧她在擦身子，她说我偷看她洗澡，我真不是故意的。后来就把我打发到农场来了，临走我在副指导员宿舍门口拉了堆屎……"

"我叫韩友才，1981年入伍，原来在六连三班当副班长。当时看我们司务长不顺眼，他丈母娘家就在本地，他老往丈母娘家提东西，揩连队的油，有次我站岗，炊事班没给我留饭，我故意找茬打了司务长，打得他鼻青脸肿难见人……"

"我叫梅小松，苏州人，去年入伍，在四连当士兵，在师医院住院，跟外科护士小白挺谈得来，医院告我谈恋爱，我说你们说谈恋爱就谈恋爱，谈恋爱也不犯法，后来就让我来农场改造……"

"我，你知道了，1979年入伍，共产党员，原来在后勤处汽车修理所当给养员，立三等功一次，没有犯过任何错误，后勤领导说为了加强农场的骨干力量才把我调来……"

……　……

除了孙德亮自称是清白的党员骨干外，其余的人都犯过大大小小的错误。古义宝发现大部分人怀着一种破罐子破摔混两年复员的念头，年纪轻轻心都死了，荣誉感、上进心在这里几乎被扼杀。古义宝从自己这些日子的心理体会到了他们的心情。到了这一步，他们还在部队图什么呢？这时候他想到了文兴，要是他在就好了，他会让他们重新鼓起劲来的。他一边听着一边想着，他感到这些天自己真错了。人都有年轻时代，哪个小伙子不想在部队好好干？谁没有荣誉心？谁不想在年轻的时候有所作为？可命运让他们碰到了这样一些事，又让他们碰到这样一些领导，他们被别人看成另外一种人，被送到这个远离部队、远离领导、远离老乡战友、无人问津的农场，他们当兵时的一腔热情全凉了。作为他们的直接领导，怎么能眼睁睁看着眼前这些年轻的小伙子自甘消沉不管呢！他一下感到了自己的责任，那种要做事的欲望一下又回到了他的身上。大家还没介绍完，他就有点等不及了。

"今天我先要讲一个问题，叫自己别把自己看低了。在座的除了孙德亮说自己是没犯过任何错误的党员骨干外，其余的都或多或少或大或小犯过错误。我来农场的时候，有位领导跟我说，世上只有两种人不犯错误，一种是没有出生的人，一种是死了的人。他说做错事的和没做错事的人灵魂其实是一样的，没做错事的只是修养好能把握住自己，其实并不说明他灵魂里没有邪恶和脏东西。问题不在于别人怎样看我们，那是他的事，他爱怎么看就怎么看。关键是，我们自己怎样看自己。如果我们自己都看不起自己，我们还算人吗？犯错误做了错事又怎么啦？错了就改。只要我们自己对得起自己。"

古义宝说着说着就站了起来。

"我们不能这样稀里糊涂过下去，这是在毁灭自己的青春！我这几天就是这样过的。这样太不值了！我们要活个样给别人看看，我们不比谁差！至少比那些自以为不错其实不怎么样的人强！"

士兵们都开心地笑了起来。

"我们是部队，是军人，部队就要有部队的样，军人就要有军人的形。我们一切都要按部队的制度来生活，我们是一支没有代号的分队！我们要让这支没有代号的分队叫响！行不行？"

"行！"

这里不记得什么时候有过这样的吼声。

"我现在发给每个人一张纸，我们十八个人，分成三个班，你们给我选三个班长、三个副班长，无记名投票，然后我报团军务股备案。"

古义宝说干就干，当场投票，当场点票验票。

投票结果十分理想，意见相当集中，韩友才被选上了班长，梅小松也被选上了副班长。孙德亮只得一票，还是他自己投的。古义宝当场宣布了投票结果，说："农场是非编单位，我场长有权任命班长，只要报团里批准备案就行，你们的任职就可以装进档案。"古义宝宣布正副班长的任命后，同时宣布金果果为场部通信员兼给养员，孙德亮工作太多太忙，免去给养员的兼职，为专职驭手，归属一班。炊事员采取轮换的方法。同时还宣布玉米地除草采取分地包干的办法，今后凡是能分工包干的活都一律分工包干，奖勤罚懒，包括场长古义宝在内。

孙德亮有些下不了台，非常气愤，他连喊了两声"我反对"，说要到团里去告古义宝。

古义宝却十分平静。这时候，他感觉自己心情特别好，好像自己从来没这样痛快地按自己心愿办过事一样。他看着气愤的孙德亮很可笑。他很客气地对他说："你想告我，完全可以，我一点没意见，但你先听着，你必须先执行我给你交代的任务。你三天之内把账结清，然后我一起参加，把账交给金果果。"

孙德亮气得扭头出了门，屋里发出一阵大笑。

二十五

事情发生在早晨开饭时。

韩友才打了孙德亮。

古义宝闻声赶到伙房时，孙德亮的鼻子被打破流着血，韩友才的额头上也流着血，两个人势均力敌，但孙德亮已被韩友才按在了地上。

事情的发生似乎是有预谋的。早晨开饭时，孙德亮让炊事员把一盆饭、一盆汤、一盆咸菜疙瘩条端到饭堂，自己打上饭准备回宿舍与老婆吃早饭。刚走到门口，韩友才把他叫住了。

韩友才问："你盆里端的是什么？"孙德亮说："你管不着。"韩友才说："我现在是你班长，正管着你。"孙德亮说："你这个班长顶个屁，我到团里去一告，连他妈场长都不顶个屁，都他妈老实给我改造。"韩友才说："老子今天非管你不可。"韩友才掀开了盆盖，里面除了米饭还有一盘炒鸡蛋，一盘咸菜炒肉丝。韩友才责问他："你交多少伙食费？我们一天到晚吃什么，你们两口子又吃什么？你不是明打明地喝我们的血嘛！"

孙德亮恼羞成怒，开口骂道："你他妈算哪棵葱，你管得着吗？"韩友才忍无可忍，一拳打在了孙德亮的鼻子上。孙德亮一看鼻子破了，也急了，一家伙把盆子砸到韩友才的额头上。俩人就打成了一片。其余士兵都默默地看着，没一个拉架，也没有一个加入。

古义宝把俩人拉开。

孙德亮怒火中烧，破口大骂，说古义宝是幕后指挥者，故意整他，打击骨干，助长歪风邪气，一定要上告，不给韩友才处分，他誓不罢休。

古义宝立即在饭堂当场调查事情经过。孙德亮不在场，一个个义愤填膺，调查成了一边倒的对前任场长和孙德亮的控诉。韩友才更不买账，说古义宝如果追查责任，追就是了，处分已经背了一个，再给一个他正好挑着，大不了不当这个鸟班长，谁还稀罕怎么的！古义宝感到有点难以控制局面，他意识到如果自己这一次把握不住场面，那以后休想在这里做成一件事，这里的环境已经让他们混淆了荣誉和羞耻的界限。

古义宝在一片吼叫声中摔了桌子上的一只碗。

"都给我听着——你们爹娘把你们送到部队来，就是让你们来领处分的吗？自己做了错事还值得骄傲吗？孙德亮多吃多占是他的问题，他有错你就可以动手打人吗？难道别人犯罪你就可以杀人吗？我们对敌人对战俘都宽待，何况孙德亮还不是敌人，你们头脑里还有没有法律？还有没有军纪？孙德亮有错我可以治他的错，你先动手打人是你的错，有错就要认错！并不是你站在正义一面就可以随心所欲，这样简单的道理不明白吗？"

古义宝一番慷慨激昂的话，说得大家哑了声。古义宝自己也不知道自己怎么会突然发这么大的火，也许这就是急中生智，也许这就叫情不自禁。

古义宝一看大家被他镇住了，心里松了口气。再一看大家的那副丧气样，心里又一酸。他们都是忍无可忍，自己反先把他们训一通，太不公平了。于是他的话就软了。

"我们都还年轻，一个人一生中能在军队里过一段军人生活难得，到我们老了再明白这一点就晚了，那只能是后悔或自责。我们现在明白现在珍惜还来得及。一个人犯错误就好比在你白衬衣上沾上污点，有了污点，就要想法洗掉它，让它恢复本来的白色，要不就越来越黑，到最后不可收拾。有了一点污点就破罐子破摔，结果只能把一切都毁掉。做人也是这个道理。树要皮，人要脸，你们觉得背个处分无所谓，可背着处分能算光荣吗？你们还找不找对象？你们复员回去怎么面对父老乡亲？我也是犯了错误的人，我也不想自己犯错误，可错误已经犯了怎么办？只有一个办法，只有用自己的汗水才能洗刷掉自己身上的污点。韩友才，你自己好好想想，想通了告诉我。你必须做检讨，向孙德亮赔礼道歉。至于孙德亮的问题怎么处理，由我来决定。"

韩友才没有让古义宝为难，在古义宝的陪同下向孙德亮道了歉。孙德亮只好无可奈何地坐下来清理他的账。

孙德亮在自己的三本糊涂账面前低下了头，脸上那一条条横肉都顺了过来，浑身的疙瘩肉也一下都变成了塑料泡沫，额上一次又一次地冒冷汗。他账上的所有问题都躲不过古义宝的眼睛，古义宝曾经是一个精明的司务长。

古义宝没有一点震慑住对方的快感。他相当气愤，农场的伙食差得没法再差，除了一大缸咸菜疙瘩头外，几乎没有什么家底。连队早就不吃粗粮了，这里还是早饭大米、午饭馒头、晚上窝窝头老三顿。食堂里三张饭桌油垢厚得已看不出桌面的原色。猪圈里两头壳郎猪汗毛稀松只有一副骨架子。一翻开账本，伙食账已透支两个月伙食费；现金往来账面上有二万五千多元余款，存折上却只有六百多元，就在古义宝来接任前三天，前任还从存折上提走一千五百元现金，没有任何票据；农场生产收入和支出全部是一笔糊涂账，小麦、苹果，除了交给团里的有数字记载外，其余一概没记录，既不知道一共收了多少，也不知道都给了谁。

搞后勤、抓生产是古义宝的专长，当兵就干这一行，农场搞到这个样，明眼人一看就明戏。

"伙食超支，生产收入支出不入账，这些我可以先不追究，可现金往来账不平，提款没有开支票据，这一点你必须说清楚！孙德亮，我跟你无冤无仇，不是我要跟你过不去，是你给我出难题，我没法向咱十几个弟兄交代，也没法向团里领导交代。"

孙德亮抹了一把冷汗："钱有时候我去提，有时候他去提，他提了花了也没给我发票……"

"那就是你的责任。你们平时多吃点多占点，你老婆在这里白吃白喝，这都好说，都在明处，说清楚了大家会原谅会理解的，可这是两万多元现金哪！不是我吓唬你，五千元就可以立案，真要是贪污了是要判刑的！"

孙德亮终于列出了一张单子，他自己结婚挪用了五千多元，其余两万元都是前任场长提款后没给发票下账。

古义宝感到自己抓到了农场这张破网的纲。他从士兵们的眼睛里发现，前任和孙德亮他俩完全把他们当作劳改犯来对待，而自己却以改造管理者的身份自居，严重地挫伤了他们的自尊。原来的连队，甚至团里的领导实际也是这么看待他们。这些年来，把他们往这里一推，没有一个人来关心他们，也没有一个人来过问他们，老兵复员连团里都去不了，就在这里打起背包，买张车票就打发走了。更不用说问寒问暖、成长进步了。

这样一种状态，他们就是不破罐子破摔又能怎么样呢？古义宝想到了这个问题，他回答不了，他只能改变自己，无法改变任何领导。但他认为不管哪一级组织和领导，都不能这样对待他们，谁也没有这种权利，而只有教育帮助培养他们的责任。咱们是人民军队，他们也是人民的子弟。他有向领导表明这些的义务和责任。

古义宝锄完自己包干的玉米地，跟三个班长交代好工作，自己上了团部。这次他没有坐孙德亮的马车，而是跑到太平观镇乘了公共汽车。

这些日子，他的脑子完全被农场的现实和发生的事情占满了，看着身边十几个士兵，看着近百亩荒凉的土地，看着三十亩果园里衰老的苹果树，他再没有心思去想自己的那件窝囊事。强奸就强奸，通奸就通奸，去他娘的，反正我没跟她睡，别人爱怎么说就怎么说，爱怎么想就怎么想，老子的日子还长着呢！是骡子是马拉出来遛遛，是英雄是狗熊等着瞧。

古义宝到了团里先找了后勤处长。古义宝汇报了三件事：第一件是前任和孙德亮挪用侵吞公款的事，要求他们退回公款，给孙德亮行政警告处分，给前任党纪政纪处分，不然他没法对农场的士兵们交代；第二件事是他要求团里给他权，要团里把这十几个兵当回事，要有惩有奖；第三件事是他要求团里借给农场五万元钱，拨一台拖拉机，借款一年后偿还，另上交五万元利润。后勤处长对古义宝的热情和蓝图没感一点兴趣，相反给古义宝兜头来了一棍。处长说："关于钱的问题如果证据确凿本人又承认的话，孙德亮可以给予处分，但退款要慎重，他哪来这么多钱退呢！逼急了给你来个自杀，或弄出点什么事来，你吃不了兜着走。至于前任的问题，你反映了也就行了，由组织来处理。不过有一点我郑重地提醒你，你是犯了错误才去的，多做事多改造思想，少管别人的事，不要急于想用整别人的问题来洗刷自己，表现自己。如果那样想就错了，到头来可能适得其反。"

古义宝气得差点跟处长急。他已经从孙德亮嘴里知道了一些他跟前任的关系。处长说完，他扭头就走了。古义宝不甘心，又直接找了分管后勤工作的副团长。副团长对古义宝也没有表示出多少热情。说起来也是，人家是团首长，你是个小连级农场干部，他不需要对你表现出更多的热情。再说古义宝这是不知越了多少级反映问题，他可以听也可以不听，他要没情绪听，一句话就可以把你打发走，何况他还是接见了你，而且让你坐下来说，还问了你喝不喝水，这已经够给面子的了。下级是没法要求首长以怎样一种态度来听下级汇报的。副团长一边翻阅着报纸和文件，一边听古义宝汇报。古义宝看他是一副漫不经心的样，心里就十分难受，故意停顿了一下。副团长反应很快，立即说："说啊，我听着呢。"古义宝说："如果首长忙的话，我以后再来汇报。"副团长脸上立即有了明显的不高兴。说："我是专门扔下事在听你的汇报。"古义宝便压缩了想说的话。或许是一个人的习惯，副团长对古义宝说的话全听了，等古义宝说完，他先表扬了古义宝的创业思想和创业精神，表扬了他对工作的负责，也表扬了他对士兵的关心。他要古义宝把这些都发扬下去。对于古义宝提出的问题，他告诉古义宝要重证据，如果证据确凿，可以按组织程序反映，由组织来处理。说到钱和拖拉机口气就变了。摆出了一大堆困难，劝他只要好好地把这十几个刺头兵带好不出事，能把那百十亩地种好就行了。

从一种角度看，副团长说的是实在话；但从古义宝的角度来看，他觉得副团长是在敷衍他。从副团长办公室出来，古义宝没一点精神。这个农场怎么会弄好？他们根本就没指望它给团里创造什么，他们就是把它当作一个改造惩罚犯错误人的场所。

抱着一股热情，怀着一肚子希望赶到团里，原以为团领导会给他支持给他鼓励给他力量。团首长的态度直接影响着士兵们的情绪，他原打算想用团首长的关心去激励士兵们，谁知竟会是这样。回去怎么跟士兵们说？他要实话实说，只会给兵们更大的打击。孙德亮又怎么处理？孙德亮不处理，农场还是正不压邪，士兵们还是转不过这个弯来。士兵们的思想不转弯，他的下一步计划就无法实施，一切打算都将成为一句空话。

古义宝越想越没有劲，迷迷糊糊买了票，糊里糊涂上了车。等车开出县城他才发现自己上错了车，走错了方向。给司机赔了一百个不是，司机才给他停了车。下车一看，他差不多到了老连队三连。他在夕阳中看着那熟悉的营房，心里像打翻了五味瓶，酸甜苦辣一齐涌上心头。他在山坡上坐了下来，连队的营房在他眼睛里模糊了。他真想一口气跑回连队，看看他原来的那些士兵，这个时候他多想见到他们，哪怕是骂他一顿，他心里也会好受一些。

他不能回去，那里已不再属于他。他恋恋不舍地一步三回头朝城里走去。他没有想这样走回城里要走多长时间，他赶回车站人家还认不认他这检过的票，今天还有没有到太平观的车，这些他都没有想，倒是想起来中午到现在还没吃什么东西，肚子饿得咕咕叫……

二十六

古义宝开始冒虚汗，手脚立即哆嗦，浑身一点劲都没有。他想到过去推小车步行进城买菜那情景，现在想起来真可笑。他有些担忧，他怕再晕倒，他有低血糖的毛病。

古义宝朝四下里看，不远处的坡地有一片瓜园，隐约可见看瓜的老大爷。他咬紧牙勒紧了腰带朝瓜园走去。

"哎哟，这不是古指导员嘛！"看瓜的老大爷认识古义宝，这里附近的老百姓大都认识古义宝，他常领着士兵们到各村助农劳动。

古义宝却不认识老大爷，自然叫不上他的名和姓。他如实地向老大爷说明来意，老大爷立即到地里给他挑了只大西瓜。

老大爷看着古义宝那吃瓜的饿相有些狐疑。

"指导员，这么晚了你这是要上哪儿？"

"进城。"

"哟,这么多路你也不骑个车?"

"别提了,上错车了,这半道上刚下来。"

老大爷越听越糊涂,怎么会上错车呢?连队不就在前面嘛。不回连却要进城,这是走的什么路,而且饿成这个样子,总不会出什么事吧……

古义宝抬头看到了老大爷的狐疑。

"大爷,我不在这个连了。"

"喔,我寻思着不对劲,像你这样的好人还能不升官?提了个什么官?"

这话问到了古义宝的痛处,他苦笑道:"大爷,没提官,是工作调动。"

"那也准是个好缺。"

"不是什么好缺,是农场搞生产。"

"嘿!部队怎么也这德行,好马加鞭,懒驴养槽,有这么使唤人的吗?"

"不,大爷,是我自己做了错事。"

"错事?谁不做错事?做错一事就把人当驴使啊,有这么做人的吗?怪不得呢,大白天怎么会坐错车呢,我明白,你心里还是恋着这个老连队,走惯了。人都是这样,走到天边,魂还在老家。想开点,日头总有照到好人头上的时光。"

古义宝吃完西瓜,付钱给老大爷,老大爷怎么也不肯收,说没有在瓜田吃瓜付钱的道理。古义宝只好一个劲地感谢。老大爷挺讲情义,送古义宝到公路上,还帮他截了辆拖拉机。

古义宝赶到城里,车站已没有去太平观方向的车了。他溜到公路上,打算碰碰运气,能不能再截辆便车。

古义宝站在公路上,不知是晚风吹醒了他的思维,还是老大爷那番话消了他心头那股气。他忽然问自己:"我进城来干什么啦,就这么空手回去?"他这才想起自己的挎包,那包里还有要办的事。他使劲敲了敲自己的脑袋。

他记起挎包落在了后勤处长办公室。当时被他气晕了头,拔腿就走,到副团长那里也没能出这口气,一时乱了心绪,把其他的事情忘得光光的。那包里有他要到军需股为农场士兵们补办服装证的花名册。夏季服装发了两个多月了,他们这里也没人上心造表,这些人来农场时手续都没有,稀里糊涂打发到农场就没人管了,当头的也弄不清谁是哪年入伍该发什么东西,上面也没人管他们的事情，就这么拖下来了。好在古义宝干过这一行，熟门熟路，重新把农场人员造册登记，然后准备到军需股给他们重新办服装证，以后按证领服装。另外，他还要到军务股去，弄清这些士兵的档案在哪儿。他要把他们的档案都要来，他要对他们的政治生命负责，要给他们一份属于他们自己的档案。

可现在处长早吃过晚饭跟老婆孩子在看电视了，即便拿到包机关也没人上夜班为你农场办服装证。师招待所离车站不远，古义宝就上了招待所。

古义宝在招待所办了住宿手续，到街上吃了碗肉丝面，回到招待所，心里空落落的，总觉得该做点什么。其实还是那件事，他怎么也想不通，自己一心一意想做事，为什么领导却不理解，不支持。心里别扭着，很想找一个人评评这理。可找谁呢？赵昌进，他再没脸去碰钉子了；文兴，他想来想去，眼下他只有跟文兴能说上话。

要去找文兴的念头折磨着古义宝。他又考虑找了他怎么说，他一个师政治部的副科长，管不了团里后勤的事，跟他说了又有什么用？这么一想，他更拿不定主意，没趣地在招待所的院子里溜达。

古义宝的眼睛忽然一亮，招待所大门口走进来的女人让他吃惊，他定睛细看，真是尚晶。古义宝慌忙背过身去，疾步躲到一边。等身后那节奏有序的高跟鞋响过去，古义宝才转过身来。尚晶穿一件时髦的无袖连衣裙，脚蹬白色高跟皮凉鞋，肩背一只漂亮的坤包，一板一眼，一摆三晃地缓步走向那座专门接待上级首长的新楼。她到招待所来干什么呢？古义宝不仅仅是好奇，那天从她屋里逃走后，至今未见过她。他身不由己地迈开了脚步，他这时才意识到他还是想她，说不上是爱她还是恨她，反正她在他心中仍然有位置。他没考虑为什么要见她，也没想见她要说什么。

古义宝与尚晶保持距离尾随其后。拐进新接待楼的小院，古义宝再次变成傻子。他怎么也想不到也不敢相信眼前的现实，在接待楼门口迎候尚晶的是那位军报记者站的大记者。古义宝做梦也没有想到会碰到这么一种情景。

记者眉开眼笑，尚晶含情羞涩，俩人嬉笑着走进楼去。

古义宝一直傻在那里，心里乱成一团长麻。他想到了记者与尚晶在连队看电视，他和赵昌进推门那一刹那的脸红。一股醋意伴着委屈涌上心头。她这是从连队专程赶来看他，还是借故在学校留宿特意来会他？古义宝不愿往下想，心里却丢不开这事。他在接待楼前徘徊着，记不清自己在院子里转了多少圈。

忽然他问自己，在这儿转什么呢？在等她？她出来碰上了又能跟她说什么呢？人家刘金根都不管，你狗咬耗子多管哪门子闲事？再说，谁用得着你管！

古义宝这才想起要去找文兴。自己要办的事不去办，在这儿空操闲心，她值得自己为她操心吗？为她吃的苦头还不够啊？去她娘的！她爱做什么做什么。古义宝走上大街后心里还是酸酸的，他还在想，她为什么要这样对他，而对别人却是这般热情主动。不知不觉，古义宝就进了师机关的大院，找到了文兴的住处。让他遗憾的是，文兴不在宿舍。他就自认是老天爷不让他找文兴，仍旧回了招待所。进了招待所，他不能不想尚晶，想她走了没有，想她找记者有什么事，他很想再去接待楼看看，但他还是遏制住了这个念头，没再去接待楼小院，别再去丢人现眼。这一夜是他有生以来过得最没有意思最无聊的一夜。

第二天，古义宝到处长那里取了挎包，当然要先做一些自责，处长倒是没说他什么。古义宝先去军需股办士兵们的服装证，事情没办成。不是助理员故意刁难，他说出的理由让古义宝发不得火，也生不得气。助理员说这些士兵入伍后都在原来的连队已经办过服装证，是他们到农场去的时候没有把关系手续带过去，只能让他们跟自己原来的连队联系要。古义宝问他们的服装怎么领，助理员说服装都按过去的实力发到原来的连队去了。古义宝的一股火顶到了嗓子眼里，但他没让它喷出来，他意识到自己的身份，他没资格朝机关的首长发火。他让自己的话努力变得平静，说："这十几个兵已经在农场了，去了农场再没领到新军装，他们够可怜的，机关已经知道他们在那里了，把服装再发到原来的连队，他们怎么去领呢？"

尽管如此，助理员还是觉得他的话不中听，很不满意地说："这是我造成的吗？连队没有上我这里来减数；农场没有上我这里来挂号，我能管到每一个兵吗？"

古义宝立即赔不是，满脸堆上笑，说："是这道理，我不是怨你，是想给这帮士兵解决服装问题，能不能给他们农场单立一个户头。"助理员这才收起怒容，说："那你得去找团首长明确才是。"

古义宝在军需股碰了一鼻子灰，到军务股又挨了一顿训。古义宝问农场士兵的档案在哪里的话还没说完，参谋就火了。"弄半天是你们在里面捣乱，我每次统计实力总是碰不上数，就是你们农场在里面瞎捣乱。农场到底有几个兵啊？"

古义宝真想哭，要不就找人吵一架。弄半天他们是一帮黑人，在哪里都不挂号。

参谋接着便对古义宝做指示："我告诉你，每个月不管人员有没有变动，都要给我报一次实力，电话不通直接让人送来。"

古义宝耐心地等参谋做完指示，再堆起笑脸问士兵们的档案。参谋一听又火了："你问我，我还要问你呢！士兵调动的时候为什么不到这里来办手续？"古义宝再耐心地跟参谋解释："这些士兵都是因为有了一点错误，都是某个首长一句话打发去的，农场是非编单位，士兵自己不知道该办什么手续，别人也没谁帮他们办手续，连队把他们推出门就不管了。"参谋还有一点人情味，听了这句话，他的火气就平息下来。古义宝赶紧请求参谋给这些士兵的连队打电话，让他们把士兵的档案直接送军务股来，然后他过些日子再到军务股来取。参谋觉得该这么办，没有什么好否定的，农场虽然是个非编单位，可它的存在是现实，如果把这些士兵的编制实力仍旧分散在各个连里，而连队实际没这个人，这些迷糊的文书，怎么会想着给他们报实力？所以每次统计实力都让他伤神费脑还碰不上数。于是他答应了古义宝的请求，留下了古义宝的花名册。

古义宝走出了军务股大门撒腿就跑，他不想再在团里待下去，这里没有他待的地方，也不是他待的地方。

"古义宝！"

古义宝刚跑了十几步听到身后有人喊他。古义宝回过头来，见是文兴。

"文副科长……"不知为什么，他的两眼竟湿了，就像受了委屈的孩子见到了亲人。

"咱们是一个团的了。"

"你……"

"我到团政治处工作了。"

"你当主任了吧？"

文兴点点头说，赵昌进赵科长也到团里当了政委。

古义宝真有点喜出望外。他立即拉文兴到一边，说："主任，我有话要跟你说。"

文兴听古义宝把农场和这次到团里来的情况前前后后说了一遍，一下严肃起来。他让古义宝把农场的经济问题给团纪委写一份正式的报告。对古义宝农场建设的设想给予了肯定，鼓励古义宝放开手脚干，不要考虑这么多，也不要整天背着包袱，干实事才是真的。另外，他赞扬了古义宝对那些士兵的真诚，对这些应该关心。拖拉机和借款团里确实有困难，还是白手起家从实际出发，在农场找找财路，一步步来，他也答应帮着想想办法。

古义宝算是得到了一点安慰。他一口气跑到汽车站，立即坐车赶回了农场。

二十七

孙德亮的老婆是帮孙德亮锄完包干的玉米地之后才走的。孙德亮的处分是他老婆走之后宣布的。

古义宝没有催孙德亮老婆走，他只是找孙德亮谈了一次话。古义宝找孙德亮主要是谈他消极对待分工包干锄玉米地的事，别人都锄了，就他迟迟不去锄。然后再把团首长对他挪用公款的看法给了他暗示，要他按月从工资里逐步扣还。

孙德亮软了，而且哭了，请求等他老婆走了之后再扣。古义宝还是头一次看到长一身疙瘩肉的大男人这样哭，他可怜这种人。但孙德亮现在是他的兵，是他的部下，他同样有责任关照孙德亮。他同意了孙德亮的请求。

孙德亮提到老婆走，古义宝才实话实说。他说："想你是老兵，也知道这规定，无论干部还是士兵的爱人临时来队探亲，一般只住一个月。有正式工作的不用说，让她多住也不能多住，再难舍难分的多情人，至多开个十天八天的病假条也就了不得了。这个规定限制的其实是像我老婆这样户口在农村和没有正式工作的，还有像你这样的志愿兵的老婆。按说人家两口子在一起住长住短，别人是不好管的，不吃你的不用你的，也不违法，爱住多久住多久，管天管地管不着人家两口子睡觉。可话说回来，咱是军队。什么叫军队？军队是随时准备打仗的集团；什么是军人？军人是随时准备去牺牲的人。这样一个特殊的团体和特殊的群体，过的当然是特殊的生活。它要求整齐划一，高度的整体意识；它要求官兵一致上下一致，不能让过多的特殊化削弱士气；它要求这里只准有牺牲和奉献，而不允许有消减这种意志的东西存在。说实话，军人老婆在军营里住长了，给部队只会带来消极因素而不会带来积极因素。人家士兵没日没夜顶风冒雪地训练、站岗、放哨、巡逻，你整天搂着老婆睡觉说得过去吗？所以部队规定，爱人已经随军的连队干部，也只准星期六回家吃饭睡觉，其余时间必须与士兵实行'三同'，这是一条纪律，也是考核基层干部的一条标准。军队就是军队，它不能跟老百姓混为一谈。再说了，这规定也是对志愿兵的体谅，工资也不多，老婆长期住在部队，日子怎么过啊？今后孩子还要上学，谁能保证没病没灾，总得积攒俩钱吧？"

古义宝真心实意，语重心长，孙德亮再没说什么，第二天就去锄玉米地，他老婆也去帮他锄。锄完玉米地的士兵都放了两天假，有到太平观去玩的，也有去看老乡的，却没有一个去帮孙德亮锄地的。古义宝陪他们两口子锄了两天，孙德亮很过意不去。古义宝只能帮他锄两天，第三天锄完地假就完了，古义宝要领着士兵们开始整修操场和道路。修路的士兵们看着孙德亮两口子锄玉米地都忍不住笑，都说古场长还真有两下子，竟会把这头熊治得服服帖帖。

古义宝让金果果到太平观订一个大蛋糕，还让他买一箱啤酒，买两只鸡，割五斤肉，压十斤面。金果果有些犯愣。一来是伙食费挺紧张，二来是伙食改善得慢慢来。圈里的猪崽刚买来，地里的小白菜、秋芸豆、秋黄瓜、空心菜都刚种下，就这样古义宝已经把两个月的工资垫进去了。

古义宝看出了金果果的心思。他跟金果果说："日子再苦，该花的还是要花，今后不论是谁，生日都要集体给他过。今天的蛋糕上写'孙德亮生日愉快'。"

古义宝亲自下了厨，酒菜摆好后，金果果吹了开饭哨。士兵们一走进饭堂都愣了。不过年不过节的这是摆的什么席？孙德亮也跟着犯愣，当有人念出蛋糕上他的名字时，他竟脸红了。说实话，从他记事起，他父母都没给他过过生日。他心里犯嘀咕："场长怎知我的生日。"

古义宝把孙德亮请到蛋糕前，让他切分蛋糕。孙德亮的手有些颤抖。

酒过三巡，古义宝说了话。他说："到现在为止，咱这屋里的人都算是犯过错误的人了，大家都平等了，谁也不比谁高贵，谁也不用瞧不起谁。还是这句话，不管别人怎么看我们，我们要自己看得起自己，我们要相互尊重，我们要做出点样来给他们看看。大家举杯，为我们的明天干杯！"

士兵们都激动起来。这是他们来农场后吃得最香喝得最爽的一顿饭。

孙德亮开始多了个心眼儿。他从心里觉得古义宝这人厉害，先扇你个耳光，接着再往你嘴里塞块糖；整了你，回头再来讨好你，叫你有痛说不出口，人家对上对下于公于私全□理□这么一想□孙德亮的酒喝得就很有分寸，话也很有节制。看着大家伙这么乐，这么欢心，他就不想再凑热闹。

古义宝似乎看出了孙德亮的心思，过来主动给他敬酒，连干了三杯。大家跟着起哄，孙德亮要不喝就太不给面子了。这头一开便不可收，一个个都跟着来敬。孙德亮的心眼不够用了，到后来他连自己的嘴也管不住了，不知怎么就放声哭了起来。孙德亮哭着哭着就骂自己，大家肚子里都有了酒，没有觉着有什么尴尬，都说这小子醉了，可听他骂自己的那些话，似乎又不像醉。他骂自己是王八蛋，对不起弟兄们，自己多吃多占弟兄们的血汗钱，帮着那个狗日的做坏事。那个狗日的每年都要给后勤处长送二十多筐苹果，师里的领导和地方关系户都是直接把苹果送到人的家里。面粉一季不知要送出去多少。那个狗日的不是个玩意儿，太平观上的姑娘小媳妇叫他搞了好几个。就是用苹果、小麦拉上的关系。连"白虎星"他都想沾，人家正经不理他，龟孙子他跪着求人家，把小麦、苹果硬往人家里送，人家夜里用小推车给送了回来。他狗日的还骂人家，还让他往人家那里送肉送鸡，让人家把肉都扔了出来，自己真给当兵的丢脸。

古义宝硬给孙德亮灌了半碗醋，让韩友才把他扶回了宿舍。

古义宝喝得也不少，情绪高涨却没有事可做，他就找几个班长聊天，商量怎么挣钱。

韩友才说："要挣钱就不能种麦子玉米，这几年山楂销路不错，可以改种山楂。"

有的说种葡萄好，葡萄当年就有收成，这里离葡萄酒厂也近，不愁销路。

有的说可以搞苗圃，苗圃见效也快，今年栽苗，明年嫁接，第三年秋天就好卖。

说来说去，古义宝总觉得解决不了眼前的急，改果园也好，搞苗圃也罢，都要有本钱，有了本钱才好扩大生产。当务之急是眼下没有挣钱的路。

大家想了半天，真想不出救急之法。

古义宝说："咱坡上这么多紫穗槐能干点什么？"

韩友才说："以往都割了直接卖给那些编苹果筐的。"

古义宝问："我们农场自己需要的苹果筐怎么办？"

韩友才说："以往都是花钱收购。"

古义宝问："农场有树条，为什么不 己编筐呢 "

　　韩友才说："没有会编的，要是自己会编，除了咱自己用，还可以卖一些，多挣点钱。"

　　古义宝说："不会编，请师傅教一教不就会了嘛！"

　　韩友才说："那得请白寡妇来教，她每年都编筐卖，只怕人家不会来教。"

　　古义宝又听到他们提这女人，觉得这女人好怪，不知她究竟是个什么样的人。他们告诉他，白寡妇就在太平观东街梢住，离农场最近。她是个苦命的女人。人模样不是特别俊俏，可耐看，人又内向，心也善，手灵巧得很，只是命太硬。嫁到这里不到一年，肚子里的孩子还没生下来，男人在采石场就让石头给砸死了。做了两年寡妇，南方来了几个做瓜子生意的，有个小伙子租了她家的房子做作坊。小伙子挺能干，人也本分，时间长了俩人有了意思。小伙子打算倒插门入赘。俩人去办了结婚登记手续，买了些衣服，高高兴兴回家。谁料还没到家，碰上一个司机酒后开车，一家伙就朝他们撞来，为了救白寡妇，小伙子活活地给撞死了。白寡妇哭得死去活来，哭断了再嫁人的念头。左邻右舍都说她是克夫命。她姓白，背地里就都叫她"白虎星"。事情还真怪，镇上有个会计，一直看着她眼馋，总想招惹她。她人挺正派，门锁得挺严，立定和小女儿相依为命的主意。有回会计喝多了酒，乘着酒兴，爬了她家的墙。有说被他搞成的，有说没让他搞成的，反正是会计招惹了她。没出一个礼拜，会计吃鱼，说让一根鱼刺卡了嗓子，弄了半天没弄出来，喝了点醋就没在意，谁料到晚上竟突然死了，说鱼刺扎到肺里发炎感染了。这真把镇上的人都惊了。从此她也没再找人，连门都很少出，也不串门，邻居见她也远远地躲着她，生怕让她给克了。

　　古义宝听了好生奇怪，天下竟会有这等人这等事？

　　商量来商量去，觉得眼前能办的就只有请人教编筐，可以节省一笔包装费，但赚不了什么大钱，二百个筐才几百块钱。有的说干脆去打小工，又觉当兵的去打小工挣钱不合适。

　　闲扯了一晚上，没扯出个结果，古义宝就让大家回去睡觉。古义宝还是睡不着。这地方真穷，连挣钱的路都没有。他思来想去，要改变现状，只有发展果木。发展果木先得投资，要想法弄一笔钱。可这钱不知到哪儿去弄。

二十八

赵昌进到团里当政委，坚持骑自行车上班。

原来的政委转业还没有走，赵昌进只好仍旧住在师机关宿舍。团机关离师机关不远，骑车十五分钟就到。命令下达，上班管理股长带车到师机关宿舍院接他，他让车空着回去了。赵昌进是什么脑子，在师首长眼皮子底下，在师机关的科长、副科长、参谋干事们的众目睽睽之下，就这么一段路，每天上班下班车接车送！他这样的聪明人绝不会做这等傻事。骑车和坐车虽一字之差，可它们之间的差异所产生的影响不是一句两句话能表达的。这一点，赵昌进心里比谁都清楚。赵昌进不仅让司机空车返回，而且上班后，直接找到参谋长、副参谋长，郑重地规定，不要派车接他上下班。

赵昌进一进团机关营院，他的头和"嗯"就停不下来。开始他很不习惯，或许在机关待出了职业病，他虽然当了科长，已是副团职干部，但仍是个办事员，而不是首长，没有发号施令的权力。习惯成自然，现在坐了这个团的第一把交椅，让端架子他一时还端不起来，就像戏台上那些穿蟒袍佩玉带的官走台步，现在没那个功夫，一开步自己就先别扭起来。

赵昌进的适应能力不同于常人，他很快就开始品味于这种不停地点头和嗯嗯之中，万一要是有人对他视而不见或者不打招呼跟他擦肩而过，他心里反会有一种不舒服，还会对对方产生许多想法，而且会把这种想法记到心里。

赵昌进今天骑车进院到走进办公室，一共接受了三十一声"政委"，点了三十一次头，"嗯"了三十一声，也可能是三十二次三十二声，有一次是几个机关干部一块儿叫他政委，他不知是点了一下头嗯了一声还是点了一下头嗯了两声，还是点了两下头嗯了两声。

赵昌进刚坐定，文兴就来见他，交给他一份材料。说古义宝来团里反映了一些情况，他附了个意见，请他阅示，说完就离开了他的办公室。

一听古义宝，赵昌进就愣。他把别的要看的材料和文件、报告、请示放到一边，先看古义宝写的材料，再看了文兴附的意见，赵昌进立即陷入了沉思。

说心里话，赵昌进真不想当这个政委，他的奋斗目标是军宣传处处长。

赵昌进心里清楚得很。到团里当政委，正经一个一把手。更何况军队和平时期是政工干部大显身手飞黄腾达的时期。党委集体领导，政委是书记，干部任免升迁大权在握，再加上自己的笔杆子，干上几年不愁不提升。宣传处长，说起来也是正团职，其实就是个大干事。而且事儿不少，整天写讲话稿，写总结，写经验。碰上真有水平的首长还好，要碰上似懂非懂或者不懂装懂的领导，你越有才能越倒霉。

然而，赵昌进懂得辩证法，他认为客观事物都有它两个不同的侧面，对观察事物的人来说，自然就有多种角度和多种选择。他按辩证法的观点看他不想当政委的道理有三。

其一，不是他的抱负。政委叫着是好听，权也不小，实惠也不少，前途也广阔。但是，团政委是父母官，手下一千多号人的提拔、转业、复员、找工作、找对象、娶媳妇、生孩子，吃、喝、拉、撒、睡，什么都得管。百人百性，千人千心，谁都可以给你出难题捅娄子，出了事，挨了处分都找不到经验教训，睡觉睁着一只眼睛也挡不了出事。这个位置适合那些从连、营基层岗位这条线提上来的人坐，它要求的不是才学，而是管理能力和实干。宣传处长，需要的是思想、口才、文才和机关工作经验。他当兵半年就上了直属队报道组，一直在机关干到科长，可以说走上讲台能说，拿起笔杆能写，上下关系会处，大小委屈能忍。他自认为更适合在机关发展。再说，团政委一个军里有十好几个，宣传处长却只有一个，物以稀为贵，人才少便是权威，他可以向更高一级机关发展。

其二，命运给了他选择的机会。赵昌进从官方渠道获得信息，军里对他的任用有两种意见，一是宣传处长，一是团政委。

其三，文兴已先他在这个团当了政治处主任。他们在一个机关若亲若疏若即若离相处了近十年，他们之间没有表现出矛盾和不合，但外人都知道他俩在许多问题上观点不一，他俩始终没能相互敞开胸怀。在古义宝的事上他和文兴一直持对立态度，结果人家是胜利者，他却败得无地自容。这事让他感到窝囊又委屈。自己陪着古义宝在台上当演员，他却坐观众席上当评判；他在台上费心费力埋头表演，而他在台下悠闲自在地评头品足。到头来，他出力出汗演出的是场丑剧，给上下留下个可笑的丑角形象；他却毫不费力地成了智者，有先见之明的天才。他感到两个人如此共事格外累，总要警告自己小心提防。

赵昌进的这些思想没有对任何人说，包括他的老婆，他只能把这些闷在肚里。在表面上，在老婆面前，他一直表现着那种升官所应有的喜悦和姿态，但他内心对这一任用一直耿耿于怀。当他得知军里对他的任用有两种打算的信息后，他尽个人的一切能力找了能找的关系，并通过军区报社和军区宣传部有关人给军里输送倾向性建议，但古义宝的问题影响了他。在他看来，到团里当政委，荣升里面含着失败，一种不能言说的失败。

赵昌进此时不再对已经过去的事情遗憾回顾，他很现实很实际，他知道他想要达到的只有靠自己的才能和努力来实现，他只有面对现实脚踏实地做出能让上下左右佩服的实绩。

此时，他也不再想古义宝所反映的情况是否真实，也不再考虑文兴的意见是否合适。他在考虑对此事自己应该采取什么态度。古义宝刚犯错误不久，从模范几乎跌到囚犯的边缘。上面至今还十分认真地记着他在古义宝问题上所起的作用和应负的责任这笔账，在这个时候，他假如采取一种积极态度处理古义宝反映的问题，即使古义宝反映的问题完全凿实，性质也严重，但在客观上表明他在支持古义宝，在继续表扬和宣扬古义宝，进而可以分析为他对古义宝问题的处理不服，是一种暗地里的对抗。这种行为太幼稚！

再想，古义宝所反映的问题，不仅仅是一个志愿兵和一个普通干部的问题，这事牵涉到后勤处长和原来的班子，原班子的团长、副团长、副政委、参谋长都还在位，人家会说你新官上任三把火，没烧到部队建设上，却在整人。

想到这里，赵昌进对这事的处理便有了一个明确的态度：挂起来。

赵昌进一反常态，主动找了文兴。说古义宝反映的情况应该抓，这是关系到党风军纪的一件大事。但是，经济问题的处理要慎重，这直接关系到一个人的名声前途。先不忙处理，也不忙组织人调查，让古义宝扑下身子，先好好脚踏实地做点工作，做出点实际成绩来，真正来个脱胎换骨。这个问题你掌握着，私下里先摸摸情况，待时机成熟了再认真抓一下，材料先放我那里。

这些意见，赵昌进没有写到纸上，只跟文兴面对面口头说，没有任何文字记载。

文兴很认真地听了赵昌进的意见。听完赵昌进的意见之后，文兴没再发表意见，只说了句："你定吧。"

二十九

农场在秋日灿烂的阳光下，充满生机，日新月异。

营房的墙壁用水泥勾了缝，门窗刷了油漆。水泥和油漆是古义宝到团后勤、师后勤求来的。营区的树木整了枝，球场和通往太平观的路修整后撒上了细沙；地里的玉米收了，种上了麦子；果园的苹果硕果累累，长势喜人；太平观的人们每天清晨新鲜地听到农场营房里传出清脆的"一二一"和嘹亮的歌声。于是镇上便有了农场的新闻，说部队农场换了一个十分厉害又十分能干的军官，还说这军官是见过大世面的，上过报纸，登过讲台，进过电视。

农场里今天充满喜气，欢声笑语传出去几里地，因为古义宝为士兵们领来了新军装。

古义宝与军务参谋达成口头协议后，过了一个礼拜，他又去找那位参谋，参谋不知是考虑到这样对他每月统计实力有好处，还是古义宝的一片诚意感动了他，他真给那些士兵原来的连队打了电话，而且有两个连队把档案送到了军务股。古义宝一面感谢参谋，一面又摆他们的困难，请参谋再打电话。那天参谋情绪不大好，不知什么事让他不顺心，很有些浮躁，古义宝的话也让他烦。没等古义宝说完，他就不耐烦地把电话推到他面前，让古义宝自己打电话。古义宝立即站了起来，堆上满脸的笑，说不是他不愿打电话，他说上十遍不如他说一句，人家不会听他招呼。参谋说："你就说是军务股，说我让你打的，限他们两天之内全部送到。"

古义宝要的就是这句话。他真的就名正言顺地以军务股的名义给没送来档案的连队打了电话，限他们两天之内送到军务股。还真管用，接电话的无论干部还是文书，都先检讨再答应一定送到。

古义宝终于把农场士兵们的档案都弄到了手，然后拿着他们的服装证到军需股领了服装。助理员有些良心发现，看他下这么大功夫，从各个连队要来档案和调动手续，没再朝古义宝发火，给农场立了户，建了账，并按规定发了该发的服装。

士兵们打心里乐。他们嘴上没说什么，心里觉得古义宝真把他们当兄弟一般。衣服不少。衬衣、训练野战服、夏常服、短袖上衣、胶鞋、领章、领花、腰带、蚊帐，每人领了一大堆。士兵们一个个喜得嘴大眼小，试的试，穿的穿。

太平观传来的一种令人毛发耸立的喊声冻结了农场里的欢乐。

"不好，失火了，快！"古义宝一声惊叫，把十八个人的思维全部统一到一个字里。他们放下了手中的新衣，有的穿上也顾不得脱，如同战场上听到了冲锋的号角，一个个似奔赴沙场的战马，随古义宝向太平观冒着浓烟的地方飞奔。

着火的是镇上百货商店的仓库，仓库与白寡妇家墙挨着墙。城门失火，殃及池鱼。白寡妇她们那排房子的男女老少都在大呼小叫。

灾难挑战人性，生死净化灵魂。闻声赶来的男女老少都忘我地投入了灭火的行动，提水的提水，扛梯的扛梯，上房的上房，往外抢东西的抢东西。

古义宝带领士兵赶到现场，发现火势正在蔓延，抢出贵重商品是当务之急。他立即把士兵们一个个浇湿，领着他们冲进仓库。彩电、收录机一台台抱了出来；冰箱、洗衣机一只只抬了出来；然后是布……

士兵们的手烧伤了，士兵们的脸燎起了泡，但没有一个人顾得这些，他们始终冲在最前面。

小镇上没有消防队，全靠人提水端水，杯水车薪压不住火。火势有增无减，火龙肆无忌惮地到处乱窜，眼看就要威胁到白寡妇的家。古义宝叫出韩友才、孙德亮，让他们想法把浇地的柴油抽水机拖来。他自己拿起一把镐，叫上金果果和梅小松一起上了房顶。他们捅开了挨着白寡妇家一面的库房屋顶和天棚，先切断蔓延的烈火。此时，韩友才他们拉来了柴油抽水机，安到了井口。他们把水管一直拉进仓库，把水龙直接对准了起火的火源……

紧张、激烈、玩命的两个小时过去了，火像一头巨兽被征服，被粉碎。火龙尸骨遍地，星星点点地冒着丝丝苟延残喘的息息淡烟。

商店领导、镇领导都紧紧地握住古义宝的手。他们要古义宝把受伤的士兵带到镇医院去治疗后再回去。古义宝辞谢了他们的好意，说一点轻伤不要紧，场里有卫生箱，抹点红药水就好了。

士兵们第一次从群众的眼睛里称赞中体会到荣誉的含义，品味到被人尊敬的甘甜，领略到把自身与社会生活相融合的欢乐和愉悦。尽管他们的脸上手上有伤痛，他们的新衣服脏了，但他们的列队动作从没有像这次这样规范、迅速、整齐，精神也从没有像这次这样抖擞焕发。古义宝带队要离开现场时认识了白寡妇。白寡妇没有握他的手，也没有给他什么东西，也没有说什么感激的话，她走到他面前扑通跪下朝他磕了三个头。古义宝手足无措，但犹豫之后还是用双手把她扶了起来。他无法认真看她，也无法重复他来农场时与她半路邂逅的记忆，她在他当时的一瞥中根本就没有留下什么记忆。直到古义宝把队伍带出太平观，他才在松弛的思维中闪过这一次的印象，她有一对会说话的眼睛和白嫩的皮肤。

古义宝把士兵们带回农场，让大家休整。镇上派来了医生，给每一个士兵做了检查。该包扎的做了包扎，该上药的上了药，该吃药的给了药。士兵们深受感动，他们似乎从来没有得到过这样的关心。这些兵里孙德亮感受最深，五年前镇上失过一次火，他报告了当时的场长，场长虽然跑出了屋，但只站在操场上朝冒烟的地方看了看。他自己没想要去救火，也没让士兵们去救火，只是当热闹看了看。镇上失火似乎与他们无关，他们的一切与镇上人似乎也无关，彼此没有任何来往。

救火以后的第五天，古义宝和士兵们在坡地边割紫穗槐，太平观那里一队人马敲着锣鼓朝农场走来。

百货商店送来了大红锦旗，旗上写着"英勇的士兵 人民的子弟"十个金灿灿的大字。副镇长带队前来慰问，还送来许多营养品。古义宝和士兵们一个个手忙脚乱。士兵们都还没经历过这阵势，激动得不知说什么好。这对古义宝来说虽不是什么新鲜事，但地方政府和群众如此发自内心地感谢，他也是第一次感受到。

副镇长说完赞扬和感谢的话之后，问古义宝有没有需要镇上帮助解决的困难。

古义宝没有陶醉，或许他真是见过世面经受过锻炼。他很沉静又挺实在地跟副镇长说："感谢的话就见外了，军民本是一家，都是我们该做的。要说困难，我们还真是有点困难。我们想把农场的部分耕地改种果木，就是缺资金，团里穷，拿不出钱来投资，如果镇上能借贷的话，我们想借贷三万元，两年后本息一次还清。"

副镇长正好分管商业和财政，当场就拍板敲定。

该是古义宝感谢镇领导的时候了，他把两眼眯成了两条弯弯的线，握着副镇长的手。他自己也不知道一共说了多少个谢谢，士兵们死劲地拍着巴掌。

金果果到晚上告诉古义宝，说他跟副镇长一共说了十四次谢谢。

三十

文兴去农场那天，古义宝正领着士兵们在栽山楂。

这些日子，古义宝的心情有些沉重。几个月来，他一趟趟往团里跑，从后勤那里没要到一分钱，连句安慰宽心的话都没听到，倒像他要干的事都直接危及他们的个人利益。古义宝十分苦闷，他从他们的言语中眼神里觉察到自己在他们面前完全是个罪犯。

救火事件后，古义宝拿到三万元贷款。他兴致勃勃跑到团里找后勤处长汇报，后勤处长正在招待所陪客吃饭。他没请古义宝吃饭，像赶苍蝇蚊子一样把古义宝推到院子里，一边剔着牙一边问他什么事。古义宝把事情一汇报，他双眼就瞪得像是古义宝骂了他娘，说："古义宝，你想干什么？你真大胆！请示谁啦？谁给你这个权力？要赔了谁负责？赶紧给我把钱退回去。"还说："古义宝，别没有数，有了错就老老实实改造思想，别整天做梦似的还想再一鸣惊人，污点不是那么容易洗干净的，弄不好越洗越脏。"后来不知是忽然感到自己这样说话有失身份，还是看古义宝的倒霉样动了恻隐之心，他说着说着就放低了声音："别异想天开，能种点什么就种点什么，你能干点什么就干点什么，别给我捅娄子！你不在乎我还在乎呢！"说完，就背手回到了餐厅。

古义宝被他噎得差一点就跳起来，一股热劲被他兜头浇了一盆冰水。处长训完把他晾在院子里，连半句商量的话都没有。古义宝站在院子里心里很难受，没再去找别的领导。走出招待所，他感到两腿没一点劲，在路边一棵柳树下的石头上坐了下来。他问自己，这事难道做错了？但他不知道错在哪儿，也不明白处长为什么要发这么大脾气。

古义宝灰溜溜地回到农场。他不能让士兵们知道这些，就装出一副很高兴的样子。他只能到夜里躺在床上，睁着两眼盯着天棚自我排遣。他怎么也想不通，他找不出自己哪一点做得不对。他怎么能领着这帮小伙子整天睡大觉？一个人怎么能拿了工资不干活？带兵的怎么能领着部下胡闹不做事？想着想着就来了气，难道我这辈子就不能再堂堂正正做个人了？我做的事就都是坏事？去他娘的，你们爱怎么着就怎么着，我做我的事，反正没人管我们死活，我不能在这里拿十八个士兵的青春开玩笑。

尽管古义宝这么想了，但他的心里终究是没底。本来做这事就要担风险，上面再不理解不支持，就更添了一份担忧。

他想到了几个骨干，这事要没有他们的理解和支持就什么也别说了，自己想得再好也寸步难行，他一个人就是把这条命搭上也办不成这些事。于是他把韩友才、金果果、梅小松几个找来，把自己的打算兜底倒给了他们。他说："这事团里没人管，后勤领导完全不支持，他们压根就没指望我们能干出什么来，我们在某些人眼里是一帮混蛋，他们一点也不相信我们。我们做这些事并不是为了要给他们看，我们是中国人民解放军的一员，我们要靠自己来证实自己。当然做这事是有风险，如果我们失败了是要担责任的，这钱是人家借贷给我们，不是送给我们，是要还给人家。如果我们赔了，团里不会帮我们不说，可能还要处分我。但是我完全有信心有决心做好这件事，要是失败，我负全部责任，牢由我去坐，我只希望大家能理解我，和我一道来做这件事。只要我们大家心齐，我什么都不怕。"

几个骨干没让他失望。韩友才说："要坐牢，我去陪你。"金果果说："只要我们用心，没见种庄稼没有收成的。"古义宝听他们这么一说，眼眶子都湿了。他下了决心，不管团里管还是不管，也不管别人怎么说怎么想，这事就这么做定了。

士兵们却不是都这么想，古义宝的情绪他们看得一清二楚。扩果园，改布局，他们看着古义宝整天上蹿下跳忙得贼死，人瘦了，脸色也不好，可团领导却没一个露面，连个助理员都没来过；钱，钱要不来；拖拉机，拖拉机要不来；说处理原场长，古义宝跑了半天，也没见动静，只是孙德亮，档案袋里多了一个警告处分决定。除此，古义宝每回上团里带不回一句让大家高兴的话。他们觉得团里压根就没把他们当回事，弄不好是古义宝自己想将功补过领着他们瞎折腾，事情做好了赚了钱不要紧，事情要做不好赔了钱他们白出力白流汗不说，再弄出点罪过来就太不合算了。这些天，翻地、刨坑、运肥，活是累了一点，可谁都是这样，付出了就想得到收获，没有收获的付出或者收获没有把握的付出，自然就容易引发情绪波动。累一天，晚上躺到床上，有些人就情绪低落。

古义宝发现了这些，他没工夫一一找他们谈话。他对农场的建设充满信心，他坚信只要肯干，肯下功夫，肯动脑筋，讲科学，流出去的汗水总会有收获。要立竿见影，今天栽树明天就赚钱，他没有那本事。他不管这些，咬定牙根认定一根筋，一切按他的计划办。他从园艺场花钱请来了技术员，由他来帮着统一规划，自己用心思跟着当学徒。他想让士兵们在事实面前理解他，和他想到一起，干到一起。

救火后，他发现士兵们的整体观念发生了可喜的微妙变化。淘厕所、起猪圈不用再专门指派排班，清扫营院也不用他特意安排。古义宝趁热打铁，借送锦旗的机会，搞了一次自尊自爱教育。但人是有思维的，人的观念尤其是人的个性不是一次两次教育、感动就能改变的。他发现这些日子孙德亮的变化最大，昨天少拉了四趟肥。他已经在一些人面前嘀咕，后悔那次酒后吐露的真言。前天晚上还跑到村里跟人喝酒，喝得醉醺醺的跟老百姓吵架。古义宝真有点招架不住了。

当文兴的吉普车出现在农场时，起初，古义宝有点狐疑，不知道是哪里来车，也没有激动，当他看清楚是文主任之后，他浑身一震。他立即对士兵们喊："团里的文主任来看咱们了。"士兵们也是头一次见到团首长来农场，都不同程度地表现出激动。

文兴没让古义宝坐下来汇报，而是直接去了田间。不喜欢做那种别人在干活、自己却要别人放下手中的活坐到屋里给他汇报的别扭事。文兴跟每一个士兵握了手，他那握手的样，倒像是他欠了士兵什么似的。士兵们一个个羞涩地伸出了沾满泥土的手，十分激动。文兴问了每一个士兵的名字、年龄和入伍时间，然后，他也脱了军装跟士兵们一起栽山楂树。文兴一边干活一边跟古义宝随便聊。古义宝把向地方借钱，准备改种三十亩山楂、二十亩葡萄的计划一一做了汇报。古义宝像个精明的农家里手，如诉家常地向文兴说了他的全部打算。

他告诉文兴，山楂林每亩种一百一十六棵，市价卖一块四到一块五毛钱一棵，人家支援部队建设，卖给咱一块钱一棵，三十亩山楂林花三千五百块钱左右。管理好了第二年就能结果，一亩地可以收一千来斤，三十亩地可收三万多斤，收购站收价就一块四毛钱一斤，能收入四万多块，单山楂林第二年就能还清借款的本息。还有葡萄……

文兴被古义宝打动了。他没有看到农场原来的模样，但他从新修的路面、新整的操场、新勾的墙缝和扩种果园的现实，可以想象出农场原来的面貌。他被打动的并不是古义宝的农场建设的新创举，而是古义宝的行为。古义宝临来农场前那晚的那副消沉落魄的模样深深地印在他脑子里。他没想到他会以如此的胆量和精神在忠于职守，默默无闻地在为单位努力创造着财富，而这种创造是在无所期求回报的情况下进行着，这正是一个人可贵品格之所在。

文兴本打算来看看就回去，顺便告诉他们，他从师后勤部那里帮他们要到了一台旧拖拉机，让他们抽空去弄回来，最好安排一个人先到地方学一学再去直接开回来。但一看到农场的情景，文兴就改变了计划，他让司机开空车回去了，并让司机转告政委，他明天坐公共汽车回去。

午饭后，文兴先找了孙德亮。孙德亮有些紧张。文兴没让他紧张下去，他没有坐下跟他面对面谈话，却让孙德亮陪他一块上了一趟太平观，买一张第二天下午回城的汽车票。尽管如此，孙德亮还是有点忐忑不安。上路后，文兴问孙德亮，古义宝来农场后对他怎么样。孙德亮一口说了两个"好"。文兴笑笑问："是不是心里话？"孙德亮说是心里话，他说古义宝帮助他，给他过生日，比亲哥待他还好。文兴问："那他查你的账，免你的官，给你处分，你没有意见？"孙德亮狐疑地看了看文兴，摸不准他是什么意思，可看他对古义宝的亲热劲，心里就更没了底。他试探性地说："要说受处分，谁心里也不会好受。自己做了错事，不好受也得受。不过有一点叫人心里不服，现在哪里都一样，瞎子吃柿子，专拣软的捏。"文兴说："既然你心里不服，那为什么不向上反映呢？你应该把不服的事实摆出来。"孙德亮说："主任，你能做主？"文兴说："只要你实事求是，有证有据，我当然给你做主。"孙德亮有些来气地说："人家干部贪污没有人管，我挪用点公款就给我处分，说穿了不过是拿我开刀，杀鸡给猴看，好让他镇住别人。"说到这里，孙德亮感到奇怪。他问文兴："古义宝没有跟你们领导反映这里的问题？"文兴说："反映是反映了，可他没有证据啊，经济问题可不能凭空乱说。要有证据，凭空说，冤枉人怎么办？"孙德亮说："要证据我有的是，我回去就给你写。"文兴说："写证据可不是写家信，你要负责任，不是随便乱写就可以做证据的，要有时间、地点、具体证据，最好有第三者能证明，没有事实证据，别说古义宝无权管别人，连我也毫无办法。所谓公正，是要靠公众来坚持正义，单靠某一个人是无法做到公正的，大家都主持正义了，邪恶丑行也就没有市场，就无处藏身，这世界自然就公正了。"

孙德亮从心底里佩服文兴的领导水平，心服口服。他低下头，说晚上他把自己知道的情况都写出来。

文兴这才耐心地跟他说："先进和落后只能是在特定的范围、特定的环境中相比较而言，它们没有固定的尺度和界限。所谓落后，只是某一些人思想上有一些疙瘩，精神上有一些包袱，他自己没及时卸掉，别人也没有及时帮他卸掉，他的负担就比别人重，就显得没有别人那样轻松，那样精神饱满，那样全身心地去投入工作，而把一部分精力用到排解个人的思想情绪上去了，于是做什么都比别人慢一些，差一些，时间长了，他就显得落伍了。在这个农场，除了古义宝，你应该是介于干部和士兵之间的骨干，应该成为古义宝的助手，成为士兵们的兵头。士兵们对你有意见，领导处分你，是你确实有做得不对的地方。有错不要紧，要紧的是否知错，知错是否改错。人们不会因为某个人有错就瞧不起他，而是瞧不起那些有错不认错、知错不改错的人。有错改了，人们只会更加敬佩尊重你。别的东西，可以靠别人给你，群众威信是任何人无法给你的，只能靠自己的思想和行为来树立……"

孙德亮陪文兴上太平观回来，似乎轻松了许多，除了拉肥，还一个人独自起了一个猪圈的粪。

晚饭后，文兴到宿舍转了一圈，被子叠得四四方方，跟连队一个样。看猪舍，十多头猪齐刷刷的，眼看就好卖了。转完营房，他又分别找了韩友才和梅小松。睡觉前，他才跟古义宝坐到一起。文兴没有再跟他谈农场的规划，也没有赞扬他的工作。他只问他打算什么时候休假，实在抽不出时间来，也该让爱人和孩子到农场来住一段时间，组织上可从来没有表扬过为了工作不管老婆孩子的干部，干部每年一个月法定探亲假就是要干部管老婆孩子的。最后，他问古义宝还有什么事要他做。古义宝说，最好跟士兵们讲讲话。

文兴跟农场士兵们讲话是第二天午饭后、他去太平观乘车前。他只讲了一个问题：兵都是好兵。他说："我们部队的兵，小范围就说在座的，恐怕没有一个是为了破坏部队建设才来当兵的。既然大家都是抱了同一个好的目的，同穿一身军装，同在一个单位，过一段时间为什么就分出了先进和落后呢？主要是带兵的人没带好。因为每一个士兵都有不同的家庭、不同的社会关系、不同的文化程度，接受了不同的文化教育，在不同的环境中长大。因此，他们的性格、素养、思维方式和看问题的方法就有差异，当兵以后，他们在工作、学习、生活、社交、家庭负担等方面会遇到各种各样不同的问题。即使在生活中遇到的是同一个问题，也会产生不同的反应。比如，同年入伍的同乡有人先入了党，有的人反应平淡，有的人则想得很多。反应平淡的人也有两种情况：一种是能够正确对待，对自己有正确的估计，明白自己有差距，继续努力；一种是麻木的平淡，无所谓，不求进取。想得多的也有两种情况：一种是感到有压力，找自己的差距，想自己的问题，表现为消极，主观上实际是积极的；一种是患得患失，想领导对自己的看法，想战友对自己的想法，想家庭和朋友对自己的议论，思想包袱很重，积极变为消极。当领导的就是要及时地去发现这些，及时地去帮助他们解决这些思想问题，如果不去及时发现和及时解决，士兵就会背上包袱；如果士兵背了包袱，当领导的还没有及时发现，还不去帮他们卸掉包袱，那他们的包袱就越背越重，他们自然就要落到别人的后面，这就是所谓的落后。落后和先进的比较，当然需要相互之间的比较，但我觉得主要是自己跟自己比，拿自己的现在与过去比，今天与昨天比，不断地调整自己，就会不断地前进。任何比赛，到达终点总是有先有后，重要的是自己是否尽了自己的全部能力。人生也是一场比赛，我们都会有自己的终点，重要的不在于你跑得多长走得多远，而在于自己是否认真跑好走好了每一步。"

文兴在士兵们的热烈掌声中结束了自己的讲话。他最后说："我相信农场会成为一个很好的集体，要做到很好，当然要靠大家的努力，不是一个人的努力，也不是几个人的努力，而是要全体的整体的共同努力。"

三十一

孙德亮和金果果是一起去的白寡妇家。两天后，她才到农场来。

地边坡上的紫穗槐全都割了。古义宝决定请人教士兵编筐，一来卖树条没有卖筐利大；二来农场自身需要用筐，卖掉全部树条的收入也抵不过买筐所需的开支。再说，这段时间正好是秋闲。让古义宝为难的是请白寡妇。商量来商量去，只好派孙德亮去跟她商量，卖给她一部分树条，剩下的树条请她来教士兵编。考虑一个人上寡妇家不合适，就让金果果一起去。

白寡妇很热情，又是搬凳，又是倒茶。孙德亮先只说了卖树条的事。白寡妇有些犯难。她已经买了一些树条在编，再说她一个人也编不了许多，就算再买一些，那也解决不了农场树条的销路。

自从那次士兵们救火后，她打心底里感激他们。要没有他们，她的家早就破了，现在人家有事求到她门上，她帮不了这忙，心里很过意不去。于是她既没回绝，也没满口答应，说过两天再回信儿。

孙德亮这才说请她到农场教士兵编筐的事。白寡妇一口就应下了。

白寡妇穿了一件亲手钩的线衫。这地方姑娘媳妇的手都巧，人人都会钩花边，钩的花边外贸收购出口远销欧美；个个都会绣花鞋垫，绣花的、提花的，花色品种多极了，完全可以当展品上民间工艺展览会。白寡妇的手可说是巧中之巧，粗活细活都拔尖。她钩的线衫，穿在身上格外可体。士兵们老远就看出是她，各自手里的活就都慢了节奏。

古义宝接待了白寡妇，见面时两个人都有些莫名的紧张。白寡妇的眼睛一直看着地，说话的时候也看着地。这正好给古义宝提供了观察她的机会。自从来农场那天半路同车，到士兵们向他解释"白虎星"，再到后来救火她向他下跪感谢，他双手扶她，她在他心里始终是个谜。他不理解，为什么她这样的人偏遭厄运。愈是如此，他就愈关注她。

他觉得她跟尚晶是两种完全不同的女性。如果说尚晶好比艳丽的玫瑰，那么她更像高洁的玉兰。她说话的语调和声音也是那么温和，不像尚晶那么热烈奔放。她说小孙和小金那天去后，她第二天就去了园艺场。她跟那个园艺场很熟，她年年给他们编果筐。他们答应可以多收她的筐，编多少收多少。她说士兵们跟她学会编筐后，用不了的筐可以卖给园艺场，农场不用出面，由她与园艺场联系。

古义宝不知怎么感谢才好，说："这事让你跑这么远路去费心联系，让你为农场的事操心受累，真过意不去。"

古义宝说这话的时候，她抬了一下头，正好与古义宝的眼睛对上了。她又低下了头，两个白皙的脸蛋红了起来。

古义宝说着了，她为了这事不仅受了累，而且受了委屈。她本来认识那园艺场的老场长，老场长为人厚道，看她一个寡妇人家，挺可怜，每年都照顾她，只要是她送去的果筐都收，送多少收多少，而且价比别人的好。那天她去找老场长，老场长不在，他老胃病犯了，住了院，一时半晌回不来，只有副场长在。她不大愿意跟那个副场长打交道，这人心地不正，背人处老说些下流话挑逗她，她又不好得罪他，也从没跟他认真计较。眼下老场长不在，她不找副场长就办不成事，于是就硬着头皮找了副场长。副场长半仰半坐在圈椅里，拖着长腔怪声怪气地说："你让我收你的果筐，你给我什么好处啊？"她说："你想要什么好处？"他说："我想要什么，你心里早就知道。"她说："我一个穷寡妇人家，能给你什么？""别打马虎眼了，我要的东西都在你身上，这些年了，你真不知道？我哪点不如那个老东西？"她说："请你放尊重一点，不要随便糟蹋人家老场长，他是个什么样的人你心里比我清楚。"他说："好啊，我不行他行，那你就等他出院后来找他吧。"她没有站起来走。要不是为了农场的事，她根本不会这样死皮赖脸去求他。可这事没法由着自己的性子来，她要走了，农场的事也就没辙了。她坐在那儿既没有走，也没有再求他。那个副场长似乎看出了她的心事，就从椅子上起来，涎着脸说："都是过来人了，有什么难的？松松裤腰带的事，难道就这么难吗？"她没有回答，也没有站起来。他来到她身边伸手按住了她的肩头，当他的手想要滑向她的胸脯时她一下站了起来。

"你真不想要你的命吗？你没有听说吗？碰过我的三个男人可都死了，你要真不怕，你就来碰我，我可不是跟你开什么玩笑，我是实实在在的'白虎星'。"这一招还真灵，真就一下把副场长给吓住了。

这些，她自然不能跟古义宝说。她说："这么客气干吗？要不是你们去救火，我的家就毁了，你们连命都舍得豁出去，我顺便做这点事还值当这么说？你要觉着行，就把士兵们叫来，我现在就教他们。"

古义宝没再跟她客气。他把士兵们召集起来跟白寡妇学编筐。不用说，士兵们有谁不乐意呢？大家都拜她为师，有的干脆就叫她白师傅、白老师。

古义宝的高兴是可以想象的，他带头跟她学起来。

说干就干，白寡妇从包里拿出围裙、刀、剪之类的工具，有模有样地当起了师傅。她像个很有经验的师傅，不慌不忙有次有序地开始传艺。她先教士兵们劈条，粗的树条可以劈成两片，既省料又便于手编。她告诉士兵，树条要劈成均匀的两半，全靠拿刀的手和送树条的手相互配合控制，向上偏，刀口往下压；向下偏，刀口向上翘。她让士兵们都试着劈了两根，然后从中挑出接受特别快的两个士兵，让他俩专门负责劈树条。接下来，她教大家打筐底。她用劈开的树条和整根的细树条夹杂在一起在地上先摆成一个六角雪花状，然后用一只脚踩住，选用细而有韧劲的树条一上一下跟蜘蛛织网一般编出了圆圆的筐底。士兵们都跟着她一步一步，一下一下，编出了自己的筐底。尽管有的不圆，有的不平，但每个士兵都欣喜地捧着自己打出的筐底。最后，她再教收口和编筐盖。

徒弟里，最认真的还是古义宝。他两眼一眨不眨地盯着她的手，他不只是想要最先学会，还想她不在的时候好当个助教。他完全被她的两只灵巧的手吸引住了。他难以置信地盯着那两只洁白而且娇嫩的手，这样小巧而又细嫩的手怎么会如此麻利如此娴熟地做这种粗活呢？坚硬而又粗糙的树条在她手里如同细软的绳索一般。她编出的筐光洁、硬梆、结实，而且造型美观。

师傅教得耐心又细致，徒弟学得用心且认真。一天下来，士兵们基本掌握了编筐的要领，都独立编出了自己的筐。

第二天，古义宝觉得时间忽然过得特别快，一眨眼就是半天，再一眨眼太阳就要下山。同时他还有个新的发现，那就是有几个士兵脖子里都露出了洁白的衬衣领子。一向不大爱刮胡子的孙德亮，出操回来也仔细地照着镜子刮了胡子。古义宝看到这些，笑了。这帮小子，还挺爱面子。

古义宝看到这些的时候，也发现了自己的变化。他今天就醒得特别早，醒来后脑子里浮现的第一个人就是她。他把她想了好一阵子，他对她的悲惨命运十分同情，对那泼到她头上的脏水和臭名深为不平。他不相信那种唯心的说法。想着想着，他就想到了她的人，想到了她动人的眼睛，想到了她白皙的皮肤，想到了她灵巧的手。想到这里，他忽又想到了另一个方面，他预感到她对他和农场是一种"威胁"。于是第三天，他就跟她商量，士兵们已掌握了基本技术，他们不能再让她这样天天跑来，如果有问题，他们再去找她。白寡妇自然不知道古义宝的真实想法，她以为他不想给她添太多累。

为了感谢白寡妇，古义宝让孙德亮和金果果给她送去一车树条。他知道，给她工钱或者别的东西她是不会要的。

三十二

文兴回到机关，第二天一上班就找了赵昌进。文兴没有向赵昌进汇报农场的情况，只给了他一份材料，放下材料就离开了赵昌进的办公室。涉及古义宝的事，文兴也很为难。他积极了不好，不积极也不好。积极了，怕赵昌进会以为他故意找他难堪；不积极，又怕赵昌进认为他是有意躲一旁看热闹。

赵昌进一看材料，心里就一沉。他意识到文兴在向他施加压力，在暗暗跟他较劲。这份材料就是孙德亮提供的原场长贪污公款、滥用公物搞关系的证据。

赵昌进有些为难。处理吧，牵涉到后勤处长和团里的领导一串人。凭他的经验，一个单位查出问题来，并不表明你一把手能力强，相反上面只记得你这个单位有问题，对个人添不了半点光彩。再说，即使上面肯定了你的成绩，上下左右对靠整人发迹的人历来看不起。不处理吧，他又感到无法掩饰，他跟文兴只有工作关系，没有一点私交，更谈不上交情，这事文兴按他的步骤，一步一步都做了，证据也有了，不处理他就成了报喜不报忧、包庇错误、掩盖矛盾。

赵昌进思前想后，感到这事要是他介入，无论怎样处理，无论是何种结果，对他来说都只有被动。于是他耍了个滑头，把不好办的事情往下推。他在材料前面附上他的批示：此事请副政委以纪委的名义查处，本着既对组织负责又对同志负责、重调查重证据、历史从宽现实从严、思想教育从严组织处理从宽的原则，从加强作风建设入手，坏事变好事，把此事对部队的消极影响缩小到最低限度。

态度有了，原则有了，要求也有了，办好办坏就是别人的事了。

赵昌进做好这些之后，拨电话叫来文兴。把加了批示的材料退给文兴，让他向副政委做一次全面汇报。文兴看了批示，不经意露出笑意。赵昌进装没看到。俩人没交换意见就把这事先应付过去了。

文兴去副政委那里，没有按照赵昌进的要求把农场的事向他做全面的汇报，只是把孙德亮写的证据附在古义宝写的材料后面交给了副政委。副政委问文兴："政治处是否已组织人做了调查核实？"文兴说："没有，材料是我到农场顺便带回来的。如果做处理，还是要进行调查核实。"副政委说："让纪检干事也参加这个小组。"文兴表示完全可以，除此他再没有介绍任何情况。他希望副政委能不带任何框框来进行调查，公正地处理这件事。

当天晚上，文兴特意拜访了副师长。副师长和文兴是老乡。

副师长是当作训科长时跟文兴结识的。说来也巧，文兴刚到机关就赶上野营拉练。说是部队如今不打仗不救灾整天蹲营房里不接触社会，兵养娇了，隔老百姓远了，与群众感情淡了，想通过野营拉练，练出铁脚板硬功夫，用硬作风硬骨头来让老百姓加深对军队的了解；也想通过野营拉练，与老百姓同吃同住同劳动来跟老百姓拉近距离，拉回老八路时代的军民鱼水一般的感情。

那一天行军一气跑了六十里，三分之二的机关干部脚底都打了泡。晚上到了宿营地，伙房改善生活，分面分馅在各家各户老乡家包饺子。文兴不爱吃饺子，一吃饺子就胃痛。但他不敢声张，怕给老乡添麻烦，就悄悄到炊事班想找剩米饭剩馒头。没想到当初是作训科长的副师长也是如此，两人聊起来便认了老乡。老乡有着一种特殊的能量，无论官大官小，职高职低，一攀上老乡就没了等级距离，说话办事都跟自家人一样不用客气。不过职务悬殊的老乡关系有两种情况长久不了：一种是官小的老想让官大的利用职权提携帮忙，另一种是官大的老计较官小的孝敬。他们俩恰恰都没有这方面的企求，副师长需要文兴的文化和知识，文兴敬重副师长的随和和待人真诚。俩人来往甚密。副师长买电视买音响买冰箱，凡属技术方面的事，都找文兴；文兴碰上不愉快的事也爱找副师长说说。

文兴去副师长家，副师长一家正在打"升级"。副师长立即让文兴换他老伴，说让儿子姑娘快落一圈了。文兴自然很乐意做这样的事。

果不其然，文兴换上去不多一会儿，他们就连续升了六级。

副师长一缓过气来就和文兴聊起了天，问他团里怎么样，什么时候回老家休假。儿子一听他们聊天，说："不玩了，一边说工作一边玩没有劲。"女儿也说不玩了。副师长还挺认真，说："不玩可以，但不能算我们输，是你们主动退阵的。"儿子说："照顾大人的面子，不算输，可也不能算赢，就算平吧。"副师长这才放牌。

副师长跟文兴说："如今一个副师长太忙，既要管训练，又要管后勤。最近到军里开了个后勤工作会议，上级要求要大力发展生产，下拨经费缩减，部队要改善物质文化生活，主要靠自己搞农副业生产积累资金。"

文兴说："副师长要有空，到我们团农场去看看。"

副师长问："你们农场是不是搞得挺好？"

文兴说："我不好说，还是你自己有空去看看好。"

副师长问："你小子老给我打埋伏，你要这么说，我什么时候真得抽空去看看。拖拉机他们开走没有？"

文兴说："我让他们派人先学会了，直接来开回去。可能最近就来开。"

副师长又问："赵昌进到团里去后干得怎么样？"

文兴说："干得挺好，对自己要求挺严，点子也挺多。"

副师长说："是实话吗？我总觉得你们之间不是那么合得来，我知道你不愿在背后说人的坏话，可世界并不像你小说里写的那么单纯。我觉得问题不在于人与人之间有矛盾，两个人在一起工作，没有矛盾才是怪事。要害不在于有矛盾，而在于会不会处理矛盾。有矛盾不要紧，要紧的是及时处理矛盾。当然，这更多的是领导的责任。我老在各种场合说，有些单位班子不团结是上级机关和领导造成的，你配班子的时候为什么要把不会在一起配合工作的人放到一起呢？有这么多单位这么多工作要人去做，非要把两个弄不到一起的人搅在一起工作，这不是自己给自己添乱嘛！有些人不接受这一点。事情很简单，不能在一起配合就调开嘛。俗话说：'树挪死，人挪活。'有的人一挪地方就换了个人似的。"

文兴说："我看你改行当政委算了，说不定会在政治工作上有所发现，有所创造。"

副师长说："本来政治工作和军事工作是不能截然分开的，也是和平时期人浮于事造成的，战争年代很多单位是军事首长兼着政治委员和党委书记的。哎，你跟我说实话，你是不是到机关干更合适一些？"

文兴说："在团里也挺好，离基层近，接触实际多，工作具体，容易锻炼人。"

副师长说："有什么想法就说，我总觉得你们文化人还是适合在机关工作，基层工作应该让那些从营连线上锻炼出来的人做更好些。"

两个人聊了一个晚上，文兴临走又跟副师长说："农场，你什么时间有空就什么时间去，想什么时候去就什么时候去，用不着跟团里打招呼，也用不着提前通知农场。要去看就得看没准备的真实面貌。"

副师长听到这里，才明白文兴今天来看他的真正目的。他们团农场肯定有事，可他猜不着是好事还是坏事。一般应该是好事，可他的神气又难说。到这时，副师长已经确定，他一定要尽快抽空到他们团农场去一趟。

三十三

白寡妇再到农场去的那天，金果果正好把拖拉机开回农场。拖拉机虽是旧的，但对农场来说是极宝贵的机械化工具。士兵们看着金果果驾驶着拖拉机在操场上轰隆隆地转，又是新鲜又是羡慕。

白寡妇是来看编筐进度的。她考虑到没有汽车，只能用农场的马车，这就要送好多趟，只能编一批送一批。

古义宝心里热情、外表拘谨地接待了白寡妇。他也说不上为什么，他在尚晶和林春芳面前从来没有过这种感觉，一到她面前，尤其是他们俩单独在一起的时候，就紧张，总是心里有话嘴上说不出。

女人在这方面都是敏感的，何况白寡妇这种精明过人又陷在感情创伤中的女人。她自然看出了古义宝的反应，也一眼就明白，他的慌乱是心地诚实的表现。他对她没有甜言蜜语，也没有虚伪的阿谀奉承，更没有心怀邪念的眼神，只有真诚和热情。从她内心来说，她很喜欢也很需要这种真诚和热情。在这个世界上，她感觉周围已没有对她真诚的人。但理智让她明白，他是军人，他不可能把内心的这种情感向她表露，也不可能把深藏心底的热忱变为行动。正因为这样他才会在她面前表现出紧张和慌乱。想到这些，白寡妇在古义宝面前反而更显出大方，古义宝就更显出慌乱。他给她倒水端水，水杯里的水被他颤得往外溢。

"那就这样定了，明天先送一趟。"

"哎，明天先送一趟。"其实他们要商量的事就这么简单，连屋子都用不着进。古义宝还是邀她进了他的办公室，她也很乐意地跟他进了办公室。

"先到你家装，还是在这里装好了再去装你的？"

"咱们农场要用多少筐？"

"差不多一千个筐。"

"我看这样，我的筐就不往园艺场送了，留给咱农场自己用，也省得呼呼隆隆把拖拉机开到我那里去，周围的人看着还不知道怎么回事。"

"这样也好，你编的质量好，也省事。"

"你忙，明天就不用去了。"

"第一次，我还是去好，再说小金的驾驶技术我还不放心。"

"那我就在路口等你们，我就不进来了。"

"也好，你就在路口等，省得跑进来。"

一个非常好的天气，天空晴朗得叫人一抬头看天就想唱歌，再加上刮着小风，让人倍感舒坦。一清早，古义宝指挥着士兵们装好车，装了满满的一车斗，又用绳子四面拴牢。

古义宝老远就看到白寡妇站在路口。他第一次见她穿裙子。上身白底蓝点的衬衣与下身黑底白点的裙子配得那么协调，又显得十分高洁。

拖拉机驾驶员后面的那个座位，紧紧巴巴正好坐两个人。白寡妇一上车，古义宝就全面陷入了抵抗状态。白寡妇身上有一股淡淡的馨香让他焦灼不安。两个人相当长的一段路没有说话。古义宝觉得不说话比说话更说明他们之间有了疑问，于是他主动开了口。

"很对不起，我到现在还不知道你的名字。"

"你没有问过我啊。"

"我现在问你不介意吧？"

"有一点，我知道你们背地里叫我什么。"

古义宝的脸一下红到耳根。在背地里他也跟大家一样叫她白寡妇，是有点太不尊重她了。

"对不起，我跟大家一起向你道歉。"

"没关系，我是跟你说着玩的。大家都这么叫我，我怎么会在乎呢？名嘛，反正就是一个称呼，叫什么不是叫呢？"

"有名有姓，还是应该叫姓名。"

"你现在真想知道？"

"真想知道，一点不是应付。"

"我叫白海棠。好听吗？"

"好，真好听。"与其说古义宝在回答问话，不如说是他在自我品评。

就在这时，金果果突然咣当刹了车。古义宝和白海棠毫无准备，俩人本能地抱在一块，车停稳后也没意识到要松开。古义宝一边搂着白海棠一边惊恐地问金果果怎么啦。金果果没有回答却红了脸。古义宝往外一偏头，我的娘哎，车差点下了沟。古义宝这才意识到，金果果是听他们俩说话走了神。想到这一层，古义宝惊慌地发觉自己竟搂着白海棠。他十分难为情地立即缩回手，顺便说了句"小金，你慢点啊"，其实也是给自己一点掩饰。

拖拉机重新发动上路后，古义宝和白海棠不约而同地扭头互看，白海棠伸出小小的舌尖无声地做了个鬼脸。古义宝从没见过这么自然又这么迷人的鬼脸，他心头一热。

金果果这个急刹车，让古义宝和白海棠两个好一段时间找不到开口的话题，还是白海棠想起了该商量的事。

"古场长，你们的苹果今年卖吗？"

"还没跟团里请示，以往都是当福利发给全团干部，我看今年收成好，可以卖一部分。"

"要卖的话，我可以跟园艺场的老场长说说，有外地的客人，介绍一些过来。咱们当地收购太便宜，卖给外地客人价会高一点。"

"那可真要谢谢你了。"

"这有啥好谢的！"

甜蜜的路程总会让人忘掉时间，古义宝感觉园艺场离农场太近了。到了园艺场，白海棠让他们在拖拉机上等着，她先去联系，谈好了再来叫他们。过了一会儿，那个副场长酸里酸气地跟着白海棠来到拖拉机前。

"哟嘿，还雇了两个保镖。"

古义宝一听这话，没了跟他打招呼的兴趣。

"我说白、白白什么来？"

"白寡妇，白虎星，有什么你说。"

"这活有点糙。"副场长在鸡蛋里挑骨头。

"副场长，你就别故意跟我过不去，我给咱果园编筐不是一年两年了，今年怎么就糙了呢！你就高抬贵手，给我们老百姓留条活路。"

"行，行，狗子啊！收货。"

卸完车，白海棠跟古义宝说，她和小金去结账，让他在车上等着。古义宝想跟他们去，白海棠没让，说他要觉得乏味就到果园去转转，跟人学学技术。

古义宝不明白为什么白海棠不让他跟去结账，可觉得她的话有道理，于是就朝园艺场深处走去。

这是一个以苹果为主的园艺场。苹果结得不错，树枝都让果实压弯了。穿过两片果林，前面出现一块苗圃。有两位老师傅在苗圃里劳作。古义宝走了过去。

古义宝没打招呼，先掏出烟，一人递了一支。两位老师傅见是解放军，也没客气就接了烟。点上烟，自然就有了话。古义宝问："苗圃里育的是什么果苗？"老师傅说："我们苹果园自然是苹果苗。"古义宝又问："是自己育的还是买的成品？"老师傅说："自然是自己育，自己接，哪有果园买成品苗的道理？"古义宝问："本苗是什么苗？"老师傅说："是野海棠。"

两个师傅看他问得挺在行，又问得这般细致，有些奇怪，问他："当兵的怎么对这行有兴趣？"古义宝就跟他俩实话实说，说是特意来请教学习的。两位老师傅就呵呵笑了，边抽着烟边聊起来。他们告诉他，果树最怕病虫害，常见的有白斑、白粉霉、霉菌，要常打"一〇铝"和"粉锈宁"。新果树要紧的是水和肥，要五天一水，半月一肥。古义宝一一记在心里。古义宝问："你们的果树结果不少，有什么诀窍？"老师傅说："果树收成基本靠天，靠年成，风调雨顺年成好，结得就多；天旱天涝年成不好，你再操心也白搭。要说事在人为呢，整枝是门关键的活，整好了整对了，果就结得多；整不好整差了，副枝没剪，主枝没留下，剩下些侧枝，再好的年成也结不了什么果。"古义宝说："明春请两位老师傅到农场帮整整枝，不知肯不肯去。"两位老师傅说："这不在我们，只要你跟领导讲好，我们没有不去的。"

古义宝又问："搞苗圃赚不赚钱？"老师傅说："按说搞苗圃是最赚钱的。本小利大，花点功夫就赚钱。本苗，像野海棠，山里红，三分钱一棵；有籽自己也可以育，更省钱。今年育，来年嫁接，到秋天就可以出手，一块五、一块六一棵。你要嫌自己嫁接费事，成接率低，你可以买半成品，一株半成品也就四毛钱光景，育一年，一株赚一块多，关键要摸准销路。"古义宝又问："现在什么果苗销量大？"老师傅告诉他："山楂苗销量最大。如今不光果园栽山楂，老百姓自个儿家里也栽。"

古义宝跟老师傅学技学得正起兴的时候，白海棠结账却碰到了麻烦。

白海棠和小金拿着收货单去让副场长签字结账，副场长说今天结不了账，让白海棠隔天再来。白海棠知道他是故意刁难。她怕这家伙的话说出来难听，就让小金到外面等。

等小金出了门，白海棠看看副场长色眯眯的眼神正色道："你不要故意跟我一个寡妇过不去。你不是就想占我的便宜吗？这没有什么了不起，如果你不在乎你的命，我可以答应你。"

白海棠还没说完，副场长就流着口水凑过来。白海棠吼了一声："你给我站住！我说的不是在这儿，我是人，不是牲口，不是随处可以跟人睡，你要是有种，就到我家去。我可告诉你，我第一个男人结婚不到一年，在石矿让石头给砸死了；我的第二个男人，只跟我睡一回，第二天就让汽车给撞死了；第三个想碰我的男人，只摸了我一把，第五天就让鱼刺给卡死了。你要是觉着你命硬，你就去！"

白海棠说完啪地把单子拍桌上，让他签字。副场长疑惑地签了字。当他把单子递给白海棠时，顺手捉住了她的手，疑惑地问："是真的吗？你可别唬我。"白海棠仍是那般平静："不信你就去啊！"白海棠接过单子转过身来，两眼立即涌满了泪水，她咬住下嘴唇，努力不让泪流出来。出得门来，她没跟小金说话就低着头走向后排房子。小金不知发生了什么事，在后面直叫白师傅。

回来的路上，古义宝大谈他的收获，他一点也没注意到白海棠的变化。她一路上只是勉强地应付古义宝，一点也没来时的那种欢乐。

三十四

副师长和团副政委是同一天到的农场。

古义宝领着士兵在打井时，一辆小车开进了农场营房。古义宝让士兵们继续挖井，自己拍打一下泥身子回了营房。让他意外的是副政委和后勤处长竟一起来到农场，古义宝惊喜地向首长敬了礼。他满手是泥，没法跟他们握手。

"古义宝，你胆子不小啊！我让你把贷款退给人家，你居然自作主张搞起果园来了，要是赔了你负得起这个责任吗？"后勤处长劈头盖脸给他来了这么一通。古义宝从头一直凉到脚后跟，心里很不开心，他们挖空心思在想法子建设农场，当领导的却不问青红皂白，开口就训人。

"农场的事等会儿再说，你干你的事去，把孙德亮给我叫来。"副政委的态度也让古义宝难以琢磨。

古义宝回到工地，让孙德亮去营房。士兵们问是什么事，古义宝说搞不清楚。一层阴云立即罩在士兵们心头。

孙德亮在营房外的路口碰着了后勤处长，看样子是特意在那里等他。后勤处长没好气地责问："孙德亮，那个证明是你自己想写，还是古义宝和文主任逼你写的？"孙德亮狐疑地反问处长："那个证明有问题吗？写得不对吗？"后勤处长说："对不对你自己心里有数，别他妈自己让古义宝一整就乱咬人，副政委要查问这事，要是再胡说八道乱咬人，以后有他好受的。"他还特别强调："农场归后勤处管，不归政治处管。"

听话听声，锣鼓听音，傻瓜都听得出来，后勤处长是在给他施威。孙德亮心里直打鼓。

孙德亮坐到副政委面前，心里好不自在。别看他腰圆膀粗，胆子却小得很，加上自己屁股底下本来就不那么干净，团首长亲自来找他谈话，他心里非常紧张。副政委只是盯着他看了看还没发问，他的手脚就先颤抖起来了。

副政委发现他很紧张，立即向他交代政策，说："组织不冤枉一个好人，也不包庇一个人的错误，这次特意来核实调查你反映的前场长的问题，就是对同志负责。共产党员说话要负责任，既不能夸大事实，也不能隐瞒错误，实事求是，出具证据要承担法律责任。"副政委越是这么交代，孙德亮就越紧张。副政委见他不能完整地叙述这件事，只好一点一点地提问。

"你早不写晚不写，为什么偏偏在前场长离开之后才写这个证明呢？"

"是文主任让我写的。"

"文主任是怎么让你写的呢？"

"文主任上次到农场来，让我跟他一起到太平观买车票，路上他问我古义宝在农场干得怎么样，我说不错。他说：'古义宝处分你你没有意见？'我说我是有错，不过这样光处理士兵不处理干部不公平。他说：'不公平你可以说，干部有问题你也可以反映，不过要有证据，没有证据组织怎么好凭道听途说处理一个干部呢？'我问：'要是有证据上级真能处理他？'主任说有真凭实据当然是可以处理的。这样，我就写了那个证明材料。不允许吗？要不允许我就收回。"

"问题不是允许不允许，而在你这份材料所说的是不是事实，证据是不是确凿。"

孙德亮看了一眼后勤处长，处长狠狠地瞪他一眼。他再看副政委，副政委的脸铁板一块，看不出是什么意思。他心里有点毛。一个是团副政委，一个是直接主管农场的后勤处长，文主任一个人能斗过他们两个吗？要斗不过，后勤处长说了，农场归后勤处管而不归政治处管，到头来，倒霉的还是自己。

"首长，要不，证明我收回算了。"

"为什么要收回呢？难道你写的不是事实，是捏造诬陷他？"

"处理我我不服，所以我就写了，他私自取钱要做什么，没跟我说，我是估计分析的。"

"你怎么这样不负责任呢！凭估计分析就写证明材料？"

外面响起了汽车刹车声。他们向外看，车上下来的是副师长。副政委和后勤处长赶忙撇下孙德亮出门迎接，弄得孙德亮站在屋里走不是不走也不是。直到他们把副师长迎进屋，后勤处长朝他瞪了眼，他才逃似的溜回工地。

副师长好奇，说："这是怎么搞的，不约而同啊！副政委怎么有空一块来抓后勤生产了？"

副政委说："哪是来抓生产，一个士兵告原来的场长，我是来查证的。"

副师长说："这也是抓啊，后勤生产直接跟钱物打交道，容易出问题，这是抓要害嘛！在我的印象中，你们这个农场过去没有什么收益，种点麦子种点花生，产量也不高，机关连队连花生都吃不上。"

副政委说："问题是有，不过这个士兵承认是瞎告。"

副师长说："有这回事？找古义宝谈了吗？"

副政委说："还没谈。"

副师长说："没谈就先别下结论。"

后勤处长插嘴说："他的问题大着呢，还没找他谈。"

副师长奇怪地问："喔？都什么问题，说来听听。"

后勤处长来了精神："他不请示不汇报私自改变农场的布局，不种粮食种果树，还擅自向地方贷款。我当面批评了他，让他退回贷款，他理都不理，根本没把领导放眼里，简直是无法无天。"

处长说得动色动容，可他没看到副师长皱起了眉头。

副师长问后勤处长："你今年来过农场没有？"

后勤处长说："没有。"

副师长又问："今天来把农场看了没有？"

后勤处长说："还没来得及看。"

副师长说："还是看了以后，再谈这些问题好一些。"

副政委听了副师长的话，有点尴尬。

外面嘹亮的口号声打断了他们的谈话。古义宝带着整齐的队伍从工地回到营房。他并不是故意要做样子给领导看，他们平常出工收工都是如此。队伍走到队部门口，古义宝一声口令整好队，步伐标准地跑向副师长报告，其规范程度不亚于正规连队。

副师长亲切地让他们解散洗整准备吃饭，士兵们见副师长来到农场，情绪立即高涨。

吃饭前，副师长看了士兵宿舍，内务卫生比正规连队不差，窗明几净，被子叠得也是有棱有角；营区路光场平，花木葱茏。副师长特意看了厕所和猪舍，这两处最能反映一个单位做工作扎不扎实。一切都有些出乎副师长的意料。在毫无准备的情况下，一个远离机关领导从事生产的小分队能这样按照条例条令严格要求，确实少见。

后勤处长没有跟副师长去看这些，却找了古义宝。他找古义宝不是因为农场的事，他是着急副师长的饭菜。古义宝表示，请后勤处长放心，他已经安排好了。后勤处长管这种事非常扎实仔细，没看见饭菜他怎么能放心？他问古义宝："都准备了些什么菜？"古义宝说："四菜一汤，外加一个炒鸡蛋。"后勤处长急了："首长来吃饭，四菜一汤怎么行呢？"他给古义宝下命令："立即派人到太平观去买烧鸡、猪下水之类的熟菜。"古义宝说："已经到了开饭时间，来不及了，都是自己首长，也不会见外。"

后勤处长火了，说："这招待费用不着你们农场出，后勤处拿钱！"后勤处长正发着火，值班员吹响了开饭哨。副师长和副政委直接进了饭堂。副师长看了士兵们的饭菜，红烧土豆、炸茄盒、肉片炒芸豆丝、凉拌黄瓜和西红柿鸡蛋汤。他们桌上多了一个木樨肉。不用说，看副师长满脸带笑频频不住地点头，便知道他相当满意。副师长问士兵平时伙食是不是也这样，士兵们说中午晚上都是四菜一汤。

副师长到餐桌前坐下，后勤处长一个劲地检讨饭菜太差，是他失职。副师长说："又不是你在家里请客，你失什么职？"弄得后勤处长饭都没吃好。吃过饭，副师长不休息，让古义宝领他下地。副师长不午休，副政委他们怎好意思睡午觉，只好跟着副师长走。古义宝领着他们先看农作物，再看果园。副师长一边看一边就后勤处长说的那些事问古义宝的想法和打算，古义宝就把自己如何向镇上贷款，如何扩种山楂，如何自己学编果筐和下一步的设想，向副师长一一做了汇报。副师长越听越高兴，副政委和后勤处长却越听越难堪。他们最后转到打井工地，士兵们已经开始工作。副师长在工地对士兵们说："你们干得很好，很有成绩，就这么干下去。"

就这几句话，给了士兵和古义宝莫大的鼓舞。工地上士兵们干得更加欢实。

来到苹果园，副师长看苹果树上果实累累，问他打算怎么处理。古义宝说："还没有接到团里的指示。"副师长问后勤处长："后勤是怎么考虑的？"后勤处长支吾着说不出意见，说："还没向党委汇报。"副师长说："你是后勤处长，你得拿方案。"后勤处长说:"我考虑,农副业生产主要是为了改善部队生活,每年都给团机关干部发一筐苹果,要是有剩,再送一些给关系单位。"副师长说:"改善部队生活,可不是你这种改善法,不能部队生产什么就发什么。你给机关发,营连干部发不发?干部发实物,士兵怎么办?农副业生产要有经营观念,要创造经济效益。有了经济积累再全面安排和改善部队的物质文化生活。今后不能随便乱发实物,内部优惠可以,但不能发实物。先积累资金,再从全团范围、全体官兵的角度改善物质文化生活,否则,光顾机关,不顾基层,谁愿意在基层干?"

古义宝这才说:"我们做了一些准备,想联系一些外地客户,外地客户收购价比本地一斤贵五分到一角钱。"

副师长说:"这才是经营头脑。"后勤处长瞪了古义宝一眼,心里骂道:"你小子真会见风使舵。"

孙德亮捧着一摞账本找到副师长他们说:"首长,证明我不要收回,这些账本就是证据,谁要不信,就让会计来查好了,我要有半句假话,开除党籍,让我复员都可以。"

副师长临走时对副政委他们说:"我打算在这里组织一次现场参观,时间定了后再告诉你们。团里不需要做任何准备,也不需要提前通知古义宝让他做什么准备,他们该干什么干什么,让大家来看一看就行。如果我们全师的农场和生产单位都能这样,两年以后,我们师的物质文化生活就会变个样。"

副政委和后勤处长都不住地点头。

三十五

副政委到家天已黑了,他们没有跟副师长一起走。听了副师长的一番话,副政委心里有点愧。他意识到自己工作有点飘,到农场居然什么也没发现。他没想到要看看士兵的生活,也没想到要看看农场的生产,更没想到要了解古义宝,帮农场解决什么困难。他只想着证实孙德亮这份证明材料是真是假,农场其他一切似乎都与他无关。要不是副师长来,农场在他脑子里只是一张白纸。孙德亮态度前后的变化,让副政委心惊。同一单位,同一个人,同一事情,在短短的几小时内,为什么前后态度截然相反?这事引起了副政委深思,他想,要是副师长不来，或者来了也跟他一样走马观花虚晃一趟，对农场的问题，对农场，对古义宝意味着什么呢？

副师长走后，副政委重新找孙德亮谈了话，而且翻了账本，又找古义宝了解了农场的情况。尽管后勤处长在一旁摸不着底乱插杠子，几次提醒他时间不早了，但他还是按照自己新的思路做了想做的工作。临走，他告诉古义宝，师里要组织其他单位来农场参观，不能弄虚作假，但工作还是可以再往前赶。古义宝激动地感谢了首长们的关心。

副政委回到家，心里还觉得不踏实，他拨了赵昌进的电话。电话拨通后没人接。

赵昌进就坐在电话机旁的沙发里，他听到了一遍一遍不厌其烦地响着的铃声，只是这时他不想接电话。赵昌进不想接电话是因为今天他心情特别不好。吃过晚饭，他出门去遛马路，碰着了师里组织科的田干事。赵昌进在宣传科里，两个人一块儿给领导写过几次讲话稿，相处很不错。田干事现在兼了党委秘书，知道许多重要的事。两个人聊着聊着，田干事问他到团里后是不是心情不好，赵昌进觉得田干事这问题提得奇怪，田干事的这个印象绝不会只是田干事对他的印象，而是师首长的印象。他问田干事上面怎会有这个印象，田干事说："按说这事不该说，不过都是多年的同事朋友，提个醒。党委在分析年度工作时提到，觉得他到团里工作后，团里没出现什么新的起色。"就这一句话，弄得赵昌进一晚上提不起精神来。常言道，新官上任三把火，他当了政委，团里没有新的起色，那就是没踢出头三脚，没闯劲，没有创造，工作平平。进而言之，这政委提得不够理想。赵昌进分析到这一层面，心里就冒出一股凉气，弄得他一点情绪都没有。

电话再次响起，他爱人急了，在外面吼了他一嗓子："没听着电话铃响啊！"

接完副政委的电话，赵昌进为之一振。他对自己说，不能再一味沉浸在个人的得失之中了，如此下去，只会被淘汰。没想到古义宝这小子还真是条汉子，这么大错误竟没能把他压倒，他没被摔趴下，竟然会重新站了起来。听完副政委那一番汇报，赵昌进感觉自己原先的想法太幼稚，有点感情用事。只想到自己因培养了一个犯错误的典型而丢脸，只认为文兴在故意跟他拧着劲干，他是一把手，举足轻重，不想跟文兴较劲。弄半天，自己又犯了战略性错误。他树古义宝的时候，文兴冷静地挖他动机，提醒别树错典型；古义宝犯了错误，他不管古义宝了，文兴反去农场苦心帮助。当初反对古义宝当典型，反对对了；如今帮犯错误的古义宝重新做人，又帮助对了；人家处处高他一筹，自己还糊里糊涂陷在意气之中。

接完电话半小时之后，赵昌进拿起电话反过来给副政委又打了个电话。他在电话里十分果断地说，把情况向团长汇报一下，他的意见明天上午立即开党委会研究这事。

党委会在紧张的气氛中进行。赵昌进一反常态，副政委汇报完，他没像以往那样待其他人发表完意见再总结拍板，而是率先谈了个人意见，让大家讨论。

看得出他认真做了准备，意见很具体："第一，根据现有证据，不需要再层层研究逐级上报，提议党委研究，给原农场场长党内严重警告处分。第二，后勤处要结合这一问题，进行一次整顿，不论是谁，按照端正党风的十条标准认真对照认真检查……"

文兴静静地看着赵昌进。赵昌进态度的突然变化让他感到奇怪，人真是个怪物，几天前他把这事一推二挂，几天工夫说变就变，一点不加掩饰，找不到一点原因。

团长、副政委立即表态，附和赵昌进的意见。副团长不表态，他一直分管后勤，这事似乎让他有点棘手。文兴没让副团长为难下去，他发表了自己的意见。他在认定这事性质的严重性和它对部队凝聚力的破坏性后，提了一点不同意见。他提出对原场长的处理不宜太急，还是按组织程序办较为稳妥。后勤处在对原场长进行核实、教育的基础上，提出处理意见，同时拿出整改措施，这样比较稳妥。

事情立即在机关扩散，成为团里的一大新闻，后勤处成为新闻的中心。

此事由副政委挂帅组成一个专案组。找原场长谈话，一个回合他就把事情全兜了出来。这小子早就留了一手，每年给后勤处长送的、根据后勤处长的指令送给部队领导的、送给他朋友关系户的物资，一一登记在册，一目了然。团里原来的领导多少都收了一些苹果、面粉、花生之类的东西。没占一点便宜的只有文兴和赵昌进两个人。

材料摆到赵昌进面前，他一下陷入了孤独的困境：事情到了这一步，不搞下去当然不行；可搞下去，他面对的是一只刺猬，他不知道该如何下手。这时候他再没法意气用事，唯一能联合的力量只有文兴一个。他顾不得面子，只好放下架子主动找文兴，他只能找文兴商量。这也是他到这个团当政委后，第一次诚心诚意主动找文兴商量工作。

文兴显然比他超脱。他认为这事如果处理不好，全团的工作就无法再有突破，这一届党委也就再没有战斗力和号召力，上下也就谈不上凝聚力。到了这一步，他认为只能讲组织原则，无法顾及个人恩怨。他帮赵昌进分析，处理这个问题，并不像他想的这么难。关键在党委，领导的问题涉及党委的作风，需要党委成员自己来解决。就每个人的问题来说，性质也是不完全相同。团里的领导只是一般地享受了领导的特权，而且是后勤处主动送上门的，他们是被动的，也可以说是光明正大的，至多是个说清楚和认识的问题，即便按价退赔，一筐苹果也不过一二十块钱。后勤处长就不一样了，他是利用职权搞不正之风，是以权谋私。农场场长的问题是贪污行贿。这样一分析，性质有了区别，问题有了主次，解决起来也就有了轻重先后。对这一事件的处理要害是看党委内部能不能统一认识，应该先单独和团长、副团长、副政委通气，统一认识，如果他们能有积极态度，事情就好办。当然他们的态度还取决于他的态度，团领导的工作必须他亲自来做。

赵昌进第一次打心里佩服文兴。

赵昌进心里还是个愁，说来说去工作都要他来做。说事容易做事难，团里的领导，虽不是什么大问题，可小问题总归是问题，有问题谁脸上会光彩？要他们认识问题，主动承担，做自我批评，不是件容易的事，得要他去一个一个做工作。自己到团里工作时间不长，跟他们都只在工作上有一点来往，没有什么私交，对每个人的性格脾气也还没有完全摸透，他们会怎么想？他们要不愿拿出高姿态怎么办？再说，真要让他们吐出吃进去的东西，他们心里好受吗？这不是吐口痰的事。钱不在多少，说起来不好听，让谁往外掏钱谁心里会好受？再说，党委成员里别人都有份，就自己清白，清白人来整不清白的人，心理上就难接受。他们会说：'你不就是晚来几天嘛！要是早来，还不是一个样？'一句话就会让他无话可说。

赵昌进心事重重，饭不香觉不甜。这些自然瞒不过当护士的老婆。赵昌进本不想跟她说，可她开口就点破了他的心事，再要不说，他就没把她当自己老婆。

他老婆听他一说竟哈哈大笑起来。

赵昌进有些不高兴，说："这么大的事，你当笑话听？"他老婆说："你真傻，你当我是笑这事，我是笑你这个大傻瓜，真是聪明一世糊涂一时，书呆子一个。"赵昌进让老婆说蒙了头。他老婆说："就这么点事愁得你这个样，你还能做啥官哟！"

赵昌进真让老婆说糊涂了，这么大的事不算事，什么事算事？他没好气地说："别他妈不挑担子不知重，躺着说话不腰痛。"

他老婆说："还真得开导开导你。这种事，就你这两下子，怎么处理都不会有好结果。事情却总是这样的规律，越难办的事也越好办。老百姓最聪明，孩子哭了抱给他娘啊！你一个团政委，怎么能处理自己团里领导的事呢？你去找团长他们谈，不是自己找难堪嘛！你听文兴的，他能要你好？他自己怎么不去找他们谈？"

赵昌进说："他是主任，他怎么去找他们谈呢？"赵昌进反为文兴辩了一句。

"我看你是昏了头了。你不想想，他跟你心贴心办过一件事吗？你别傻了，他们与你是同级，你去找他们，就是你跟他们过不去，怎么处理他们都会记着你这笔账，有机会就会给你来一下。你应该向上汇报，团领导的问题，师里才能管，再说组织观念也应该向上汇报。上面有了意见，你是执行上级指示；上面要没有态度，你自作主张去处理，你不是自找不利索吗？在机关混这么多年，你连这还不清楚吗？上面没有人为你说话撑腰，你累死了也没有人可怜你。你就这么闷着头一门心思干，上面说你错了，你都不知道跑哪儿去哭。再说，他们后面有没有人，你都清楚吗？你赶紧向上汇报，听听主要领导的意见，他们要是能派人来，一切问题不是都好办了吗？"

赵昌进让老婆说得哑口无言。虽然好多是妇人之见，可也不无道理。

第二天，赵昌进直接向师政委做了汇报，政委当即说让组织科去人协助处理。赵昌进大喘了一口气，他真感激老婆。当他把上面来人的事告诉文兴时，文兴皱了眉头。他遗憾赵昌进没能理解他的一片苦心，他是想既要处理问题又不在主要领导之间感情上产生隔阂。他感到赵昌进没能跟他想到一块，上面来人表面上减轻了赵昌进的压力，骨子里却加大了他与其他团领导之间的裂痕，不管你是怎么想的，人家会说你打小报告故意扩大事态，借上级来压人，故意在领导那里败坏他们的名誉。

三十六

赵昌进与古义宝再次面对面坐下来谈话，是师里组织全师分管后勤工作的各团领导、后勤处长、生产股股长、生产助理员和营连干部参观农场一周之后。农场收完苹果并全部销售出去，头一次挣了一万五千多块钱，上上下下都高兴。全团只后勤处长和农场原场长两个人不高兴。

赵昌进在上级机关的配合支持下，以快刀斩乱麻的姿态和速度，处理了原农场场长的贪污案。赵昌进在这个团里一举树立了权威。场长受党内记过处分，行政转业处理。后勤处长受党内警告处分，转业处理。其他团领导多占的东西都相应地补了钱。赵昌进就此亲自动手写了一份经验材料叫《党风要转变，先抓一班人》，军区将材料转发全区。同时党委做出决定，农场生产的苹果、面粉、花生，今后一律价拨，内部以市场价格的百分之六十优惠。生产盈利统一改善全团官兵的物质文化生活，并且首先向基层倾斜，决定从团家属工厂的生产收益中拨出部分经费做全团干部的生活补助，连队干部每月补助岗位津贴五十元，营团机关干部每月补助三十元。机关干部心里都打了一个咯噔，无形中都觉得赵昌进厉害，马虎不得，得罪不得。

真正让赵昌进得意的还是农场的现场参观。副师长筹备的现场参观，得到了师党委的重视和支持，师长也亲自到了太平观农场，参观后，当场确定要扩大现场参观的规模，每个团分管后勤的副团长必须来，营、连都要来一名干部。参观虽然没让他们团介绍经验，但凡到农场参观的人都一致肯定了他们的成绩，对他们团的生产都赞不绝口。人们重又看到了古义宝的名字变成了铅字。肯定农场等于重新肯定了古义宝，肯定古义宝也就肯定了赵昌进过去的工作，他没有看错人，也没有培养错人。

赵昌进是专门安排时间来农场找的古义宝，但是农场时古义宝不在。他不知道赵昌进要来，他送韩友才和梅小松俩人到园艺场拜师学艺去了。赵昌进没有不高兴，农场跟团里不通电话，事前没法通知农场。他也没有立即离开农场，既然来了，就得有收获，赵昌进下地与士兵们一起干活。团政委跟他们一起干活，士兵们十分感动。

赵昌进跟士兵们一起在地里流汗的时候，古义宝已经不在园艺场，他去了白海棠家。

古义宝自那次跟园艺场两位老师傅结识后，心里老琢磨苗圃的事。他觉着两位老师傅实在，说的也在理，闲谈中不经意给他提供了非常有价值的信息。搞苗圃投资少，本钱小，利润大，下点功夫出点力气就能赚钱。他决定好好干一番，让农场彻底改观翻身。现场参观后，副师长问他下一步有什么打算，他就把自己的设想向副师长做了汇报。副师长当场表态支持。古义宝说，还要做一些准备才行。果园刚建，还没有收益，没有资金光贷款心里没底；再说还要搞些调查，先要摸清销路，再决定规模；还要培训技术骨干，苗圃的果苗嫁接和育苗都需要技术。做好这些准备，有把握了才好搞。副师长说，搞生产经营就得这样肯动脑筋，方案搞好后他要来听听，如果资金不足，师里可以投资一点。古义宝把农场的活安排好，就先把韩友才和梅小松送去学艺。他考虑请人的事麻烦，要人家领导同意，还要人家有空，到时候你忙人家也忙，谁也不会扔下自己的活不管反去帮别人忙，自己有了技术骨干才能有保障。

事情办得很顺利，跟园艺场老场长一说就答应了。古义宝把他俩领到两个老师傅那里认了师傅，做了交代就回了农场。正要拐下公路回农场，抬头看到了白海棠家，他拐了个小弯，上了白海棠家。一则考虑她帮忙教士兵们编筐，又帮着联系推销苹果，一直没空去谢她。二则他发自内心同情她，为她悲惨命运不平，真心实意想帮她。听说她们的地被政府征用了，看看有没有他能帮忙的事。

白海棠在闷头钩着花边，钩一阵停一会儿，像是有心事。

那次与古义宝一起去果园送筐，她知道那个副场长对她不怀好意，怕被古义宝和小金发现了尴尬，她只好信口应下了那事。可事后越想越气，越想越恨，越想越怕。她气那个副场长人面兽心，看她寡妇好欺负；她恨自己命苦，一生竟不能与相爱的人相伴；她怕那个畜生真到她家来，他要是真来了可怎么办。

从园艺场回来，白海棠在忧虑中一天一天度过。庆幸的是那副场长直到她第二次去送筐都没来找她麻烦。她再去送货时心里仍有点忐忑，但让她高兴的是老场长出了院。可更让她心惊的事也发生了，那个下流副场长住了院，说是她那次送筐的第二天，副场长吃了晚饭骑车离开了园艺场，不知怎么连人带车摔倒在水渠沟里，把右胳膊给摔断了。问他怎么摔的，他自己也没说什么原因。

白海棠记得他就是拿那只右手捏她的屁股。说不定，他骑车就是要去找她。

白海棠惊的不是那下流东西摔断胳膊，她惊的是自己。她再不能不信命了，她真是"白虎星"。她有一个只有她自己和死去的两个丈夫才知道的秘密，她下身真是光的，连根汗毛都没有。她这辈子真的再不能碰男人，谁碰她谁就得送命遭灾！

第二次送筐回来那天夜里，她想了半夜哭了半夜。要不是身边躺着个女儿，她真想一死了之。

古义宝敲门把她吓了一跳。女儿还没到放学的时候，她正沉浸在忧郁之中，突然听到门响，吓出一身冷汗。她大着嗓门问谁，一听是部队农场古义宝，竟百感交集流下了眼泪。

古义宝看她那模样慌了神，接连问了她好几个"怎么啦"。她好心酸，好孤独，又好感动，也好喜悦。可她什么也说不出来，什么也不好说。关了院门进了屋她才让自己镇静下来，不好意思地跟古义宝说："没有什么，什么事都没有。"古义宝更堕入五里雾中。

古义宝说完那些感谢的话，就再说关心的话，说完这些话，他就没了话。尽管心里还有要说的话，可他不能对她说更多的心里话。

白海棠也知道他还有想说而不能说的话，可她想到自己的命，更不敢让他说别的话。

两个人就这么默默地坐着。古义宝默默地品着她给他沏的茶，白海棠默默地钩着花边。

"场里忙吧？"

"嗯，挺忙。"

"会开得好吗？"

"好，你也知道？"古义宝感到新奇。

"都看到了，来这么多小轿车。"白海棠斜眼看了他。

"现在领导挺重视的。"古义宝心里挺美。

"可不，多少年了，从没见有这么多小轿车来到农场。"

两个人又没了话。

"领导还计较那件事吗？"

"什么事？"

"告你的人，她男的还在部队上吗？"

古义宝非常吃惊："这事你也知道？"

"你以为呢？你成了镇上的新闻人物。"

"我再没见过她。"

"你还想见她？"

"原来想见她一面，现在看没有这个必要了。我做过那样的事，你是不是很瞧不起我？"

"你说呢？"

他们俩谁也说不清为什么他们一下就能谈这种事，而且谈得那么随便。

"你不能就这样过下去，该有个长远打算。"古义宝觉得不能光让她关心他。

"我能有个什么打算呢？我的打算只有一个，把女儿养大成人。"

"你这么年轻，又这么……"古义宝没能说出来，"不能这样浪费青春。"

白海棠又斜过眼看他。

"……"

"地征用后，做什么呢？"

"想开个小商店。"

"需要我们帮什么吗？"

"不要。你以后也别来了，我也不会再去农场。"

"为什么？"

"你知道。"

"我不信那一套。那天在拖拉机上，小金刹车时，我挨过你的身子，我不是什么都好好的吗？一个现代人怎么能让迷信这种无稽之谈禁锢自己的感情呢！"

白海棠转过身面对着古义宝，但她什么也没说。

"要是办小商店，以后拖拉机进城可以帮你直接到城里进货。需要我们帮什么就只管说，你已经帮过我们了，再说我们是解放军，帮你这样有困难的人是我们的责任。"

白海棠直到古义宝走，也没再说什么话。

古义宝回到农场，农场正好开饭。听说赵昌进在等他，他的心忽地一下提到了嗓子眼。赵昌进到农场来，对他是一个很大的鼓励，他心灵深处一直企盼着赵昌进的原谅。他每回想到赵昌进拒他于门外的情景就心寒。

　　赵昌进是吃过饭以后跟古义宝面对面坐下来谈的话。古义宝敬重长辈一样为赵昌进擦了椅子，泡了茶，等赵昌进在椅子上坐定，他仍立在那儿。赵昌进说："站着干什么？快坐下吧。"赵昌进这么说，他才坐下。

　　"来农场几个月了？"

　　"五个月零七天。"

　　"我一直没空来看你。"

　　"首长工作太忙。"

　　"感觉怎样？"

　　"挺好。"

　　"家里怎么样？"

　　"挺好。"

　　"孩子呢？"

　　"也挺好。谢谢首长关心。"

　　古义宝回答赵昌进问话一直挺着腰板。赵昌进已感到他们之间不再有原先的那份情义，赵昌进想改变这种状态。

　　"你在农场工作很好，团里师里都很满意。"

　　"感谢首长鼓励，其实都是首长的支持。"

　　"下一步工作不要贪大，也不要急于求成，要把已经铺开的事扎扎实实一件一件搞出成果来，这样才有说服力，我们也才好给你说话。没有把握的事绝对不要做，你现在不比过去，只能成功，不能失败；宁愿少出成果，也不要冒险出问题，一出问题就前功尽弃……"

　　赵昌进的话古义宝听着不那么舒服。他感到赵昌进与文兴想的、关心他的出发点始终不一样。现场参观的时候文兴也来了，参观后文兴跟他也说了许多，文兴反复跟他说，做事情绝对不要把个人的东西掺在里面，一掺进个人的东西，往往想问题做决策就会缺乏客观性，就容易出偏差。不是说个人的事不能考虑，所谓个人利益，他理解就是人生价值。但对人生价值的理解，因人而异。有人觉得人生有名有权有利就有价值；有的人则认为人生价值是个人理想和集团、社会或者国家、民族利益的统一与结合。已经过去的事情就不要再去多想，最要紧的是要学会面对现实。文兴说他非常赞成"当下"说，昨天的事已成为历史，明天不知会发生什么事情，每个人能把握自己的只有"当下"，把握住了每一个当下，才能把握住自己的每一天，把握了自己的每一天，也就把握了自己的一生。想好了的事就干，任何事情不是坐等来的，而是干出来的。做事情不要怕出差错，创事业免不了会有挫折，工作上受挫折，纠正过来就是了。只要别太主观，别过分相信自己，多请教内行，多与士兵们商量，多请示汇报，没有做不好的。

赵昌进发觉古义宝表面上在听他说话，但他那眼神分明在想别的。当然他也想不到古义宝竟敢当着面听他说话，而心底里在拿他跟文兴比。他只是觉得古义宝在应付他，于是立即转换话题，开始关心古义宝个人的事情，以密切他们之间的感情。

"职务问题不要多考虑，我会给你想着的。我知道，你爱人的唯一出路就是随军，随了军，你孩子的一辈子命运就改变了。自己要继续积极努力，做出贡献来，做出成绩来，我替你说话也就有了依据。"

"这些我没有想过。"

"不想是不现实的，这是切身利益，应该考虑，但关键还是个人工作，要努力做出实际成果来。听说你请了一个年轻寡妇来教士兵编筐，这种事以后再不要做，离这种人越远越好，你的教训还不够吗？"

"我不这么认为，尚晶这件事的教训，我会记一辈子。但吸取教训，不等于我再不能接触女人。她是个苦命的人，住在我们农场门口，别说她对农场有过帮助，就是与农场毫无关系，她这样困难的家庭，我们也不能视而不见，袖手旁观。请领导放心，我古义宝不至于糊涂到这种地步。"

赵昌进感到古义宝真变了，变得他们之间已没了共同语言。听了古义宝这番话，他感到他很被动，古义宝再不把他放在那样一种位置来敬他，他再不会对他俯首帖耳，也没了那种感恩之情。这时他才意识到那次拒他于门外太过分了，对他伤害太大，可能也就在那时，他们之间的一切都结束了。不过赵昌进不能就此撒手，他不能放弃古义宝，于是他尽量缓和气氛。

"我不是不相信你，只是提醒你，你的一切都在重新开始。你真正立住脚后，我还会给你写文章的。"

"我知道了。"

他们的谈话始终在一种严肃的气氛中进行。

三十七

列车的过道里挤满了人，厕所已无法使用。贫困中煎熬久了的百姓们，在改革开放的政策面前，如同久旱的禾苗逢甘霖，一下快活得疯了一般。他们一听说可以随便挣钱了，纷纷拥向城市，长途贩运的，打工寻出路的，做生意的，当保姆的，出来碰运气的，当然也有专门想投机或做贼的。

古义宝和梅小松带一名士兵去买半成品山楂苗。古义宝没有直接去卧铺车厢，而是跟着两个士兵一起到硬座车厢去找位置。古义宝搞苗圃的方案搞出来后，先送到团里审查，团里知道副师长对这事感兴趣，专门派人送给了副师长。副师长看了方案后很高兴，大笔一挥，批示师里投资十万元。古义宝接到通知时激动得两只手不住地颤抖。副师长并不是感情用事，他是认真看了古义宝的方案给常委做了汇报，师长政委点头后才批的钱，批钱的同时提出了要求：第二年偿还一半，第三年还清投资，另交五万元利润。

古义宝也有了压力，跟韩友才、金果果几个骨干把方案逐条逐项逐个环节重新进行研究落实。考虑到技术力量不足，为了早见成效，决定采用购买半成品育苗的方式建苗圃。经园艺场老场长介绍，与外地的园艺场取得了联系，半成品只要四角钱一株，签约交百分之五十预付款，接苗后一个月全部结清。

士兵不能坐卧铺，古义宝不是故意做样子给他们看，他一个人在卧铺车厢连个说话的人都没有，三个人在一起热闹。没承想上了硬座车厢，根本就没法说话。古义宝去了没地方坐，那个士兵只好站着。不一会儿一个老大爷和一位老太太就站到了他们面前，这给他们出了道难题。让吧，两个人要站一夜；不让吧，人家好像专门就是冲着你解放军才站到这儿来的。两位老人恳求的眼神不时拜访他们，他们忍受不了这种折磨，站起来给他们让了座。两位老人谢了两声便心安理得地坐了下来。

古义宝只好站着和他们说话。时令虽已是仲秋，但车厢里挤得像澡堂子一样热得汗味熏人，加上到站上车下车的人挤出去挤进来，整个车厢从发车开始没一分钟安宁。他们感到说话也特别累。小梅催古义宝回卧铺车厢，但车厢与车厢之间早已被堵死，他想去也去不了了。小梅想出了主意，他让古义宝下站停车时，从窗户里钻出去，从站台上直接跑去卧铺车厢。

小梅想的法还真管用，古义宝终于到达了十四车厢二十中铺。古义宝抬头一看，立即找出票看了看，没错，是十四车厢二十中铺。可铺上已经香香甜甜睡着一个人，古义宝仔细看，还是一位年轻姑娘。

古义宝站在那里犹豫了一阵，总不能就这么站一夜。他轻轻地叫醒了那位姑娘，姑娘说："我没睡错，是十四车厢二十号中铺。"古义宝说："那是车站卖重了票？"姑娘说："我是上车后补的票。"正说着，下铺那位先生醒了。他相当烦："干吗、干吗？捣什么乱？当兵的有什么了不起？"古义宝忍着气说："不是我捣乱，我买的是十四车二十号中铺。"那位先生验了古义宝的票，没好气地说："车都开出两百公里了，你上车不来换票，列车员当然要处理喽，找列车员去吧。"

古义宝没一点脾气，人家说得在理，尽管不能按时换票不全是他的责任，但确实是他没及时来换。没话说，只得老老实实去找列车员。

古义宝很小心地敲了三遍门，敲第四遍的时候，里面吼了一嗓："敲什么！"古义宝一愣。他想，列车员是不睡觉的，为什么这么横。等了一些时候，列车员休息室的门开了一条缝，古义宝只看到女乘务员一只眼睛和一溜脸蛋，但女乘务员脸蛋底下似乎还有一个脑袋，像是男人的脑袋，是短发。古义宝对着那道门缝把自己的情况向女乘务员说了一遍，女乘务员很烦，说："你早干什么啦，坐那里等着。"女乘务员说完嘭地关上了门，幸亏古义宝退得快，要不门准能把他的额头磕出个包包来。

古义宝在车厢靠窗的座位上坐了下来。他听着满车厢的呼噜和夹杂其中的梦呓，耐心地等着。约莫有半个多小时，女乘务员和一个男列车员先后出来，女乘务员打他面前经过时又说了声"等着"，算是招呼。他只能老实等着，不等还能怎么着？

古义宝在车厢的窗前差不多等了有两个钟头，那位女乘务员才来叫他，她让他下站停车时从站台上跑到第二节车厢，动作要快，这个站只停三分钟，第二节车厢是行李车厢，那上面有几个铺，到了行李车厢找一位叫徐师傅的，他会给他解决。古义宝一听这么麻烦，已经凌晨一点多了，且没有把握。他恳求女乘务员，随便找个地方让休息一下算了，行李车厢跟其他车厢又不通，到那里要没有铺，想回都回不来了。女乘务员听得很耐心，听完了却又烦了，说："我上哪儿去给你找铺？你愿去就去，不愿去就在这过道里坐一夜。"古义宝说："我可是买的卧铺。"女乘务员说："到站后可以办理退钱手续。"古义宝真没了办法，心想要知道这样还不如一起买三张硬座挤一块呢。

等车停稳后，古义宝不想放弃这个机会，坐在这里太难受了，他在站台上做百米冲刺。他刚爬上行李车厢，火车就开了，年纪要大一点还真不敢冒这个险。

古义宝喘过气来，找了徐师傅。徐师傅一脸为难，盯了古义宝一眼，看他是个军官，似乎有话不好说，嘟囔了一句："有人睡了。"古义宝什么也不说，只是盯着他看，眼神里略带一点恳求。徐师傅就只好一步一步往那个角落里的一组睡铺挪，古义宝就一步一步跟。来到那个角落里，徐师傅抬手把一张上铺的一只脚拽了拽。上面发出了嗯嗯声，又是个女的。徐师傅拽了两遍，上面嗯了六声，可没有翻身下来。徐师傅还要拽，古义宝说算了吧。徐师傅就亏了他一样不好意思，说："那你就到邮包上去睡吧，挺软乎的。"还说什么呢，不软乎也只能这样了。

古义宝醒来天已大亮。他太困了，在高低不平的邮包上睡得也挺香。不过醒过来再睡在上面就不再是享受。古义宝翻身下了邮包堆，靠车门找了个经得起坐的邮件当座椅。徐师傅一脸过意不去地来到他旁边坐下。

"一夜没睡啊？"古义宝主动打了招呼。

"我们哪能睡，每站都有邮包上下。"

"抽支烟吧。"

"这里不能抽。"

古义宝看徐师傅寡言，挺老实的一个中年人。

"去哪儿？"

"终点站。"

"在部队做什么官？"

"官？嘿嘿，什么官，农场官。"

"场长？"

"算吧。"

"种什么？"

"什么都种，果树、粮食、花生。"

"哎，你们要山楂果树苗吗？"

"嘿，徐师傅，你咋知道我们要山楂苗？是半成品果苗还是可直接栽植的成品苗？"

"苗圃里嫁接过的成品果树苗啊。你们买回去育一年就可以卖，赚头大着呢！"

"徐师傅，你有货？"

"我哪有，我的一个妹夫专门搞苗圃，几次跟我说，车上客人四面八方的哪里的都有，帮他打听着点，有要山楂苗的帮他推销。"

"他有多少？"

"他们靠山区，好几十亩地都是果树苗。"

"他要多少钱一棵？"

"四五毛钱吧，具体得跟他谈。"

"徐师傅，不瞒你说，我们就是出来买山楂苗的。我们已经联系了两处，他们都有十来万株苗，我们谈好是四毛一棵。"

"他们四毛我们三毛八，直接送货到你们那里。"

"我们是还想要一些。"

"你下车就不要走，我来帮你安排住处，我跑一趟正好有两天假，我陪你去一趟。"

"行，看看他们离得远不远，要是挨得近，三家可以合起来送货，也好省点钱。"

"好，就这么说定了，下车你们跟我走，那两家我也可以帮你打电话联系。"

古义宝很高兴，没想到晚上遭点罪，生意上却碰着了好人，他还愁下车不知怎么跟那两家接头呢！

下了车，徐师傅没顾上回家，先安排古义宝他们在铁路招待所住下，招待他们吃了早饭，吃完早点，他就跟古义宝要了那两家的电话，立即帮他联系。事情很巧，这三家在相邻的两个县，相距只十来里地。徐师傅当即就陪古义宝他们进了山。他妹夫那里有十五万株山楂苗，农场只需要三十万株，那两家一家十万株，这样三家就多出五万株苗。这事让古义宝有些为难。价是徐师傅妹夫家最低，加上徐师傅这么热情相助，不要有点过意不去。那两家虽没签约，可事前数量已经基本讲定，军人说话得算数。徐师傅的妹夫很痛快，说如果全要，他把价压到三毛五一株。古义宝跟小梅他俩商量。小梅的意见是做生意就不能讲那么多面子，谁家便宜就买谁家的，原来也只是一般联系，没签合同就不算数。结果那两家也把价压到三毛五一株。古义宝就更为难。还是徐师傅出面做了裁决，他说服了妹夫，三家平摊，每家十万株，乡里乡亲，公平合理。

古义宝领着小梅挨家看了果苗，签了合同。

古义宝签完合同，心里还是挂着徐师傅妹夫家剩下那五万株果树苗。他忽然有了个主意，机关干部宿舍院，每家都有个小菜园，一家育上两千株果苗绝对没问题，一年后，每家不是都可以得两千多块吗！这样的事谁不愿意做呢？于是，他把这个想法说给徐师傅听，说回去跟团首长汇报，要是同意，立即来电报，把这五万株果树苗也买下，到时候一起送去。徐师傅和妹夫非常感激，他们感到古义宝是个实诚人，就主动承诺，那两家的果树苗由他来联系，到时候那两家要是不愿出运费，他负责把果树苗收齐一起送到部队。古义宝感激不尽。

三十八

太平观农场跟团里不通电话，让古义宝到团里去是团里发电报通知的。

太平观邮差把电报送到农场，古义宝正跟士兵们在苗圃突击栽果树苗。

古义宝回来后，把自己的想法向团首长做了汇报，团领导同意古义宝的打算，称赞古义宝处处想着大家。机关干部知道后也都从心里感念古义宝。古义宝立即拍电报通知了徐师傅的妹夫。徐师傅的妹夫真不错，他没要农场预付款，就很负责任地与那两家联系，说定起苗、装车和送货时间，按农场的要求，霜降前一周把三十五万株果树苗按时送到了农场。

古义宝想不出团里叫他去有什么事，农场里实在走不开，他把电报搁下没管。

古义宝把果树苗全部栽下后才到的团里。古义宝到了团里，先上干部股，电报是干部股拍的。股长说是文主任要找他谈话，古义宝有一些紧张，猜不着是什么事。

古义宝没想到有好事在等着他。文兴告诉他，组织研究决定，提拔他为后勤处生产股副营职助理员，兼太平观农场场长。同时告诉他，组织上批准他爱人随军，把农场的工作安排一下，尽快回去办理随军手续，如果忙暂时回不去，可以先把手续寄回去，让爱人把她和孩子的户口手续转过来，把随军手续办了。

让林春芳和儿子随军，这是古义宝人生奋斗的一个具体目的，他想只有这样才能改变他们母子俩的命运，但自从犯错误后，他知道这事很可能只能是梦想了，别说提拔，他要面对的是随时可能转业。他没想到组织和领导会这么爱护关心他，这让他十分意外，他发自内心感激组织和领导。可心里激动又不知道说什么好，激动就变成了眼泪，情不自禁地流了出来。古义宝没像过去那样冲动地向领导表示自己的决心，只是羞愧地低下头擦眼泪。

文兴还告诉他，后勤处长转业后，团里对后勤领导作了调整，刘金根到后勤处当了副处长。古义宝心里不免一惊，还红了脸。文兴让他到后勤处报一下到，跟股里的人也认识认识。

古义宝走出文兴办公室，心里说不上是一种什么滋味。似乎是被人捧了一下，接着又摔到地上。刘金根提副处长，虽不能说对他是一种打击，可他听到之后，把心里那点喜悦冲了个精光，他怎么也高兴不起来。

古义宝来到后勤处处长办公室，坐在处长办公室的竟是刘金根，他成了他的直接领导。团级单位的后勤编制没理顺。原来后勤处比司令部和政治处低半格，团参谋长和政治处主任都是副团职，后勤处长却是正营职。以此类推，后勤处的股长比司令部和政治处的股长也低半格。司政的股长是正营，后勤的股长是副营。后来不知怎么就改过来了，可又没全改。后勤的股长改成与司政的股长一样都是正营，可后勤处长没改，仍是正营。这样就出现一种不顺的怪现象，后勤处长是后勤的最高领导，可他的职务却跟他的部下股长们一般高。后勤处副处长当然也是股长们的领导，可副处长职务却只是个副营，比股长们还低一级。后勤处长转业后，没配处长，刘金根主持后勤工作，虽然他的职务跟古义宝这个助理员一般高，也是副营职，可说起来他成了后勤首长。

当古义宝和刘金根面对面坐下时，俩人都相当尴尬。古义宝离开连队后，他俩再没见过面，什么战友情，什么老乡情，自从刘金根诬告他后，一切都到此为止。

"怎么到现在才来？"

"场里正忙。"

"苗圃整好了？"

"好了。四十亩地，三十万株苗，机关干部五万株，共三十五万株苗，投资十二万块，争取一年后赚三十万块。"

"你准备什么时候回去迁户口？"

"还没考虑。"

"这样的事抓紧点好。春芳迁来后，只怕不能到农场住，农场那里没法安排工作。团里有家属工厂，可以到工厂上班，我让他们想法给找两间房，你走的时候打个招呼。你命令下在生产股，主要是解决你的职务，工作还是管农场，到股里去看看。"

他俩再也找不到别的说，古义宝就跟着他到生产股跟股里的人见面。

古义宝到生产股跟股里的人见面出来后，原打算再去跟赵昌进打个招呼，看看他有什么指示。可到后勤一转，心情就完全搞坏了，打消了再去见赵昌进的念头，准备直接到车站乘公共汽车回农场。

拐过办公楼，穿过宿舍区，古义宝突然刹住了脚步。他老远就见尚晶幸福悠闲地摇摇摆摆迎面走来。古义宝立即转身快步闪到墙角边，确认尚晶已看不到他才停住脚步。他有些不相信自己的眼睛，重又回过身来，贴着墙角朝尚晶看去。眼前的尚晶让他傻了眼。

尚晶挺着个大肚子，而且挺得那么自豪，挺得那么骄傲，挺得那么目中无人。古义宝心里莫名其妙地一酸。那次他在招待所碰到尚晶、记者在接待楼迎候尚晶的情景立即闪现在他眼前。往下他的思绪就十分混乱。

刘金根不能生育是毫无疑问的。难道她找了别人？她怎么会这样不自重？想到这一层，古义宝心里就有一种莫名的气，她怎么能这样！别人为什么能和她那个！他没和她那个却落得这个下场。他十分恼火地朝脚边的一块碎石飞起一脚，忍不住"哎哟"叫了一声。那不是一块小石头，而是一块大石头露在地面的一个角。古义宝脱下胶鞋一看，大脚趾踢掉了一块皮，出了血。他从兜里摸出小手帕，撕下半块包了脚趾。

古义宝再站起来时，他笑自己没出息。他骂自己："你他娘的酸什么酸！真是多管闲事，人家肚子大不大与你有什么关系？刘金根戴了绿帽子自己都不生气，还人模狗样地当着你的领导，你生的哪门子闲气？她爱找谁找谁，爱干什么干什么，与你有何相干？她干什么也证明不了你什么。你该倒的霉已经倒了，该受的罪也已经受了，该毁的名誉早就毁了。到今天还为她心酸，难道为她吃的苦头还不够？难道对她还抱着什么念头？去她娘的！"转念再一想，刘金根你有什么可神气的？你算什么鸟男人？生孩子还他妈找替工，整日看着自己老婆的肚子，你他娘还有脸做人，还他娘副处长，别他娘给祖宗丢脸了!

古义宝这么一想,心里就亮堂了许多,只是脚更痛了。

三十九

林春芳从地里回来,进门放下筐系上围裙就上了锅台。尽管她同样下地,跟别人做一样的活,出比别人多的力,流比别人多的汗,受比别人多的累,可她忙了地里的还得忙家里的,这是农村做媳妇的本分。

一口锅里熬上白菜汤。一口锅里烧着水,准备打玉米糊。锅沿上糊了几块玉米面饼,这是为公公爹准备的;汤锅上蒸着几个鲜地瓜,这是为小叔子小姑子和儿子准备的。她自然是只有嚼地瓜煎饼的份。

林春芳把汤熬好,盛到盆里,把玉米糊舀到每个人的碗里,把筷子搁到每个人的碗上,家里要吃饭的人也就都回到家里。她这才顾得洗一把脸,看一看儿子放学回来没有,或者急急跑进茅房,松一松早已憋痛的小肚子。

"义宝还没来信?"公公爹一边嚼着玉米饼一边问。林春芳的回答只能是没有,古义宝确实没给她来信。现在她连他部队的地址都不知道。

"这王八羔子,我够不着他,要让我逮着非揍他个半死不可。他挣的钱都用哪儿去了,不给家寄钱,连封信也不打。这没良心的东西,还他娘先进立功呢!立他娘个蛋!"爹始终是家庭里至高无上的绝对权威。他对这个家庭里每一个成员一直保持着绝对的指挥权,他才不管你当官不当官,老子永远是老子,想说什么就说什么,想骂谁就骂谁,怎么骂痛快解气就怎么骂。

林春芳只有陪着挨骂的义务。连公公婆婆也不相信,古义宝会不疼他媳妇,世上没见过不疼媳妇的男人。公公爹是这么一种心理,林春芳的日子就特别不好过。对上孝敬公婆,对下侍候小叔子小姑子,多出力多吃苦不说,到时候公公一不如意就骂儿子,恶言恶语当媳妇的就只能听着。古义宝要真心诚意爱她疼她陪骂也还值得,事情恰恰不是公婆所知道和猜想的那样,别说古义宝没给她好吃好穿,他连夫妻的一份起码的情分都没给她。这话她去朝谁说?她的眼泪只能往肚里流。

环境对人是残酷的。林春芳不是那种没思想没文化的村妇,她是初中毕业,比古义宝上学还多。可是贫困和无法自立的经济地位,把她那些憧憬和思想全部扼杀了。那些美丽的憧憬，那些美好的思想全部夭折，只剩那些妇道、做媳妇的规矩盘踞在心头，她终日陷入无休无止的农田劳作、一日三餐吃食和儿子的作业这些事务之中，她那脑袋被这些塞得满满当当，终日处在疲惫和心力交瘁的困乏之中，已经不再有心力去思想去憧憬。她的心、情感和神经在公公无休止的随时随地都可能暴发的咒骂中渐渐麻木，她对生活已经厌倦。不过二十八岁，脸上却悄悄地布上了细密的皱纹。

吃过饭，收拾好厨房，离下地还有一段时间，林春芳坐在炕上给儿子补衣服。

"林春芳拿图章！"门外邮差第一回叫了她的名字。

公公婆婆小叔子小姑子一齐把眼睛盯到走出院门的林春芳身上。

林春芳没有图章，问邮差："签名字行不行？"邮差说："必须用图章，写名字谁不会写？"林春芳为了难，说："我还没有图章，用公公的代行不行？"邮差说："没办法就代吧。"林春芳就回到屋里，说给公公听。公公问："是什么东西？"她说："还不知道。"公公知道，只有汇钱才用图章，有钱不汇给他，而汇给自己老婆，他娘的想闹分家啊！他不想管老子死活了是吧！老头子这么一想气就冲天而起，回媳妇说："图章丢了。"林春芳知道公公的图章没有丢，他是在生气，就说："没有丢，早上擦柜子还见在柜上放着呢。要是钱，我取了给你就是了。"林春芳这一说，反将了老头子一军，可儿媳妇说的又没半句错，关键还说了取了给他这话，他老头子就有点下不了台，只好来了句："知道有还问我做甚？"

林春芳取了公公的图章出得门来，邮差等得有些不耐烦了，说："图章是现刻起来的怎么着，这么长时间？"林春芳只赔不是。

林春芳取到的不是钱，是古义宝寄给她的一封信。她也觉得奇怪，平常不来一封信，来封信还挂号。公公婆婆小叔子小姑子都有些失望。林春芳听公公嘟囔了一句："吃饱了撑的，写封信还挂他妈的号，是不是把钱夹在信里啊？"

林春芳已来到房门口，听公公爹这么一说，就不好进去。要走进这房门，她就跳进黄河也洗不清了。林春芳转过身来，当公公婆婆小叔子小姑子的面把信拆了，还把一沓信纸一张一张翻着抖了一遍。老头一看没钱，再看媳妇那架势，实际是在给他示威，很生气地说："没钱就没钱，要拿信这么个抖法做甚？"毕竟是儿媳妇，老头子没好把嗓门完全亮开，话就比较温和。

林春芳进房里拿起信一看，她的两只手不禁颤抖起来。她的罪总算受到了头。她一直梦想的事终于变成现实，她可以随军去部队，可以离开这贫穷的山村，可以不用再整天看着公婆的脸过日子，可以有属于自己的家了，她的儿子也可以到城里去上学了。她的一肚子惊喜直往外溢。

"他说啥啦？"

公公爹的问话让林春芳抑制住激动。公公爹这些日子一直在为古义宝这两个月没寄钱来生气，这事要是让他知道了，他会气上加气，还没迁走就不寄钱了，要迁走了就更别想有钱寄回来，老头子要是死心眼到乡里去瞎闹，别说影响不好，随军的事让他闹黄了也不是不可能。不能让他知道。林春芳立即有了这个主意，于是就很细声细气地说："没说啥，问二老身体好不好，问儿子学习好不好。"

公公爹一听儿媳今天说话的声音有些特别，却又说不上特别在哪儿，只觉着这封信有点怪。就这么两句话用得着挂号，白花那钱？嗨，吃饱了撑的。可一想自己的儿子不至于这么傻。会不会把钱故意寄到她娘家，再写信告诉她，怕平信被人拆看露了马脚，特意寄了挂号信？想到这层，老头子又来了气，像是钱真的寄给了林春芳娘家，要是儿媳妇没事瞒着他，她不会这副模样。于是他亮起嗓门吼道："这么两句话寄挂号信，神经有毛病啊！"

林春芳知道公公爹在怀疑，觉着不多说几句不行，要不他不知要气到哪一天。于是，她又细声细气地说："还有都是写给我的话。他很想家，想我，想儿子，可部队工作忙，他提了副营职干部了，让他管着一个农场，他没工夫回来。"

经林春芳一说，老头就没再说什么。他只好把没泄完的气闷到肚里。

林春芳不声不响地过了几天，看着公公爹的气差不多消了，才很平常地趁晚上没事回了娘家。她把随军的事告诉了爹娘，爹娘便跟着一起高兴。林春芳又把她的顾虑也告诉了爹娘，爹娘都说女儿想得对想得细，一家人统一思想把这事保住密，不到古义宝回来搬家不说。户口的事还是去请林春芳的姑夫帮着办。

为了不让公公爹知道这事免得节外生枝，户口的手续林春芳自己没去办。林春芳爹拿着信和那些材料去找了林春芳姑夫，她姑夫帮她办了手续。其实手续很简单，办一个户口迁移证，再办一个粮油供应关系，说明是农业户口不吃政府供应粮。手续办好后，林春芳爹让她姑夫立即到邮局用挂号信把手续寄给了古义宝。一件大事就这么瞒着古义宝家里悄悄地办好了。

林春芳在地里干活明显比往常更卖力气，料理着家务也更加勤快，对公婆也更加孝顺，对小叔子小姑子也更加关心，嘴上比以往更甜，待人也比以往更和气，人也比过去爱打扮收拾。全家人都觉出了她的异常，可又想不出是什么缘故。

日子又平平常常过了一个多月。古义宝给家里打了一封电报，说近日回来搬迁。

林春芳不好再瞒，就跟公婆说："可能是他提拔了营级干部，她和儿子可以随军了。"没想到公公爹竟没生气，反高兴地咧开嘴乐起来，说："我们的早春也成城里人了，再不是咱穷山沟里的土小子了。"

全家人就等着古义宝回，可是一等竟是半个月。不见古义宝到家，不知出了什么岔子，又没法联系，一个个急得不知怎么办才好。

古义宝是半个月前就离开了部队。他没有直接回家，而去了别的地方。团里没委派他什么临时任务，也不是农场有急办的事要办，更不是士兵有事托他，是他自己想做一件事。

他到农场这一年多来，改布局，扩果园，建苗圃，就这么十几个兵，整天忙得跟搞会战一样。有几个士兵有了探亲假，离家三四年了，谁不想穿着军装回去看看爹娘，见见父老乡亲？古义宝做了安排，让他们一个一个错开来回家探亲，可没有一个士兵回。农场实在太忙，人手太少，他们不忍心走。古义宝回家前安排农场的事，顺便跟一个个士兵谈了心，他发现有一半士兵的家，挨他家乡很近。于是，他借了梅小松的收录机，录下了士兵们给父母兄弟姐妹捎的话，沿路到士兵家里去看望他们的父母。每到一家他先放录音，让士兵家里人听士兵捎的话。做父母的听到自己儿子的声音，喜得直掉眼泪，兄弟姐妹听了也都很高兴。然后他再详细地向士兵的父母介绍士兵的情况，说明他们不回来探亲的原因，临走再把父母兄弟姐妹们要捎给士兵的话录下来。每到一家，古义宝都深受一次感动。士兵的父母见到他，就跟见到自己的儿子一个样，杀鸡宰鸭买酒包饺子，那一片血肉的亲情让他更感到自己对士兵的责任。

古义宝到的最后一家是孙德亮家。孙德亮家离车站有十多里地，古义宝赶到他家时，家里没有人，都在地里刨地瓜。古义宝打听着找到地里，孙德亮的老婆和家里人正往窖里运地瓜。古义宝脱下军装就帮他们运，一家人很过意不去。古义宝架车，孙德亮老婆拉车，古义宝便跟她讲农场里的情况，说孙德亮的事，说原来的场长受处分的事。他跟她说，孙德亮没时间回来，让她秋收忙完了，种上麦子就到部队去。孙德亮老婆嗯嗯地答应了。古义宝看看天色不早就告辞了，一家人都留他，他说他还没回家，今天要赶回去。他们才不好强留。

古义宝赶到车站已没有车，他在路上拦了一辆卡车，卡车顺便把他捎到离他家三十来里的地方，他再步行走回家。

家里人一看他那样，跟逃兵似的，都大惑不解。他说他困死了，明天再说。林春芳要给他做饭，古义宝没让，吃了两个凉地瓜倒炕上就睡。睡着了又感觉一件大事没做，醒过来看了看儿子，接着完成任务似的跟林春芳做了早该做的事，然后倒下便了却心事一般地打起呼噜。

古义宝第二天让他爹没能发起火来，他一下给了他五百块钱。他说："春芳和儿子去部队，什么也不用带，只带一点换洗的衣服就行。"他爹拿到了钱，什么气都没有了。古义宝对爹在钱上的种种想法一点不在意，当儿子的知道自己爹这辈子过的是什么日子，也打心里敬服爹承受困难的毅力和心劲。他给家里钱和搬迁不要家里铺张，并不是怕爹或做给谁看，而是一种发自内心的对爹娘的孝敬和履行不可推卸的责任。他觉得这辈子，无论怎样孝敬爹娘都是应该的，爹娘的养育之恩是无法用钱物来抵偿的。

古义宝说场里太忙，只待两天就走。两边的老人就赶紧忙活，一边吃了一天饭，该请的客人也都请了一起吃。第三天，古义宝和林春芳带着儿子，拎着两个衣服包就上了路。两边的老人一边送一边流泪，像生死离别似的，喜中有悲，悲中有喜。

四十

农场苗圃的果苗被偷了。是孙德亮首先发现的，偷了一千多株。士兵们十分气愤，好几个士兵嚷嚷着要到附近村子里去搜查。古义宝自然不能依着他们这样干。

农场虽是部队，但人太少，他们一直没设岗。现在有人偷苗圃的果苗，不采取措施当然不行。

古义宝召集韩友才他们几个骨干商量对策。他们分析，贼肯定是附近的老百姓。去村里搜查，会影响军民关系；不采取措施，农场的果苗又保不住。他们商量来商量去，觉得只有晚上站岗加强看护才是上策。于是他们决定，两个小时一班岗，一人上一班，农场的人推磨转。

已是深冬，夜里一个人站岗巡哨是件苦差事。士兵们心里都恨贼，给他们添这么大辛苦，都想抓个解解气。

一设岗，贼就不敢来了。士兵们都想抓个贼，想抓却又抓不着。半个月下来，连个贼影也没见。贼不来，士兵们慢慢便放松了警惕。有的睡岗，有的误岗。贼竟从士兵的眼皮子底下又偷走了几百棵果苗，气得士兵们直跺脚。

古义宝上第三班岗，时间是十二点到深夜两点。士兵们不同意古义宝也参加排岗，但古义宝说人太少，不让他上岗等于通宵不让他睡觉。士兵们便没了话。

古义宝把林春芳和儿子接到了部队。刘金根在后勤宿舍给他找了套一居的单元房，让他把家安顿下。安好家，他领着林春芳到家属工厂报到，领孩子到附近的学校转学，跟她娘儿俩过了五天家庭生活就回到了农场。感激古义宝成为林春芳的人生主题，但她只把这个主题放在心里，落实在行动上，没放到嘴上。这一点古义宝从情感到生活完全体会到了，他的这种体会也只放在自己心里，没放到嘴上。家里一切安排妥当之后，古义宝说他要回农场了。林春芳对部队这儿的新环境一点都不熟，一家也刚刚团聚，无论从哪个角度她都舍不得古义宝离开，但她没有表现出一丝不乐意，反怕耽误影响了他工作一样，说是该回去了，还劝他别挂念家里，一切她都会适应，厂里的活也已经学会了，她一定会干好。

古义宝完全理解她的心情，他也算松了一口气。对她和儿子，他是算尽到了做丈夫做父亲的一个重要责任。古义宝急着回农场，并不是要做样子给刘金根和团里领导看，他也没想再将功赎罪，更没想再通过创造成绩来提拔升官，他确实感到了肩上的分量。师里投资的十二万块钱，不是儿戏；手下的十几个士兵，他们父母都给了他重托，他不敢有半点马虎。

古义宝上了岗没像往常那样先到苗圃里转，而是直接摸黑进了水渠，不露声色地猫了起来。大冬天，半夜三更趴露天水沟里不那么好受。古义宝把大衣紧紧地裹在身上，背着风趴着。过了有半个来小时，古义宝有点困，安顿老婆孩子，他白天黑夜都辛苦，缺了不少觉。古义宝迷迷糊糊中听到一种声音，他立即像老虎一样醒来。他揉了揉眼睛，发觉苗圃里有个人影在动。古义宝在心里骂道："你他娘的胆儿不小，设了岗还敢来偷，我倒要认识认识你。"古义宝没有动，耐心地等待着。大约过了有十来分钟，那个黑影在垄沟里动起来。古义宝瞪大眼看明白那人把挖出的果苗往一只袋子里装。

古义宝悄悄地匍匐接近，突然大喝一声："不许动！"

那人背起袋子撒腿就跑。古义宝隐约觉出是个中年人，看样子很壮，跑得兔子一样快，古义宝紧追不放。

一直追到太平观，古义宝都未能缩短与那人的距离。古义宝见他拐下公路，朝白海棠家那条胡同跑去，古义宝拼命紧逼。那人在白海棠院门口一闪，同时听到白海棠家的院门响了一下。等他赶到，人已不知去向，那只袋子却扔在白海棠家的院门口。

古义宝有些摸不着头脑。为什么把袋子扔在她家门口呢？他断定有人想嫁祸白海棠。搞苗圃的时候，古义宝来找过白海棠。白海棠的小杂货店办起来了，烟酒糖茶日用品什么都卖。古义宝在店里见到了白海棠，她雇了一个姑娘当店员。看到古义宝来，她就让姑娘看店，邀古义宝到家里坐。

古义宝跟她回了家，她给他泡上茶，问他场里正在搞苗圃，这么忙来找她肯定有事。古义宝说是有事，是专门来找她商量的。她问他什么事，古义宝说，他想帮她在院子里搞个小苗圃。她说，她怎会搞苗圃。他说，很容易的，农场买半成品的时候，帮她也买了三千棵，栽下后，浇水施肥就行了，明年育到秋季，出手一株就能赚一块多钱。

白海棠睖愣怔两眼看着古义宝，她不明白他为什么要这样帮助她。他是有家室的人，她又是一个不可亲近的女人，交往到现在，她看出他对她不是一般的好，可也从来没有对她表现出过非分之想，尽管有时让他看得她心里发慌，可也从来没有一句戏言和不当的话语。

"你为什么要对我这么好？"

"你的命运太惨了。"

白海棠的鼻子酸了，眼眶里噙着泪。

古义宝帮白海棠买了三千棵半成品，让金果果领着几个士兵帮她在院子里整了个小苗圃。白海棠硬留士兵们吃了晚饭，她做了八个菜一个汤，吃得士兵们眉开眼笑。

古义宝贴着白海棠院门的缝朝里看了看,院里一片寂静。古义宝背上袋子回了营房。这事他没详细跟士兵们说,只说昨晚贼又来了,没抓着,要大家提高警惕。

第二天下午,古义宝上小店专门去找了白海棠。白海棠仍是让姑娘看店,她陪着古义宝回了家。

"嫂子接来了?"

古义宝一愣。他奇怪,他的行踪,他的事情,她怎么什么都知道!古义宝看了她一眼,说:"你消息这么灵通?"

"镇上的人谁不知道?你们是一方驻军哪,怎不接到这里来住?"

"这里没法安排工作,孩子也要上学,在场里住着也不合适。"

"怎么没法安排工作?跟镇上的领导说说,哪里安排不下她一个人?孩子可以到太平观上学啊,在场里住有什么不合适?怪不得都不愿跟当兵的呢,这么不远不近地住着,不是跟守活寡差不多!"

"不说这,我有事要问你。"

古义宝把农场发生的事和夜里的事都跟白海棠说了一遍,白海棠也觉得奇怪。农场丢果苗的事,她听到镇上人说了。她也纳闷,什么东西不好偷,怎去偷解放军的果苗呢。再一听昨夜里的事,她也就更觉得怪了。这些年,她自认自己是灾星,怕人家忌讳,不串门,不访友,不借人东西,也不与人交往,免得生出是非来落埋怨生闲气。听古义宝一说,她就觉得有人在捣鬼,起码有人对解放军帮她忌妒。可谁能对解放军的东西明目张胆地偷呢?

古义宝说,这事他拿不准该不该跟镇上的领导反映。

白海棠觉得,这事还是及早跟镇上的领导反映好。光靠部队站岗抓不行,即使抓住了,部队也不好处理,还是要交给镇上来处理,这样对农场对镇上都很为难;跟镇上说了,镇上可以直接管,也可以直接查,你们要是抓住什么人,两边也不会有什么为难。

古义宝觉得白海棠的话有道理。他开玩笑地说:"这么说我要聘你当顾问了。"白海棠也开玩笑说:"顾问我才不干呢,要聘就聘我当你的政委。"说完自己竟红了脸。

古义宝不好意思把玩笑再开下去,说:"我要回去了。"白海棠说:"想走就走吧，我也没法留你，留也留不住你。"

俩人对着眼看了看，都没再说什么。

四十一

本来是冬闲的日子，但贼把农场士兵们搅得不得闲。这些日子，全力突击拉铁丝网。古义宝接受了白海棠的意见，第二天就向镇领导做了汇报。镇领导非常生气，也很认真，当即把派出所所长叫去，让布置下去查。

古义宝一看这架势，真要是查出是谁来，或者他们抓住谁，也不是件好事，于农场和镇，于他跟镇领导，于士兵们同群众都没什么好处。他原只是想让镇上过问一下，把小偷给吓住就完了，没想到镇领导还真让派出所当回事查。回来他想，还是自己加强防护看守好。他跟几个骨干一商量，觉得最好的办法还是拉铁丝网，把整个果园和苗圃圈起来，又好管理，又防了小偷，还显得正规。

古义宝回团里向刘金根做了汇报。刘金根态度很积极，也许他急于想改善他们之间的关系，现在他是古义宝的领导，与下级搞不好关系当然是他领导的主要责任。另一层，刘金根告他的时候，并没想到会对古义宝的命运带来这么大灾难，看到他到农场后的那副落魄样，他心里有愧。他也发现周围人的目光里，对他总含着一种说不出来的东西。他后来也听说了，他本可以到作训股当副股长的，但有位领导对他的行为有看法，说这事带有诬告的性质。尤其让他痛苦的是，这事让他和尚晶感情上产生了裂痕，而且难以愈合。刘金根心里很苦，他想表明心迹，对古义宝作补偿，于是当即表示，架铁丝网需要的材料，他马上负责联系解决。这倒让古义宝没想到，他本打算先给他汇报，算是礼貌，人家是你领导，你做事就不能迈着人家过去。他原打算给他汇报后，再去找团里和师里的领导解决。如今刘金根主动揽下，他就不好再直接去找其他领导，再找别的领导等于是耍他玩，是瞧不起他，古义宝有劲还不能使。刘金根说："这些日子你一直在农场忙，春芳他们来了，你家都没顾上安顿。这两天你在家安排安排，先别回农场，我争取两天之内就把材料问题解决。"

领导做出这种姿态，古义宝也就不好再故意别扭下去，只好表示感谢，顺便说有空到家里坐坐。刘金根听他说这话，脸上的阴云就散开了许多。

古义宝头一次这么尽心尽职地做丈夫和父亲。他给儿子买了新书包、新铅笔盒，还给他买了电动坦克，儿子喜欢得又蹦又跳。他从来没有过电动玩具，只能羡慕地看人家玩，现在一下有了这么多，他高兴得不停地叫爸爸，头一次体会到爸爸的爱。古义宝没有光让他高兴，也检查了他的作业。小子学习挺用功，这当然是林春芳的功劳。古义宝真没为儿子操过什么心，一切全扔给了林春芳。儿子跟着妈学到了许多道理，这么小已经有了责任感，他说他长大了要让爸爸妈妈过快乐日子，古义宝让他说得眼眶子发热。他发现这小子心里有数，知道疼妈妈，不用叫，他会主动到水炉去打开水，主动扫地，自己的床铺整理得整整齐齐，而且学习很用功。

古义宝在家这两天，林春芳上班他做饭，炒的菜特别好吃。林春芳看着懂事的儿子，看着疼她的丈夫，心里喝蜜一样甜。夜里，虽然再没见他像在连队尚晶和刘金根结婚那天那种冲动，但每一次他都很认真地履行着丈夫的责任。她对他不敢有过多的奢望，她也清楚他并不特别爱她，但这样她已经很满足了，她还是从心底里由衷地感激他，真心地爱她。古义宝也发觉她来部队后，皮肤白了，穿衣服也悄悄地讲究了，脸色也红润了，皱纹也不见了，人比原来年轻了许多，也俊俏了许多。

第二天晚上，刘金根来找古义宝，告诉他材料全解决了，是师里帮助解决的，单子开好了，直接到师后勤仓库去提货。古义宝很感动，比告诉他提副营职助理员还高兴，便把刘金根拉进屋坐了坐。林春芳说："还是得老乡，金根这些日子没少操心，还到厂里打招呼，说你不在家，一人带着孩子，要厂里照顾我。"

第三天，古义宝就带着士兵把材料拉回了农场。

古义宝回到农场，农场出了事，孙德亮和一个士兵俩人跟群众打了架，群众闹到了派出所。

古义宝到镇上汇报后，派出所很认真地做了排查，很快就查出了结果。果苗是调戏白海棠而让鱼刺卡死的那个会计的老婆偷的。她不恨自己丈夫下流，反忌恨白海棠，说是她勾引她男人；对她丈夫的死，不埋怨丈夫吃东西不小心，反埋怨白海棠是"白虎星"克了她丈夫。她看到仓库失火殃及白海棠家，高兴得拍手拍屁股。看到白海棠孤苦伶仃自己却有两三个男人争着讨好心里美滋滋的。

令她气愤的是古义宝来了以后，部队农场处处照顾这"白虎星"，还帮她家里建苗圃，镇里还让她转了城镇户口，开了小店，小日子过得挺滋润。她看着白海棠开心很不舒服，却又想不出办法损她，心里的气憋着出不来挺难受。后来她想白海棠的好日子都是部队农场给她的，于是她就想出这招，伙同她的姘夫偷了两回。她觉得光这么偷损不了白寡妇，于是又想出了那晚上的招，她要嫁祸白寡妇，让农场士兵不相信她。没想到，事情被查了出来。偷的果苗自己不敢栽，只好通过果园的那个副场长帮她卖了出去，她当然给他尝了甜头，结果让邻居给发现了。派出所当即令她交出非法所得，还罚了她五百元，她在家咬牙切齿哭骂了一个晚上。第二天在枕边跟姘夫交代任务，一定要他为她出这口气。

说来也巧，那一天轮到孙德亮他俩到太平观义务修车、理发。正修着车，那女人的姘夫和另一个人来到孙德亮他们跟前，两个人叼着烟开了口。

一个说解放军好样的啊，免费修车还理发。那个姘夫说解放军干什么都义务，白寡妇的破鞋他们也义务修补！俩人说着就鬼叫般大笑。孙德亮停下活，说：“你该干什么干什么去，别在这里捣乱。”那个姘夫说：“你小子着的什么急，没有你的事，靠边先等着，等你们古场长鼓捣够了才轮着你呢！”那一个说：“究竟是解放军啊，‘白虎星’他们也不怕。”

孙德亮忍无可忍，走过来问：“你俩想干什么？再胡说八道我送你上派出所。”那姘夫说：“嘿！这小子跟‘白虎星’也打炮了，你看他急的。”

孙德亮一把揪住了他的胳膊，要拉他上派出所。那姘夫挥起拳头朝孙德亮脸上就是一拳。孙德亮没想到他会动手打他，毫无防备，让他打得两眼直冒金星。孙德亮这时的思维空间一时狭窄成一根筋，他哪还顾得上想别的，一下子怒火冲天，一个直捅拳正好打在那姘夫的鼻子上，血忽地冒了出来。那家伙见自己鼻子出了血，这下急了眼，操起修车的一把扳手就砸。孙德亮一闪，一家伙砸在他的左肩上，痛得他眼睛里淌眼泪。他放开手脚抓起一只凳子就跟他对打起来。另一个小子过来两个人打孙德亮一个，那个士兵也急了，也挥拳加入进来，一场好打。当兵的毕竟有过训练，两个都不是对手，最后两个都被打得躺在了地上。百姓百心，有的说该打，打得好；也有的说，不好打这么重，当兵的打人太狠。

那姘夫吃了亏不依不饶，一直闹到派出所。

古义宝一听头都炸了，真是成一事必跟着坏一事，总是太平不了。古义宝立即上了派出所，所长说：“没有解放军的责任，是这两个家伙寻衅滋事，挨打活该，这种人你们不打我们还要打呢。”

说是这样说，可解放军毕竟是人民的军队，不准打人骂人是写到纪律里的。他们再不好也不能打，何况还打那么重。实在过意不去，古义宝一直检讨到镇领导那里。镇领导更认真，说："别听他们瞎吆喝，我们还要办他们呢！他们这是蓄意报复，破坏军民关系，已经触犯到了法律。你们不用管，一切由我们地方来处理，你们好好地把两个士兵领到医院去看看，检查检查有没有内伤，这里的事一切由我们来。"

尽管如此，古义宝还是心事重重。军队和老百姓是鱼水感情，发生这样的事不是好事。再一想到那女人是因了忌妒他们帮助白海棠才做出这些事的，古义宝心里更是沉甸甸的。

古义宝不得不承认，他竭力帮助白海棠，不仅仅是出于对她命运的同情，也不完全是因为她帮助了农场要给她回报，而是他对她已经产生了感情，他对她确有好感。他的这种感情说不上是男女私情，也不是他想搞婚外恋，他只是从内心喜欢她，同情她，进而真诚地在帮助她。他知道，他与她不可能有什么结果，他也不图有什么结果，他也绝不会与她做出越轨的事情，但他喜欢与她交往，喜欢听她说话，喜欢她给他出主意，喜欢和她保持这样一种纯洁的关系。

但是他一下感到，他和她不是生活在桃花源里。既然那个女人会这么想，别的人就也会这么想；她能感觉到他们的关系不同寻常，别的人自然也会看出他们的不寻常，士兵们也会感觉到其中的不寻常。如果士兵们也有了这种感觉，他觉得就无法坦然面对他们。至于领导知道了会怎么想，他认为倒在其次，他担忧的是他这种行为会影响士兵们的观念。

在农场跟这些士兵生活在一起后，他渐渐产生了另外一种观念。他觉得文主任的道理跟赵昌进的道理完全是两种不同人生观的反映。人没有必要为了自己出名而活着，也没有必要为了出名去拼命。世上的人这么多，你的名能出到何种程度呢？这样，人就活得太累了。为人一世，应该是实实在在做人，实实在在做事，实实在在过日子。既然和士兵们有缘相识相聚，自己对他们就有一份责任，就不能对他们有一点隐瞒，更不能有半点蒙骗。

农场搞到这样，这么多领导来参观，其实他个人没有什么值得夸耀的。事情都是大家做的，自己只不过是把大家聚到一起，让大家的思想统一在一起，大家能想到一起，做到一起，而这样的事谁都能做。再说，一个人做事谁能保证不出差错？这不，上面刚刚组织参观，后面就发生了跟老百姓打架的事。这些事谁都难以预料。

古义宝想着这些，心里拿不准自己该怎么办，不过，有件事他觉得必须立即办。他让金果果买了一些营养滋补品，他明天要带着孙德亮他们去看看那两个被打的人。

四十二

惊蛰一过，大地回春。农场的士兵们欢天喜地看着苗圃里的果苗一日一个样地萌出绿芽。松土、灌水、施肥，士兵们兴致勃勃，喜气洋洋。

年底，团党委给他们报了集体三等功，团里第一次给农场补了五个新兵，梅小松考上了后勤管理学校。农场再一次被振奋，一个个精神十足。

这些日子，古义宝成了大老板，买果苗的客户纷纷闻讯赶来。古义宝也有了商人的头脑，把售价每株提到一块六，一株就创利一块二，而且签合同要求预付百分之三十。等把合同全部签完，预付款就收到十万多块。古义宝请示团里同意，先还师里投资的五万块钱。副师长高兴得咧嘴笑。

签了合同，收了预付款，古义宝心里踏实了，士兵们也看到了自己汗水的价值，农场里充满喜气。古义宝对农场的未来充满信心，只要把这批果苗育好，到秋天买主来把苗起走，交上款，这笔生意就做成了，毛利可得三十五万元左右。合同签完后，古义宝又回团里一趟，汇报是一个方面，对林春芳尽责让她高兴也是一个方面。

古义宝从团里回来，还没走进营房，金果果就跑着喊："场长不好啦！"古义宝慌得跑了起来。

意想不到的事情发生了。苗圃里的果苗嫁接的芽眼长出了两种不同的叶，可以肯定，其中有相当一部分是假苗。古义宝不敢停脚，立即让金果果开着拖拉机跟他上了园艺场，请来了老师傅。老师傅一看，没有错，近百分之二三十的果苗不是山楂，而是野山里红。古义宝一屁股坐到地上，心想，这帮狗日的奸商。可是这批果苗是从三家苗圃买来的，栽种的时候混到了一起，现在根本没法分清假苗是哪一家的。

老师傅说："现在的办法只有把假苗移出栽到另一处，重新嫁接，只是这批苗今年出不了手了，要多育一年。"

古义宝的脑子一下子乱了。合同已签，预付款已收，不能按合同交货，减少收入是小事，对方还要罚你，损失就大了。怎么办？事情到了这一步，犯愁生气、总结教训都改变不了眼前的事实。

古义宝立即召集骨干商量，最后决定：一、三天之内移栽完假苗；二、全体人员学嫁接技术；三、立即找那三家售果苗的单位，追究责任；四、联系其他出售果苗的单位，哪怕不赚钱，也要保证给合同单位按数按时供货；五、假如找不到可出售的果苗，只好跟合同单位商量减数。

古义宝安排好这些，才回团里汇报。

古义宝赶到团里天已经黑了，他没顾上吃饭，先去找了刘金根。刘金根开门见是古义宝，很客气地请他进屋，古义宝也很客气地婉拒，两人不免都有些尴尬。发生那件事后，他俩除了工作外，再没有过私人之间的来往。古义宝不想进屋是不想见到尚晶，他觉得没有必要见她，见她也没有意思，他要进去了三个人都会尴尬。尤其是现在她已经生了孩子，他与她之间对这事又有过坦率的表白，他进去等于捅刘金根的痛处。不管刘金根知道不知道这事，他不能这么做。古义宝把刘金根叫了出来。

其实刘金根并不知道，古义宝与尚晶在生孩子这事上有过那种坦率的表白。要知道他们之间有过这种交流，他在古义宝面前就无法做出现在这副样子。他对自己生育有障碍是清楚的，所以他不愿到医院去检查，但他不知道古义宝为他专门拜访过医生。尽管他一直偷偷地在吃中药，但他不敢完全相信自己。尚晶的怀孕让他有时很庆幸，自己终于有了孩子；有时却又怀疑，感觉自己可能蒙受了极大的耻辱。想到这一层，他就产生了一种男子汉所无法忍受的痛苦。尚晶当时只是极平常地告诉他，自己怀孕了，没有做任何沟通，就像告诉他今天天气真好一样随便，他的喜悦还没完全表达出来，耻辱便抢先笼罩了他整个心灵，他被这消息捅出了血。刘金根看着已经把自己的一切奉送给别人而且跟别人已经有了身孕却还向他报喜的妻子，心完全碎了，他感到自己丧失了做人的全部尊严。他产生了要与尚晶离婚的念头。但理智让他打消了这个可笑的念头。离婚是自找难堪，自己给自己脸上抹黑。再说，离婚又有何意义？只能更明确地证明他的无能。他把耻辱和痛苦嚼碎了咽到肚里，只好用没有发现尚晶有不轨，更没有谁知道他无能这两种假设安慰了自己痛苦的灵魂。有了这两根拯救他灵魂的稻草，他才以副处长的身份与古义宝、与机关的上下心安相处。

　　刘金根以为古义宝不进屋还是因为那件事，他就不好强求。他们俩蹲在门前的那棵白杨树下说了农场的事。刘金根听了，也没有更好的主意，他说只能如实地向团领导汇报了再说。第二天，古义宝和刘金根一起向团领导做了汇报，团里立即向副师长做了汇报，师团领导倒没批评古义宝，反倒是给了他不少安慰和鼓励。越是这样，古义宝心里就越平静不下来。汇报后，他立即赶回了农场。

　　古义宝穿一身崭新的军装走出农场时，心里充满了信心。

　　古义宝首先找到了徐师傅。徐师傅听他这么一说，心里也上了火，立即跟他一起上了他妹夫家。他妹夫的苗绝对没有问题，但那两家的假苗也没有证据，很难交涉。徐师傅的妹夫出了个主意，让古义宝先不出面，他先派人摸清底细，然后再出面交涉。古义宝觉得有道理。第二天，徐师傅妹夫就摸清了情况，是原先最早签约的那一家搞的鬼，主要是因徐师傅的妹夫压了价，让他们受了损失，又是徐师傅妹夫负责送货，于是他们故意掺进了假苗。事情弄清了，可还是没法办，没有证据找他们赔偿，提供情况的人也不愿出来作证，他还要在这里生存。

　　事情到了这一步，古义宝没了一点主意。倒是徐师傅的妹夫仗义，他说时间还来得及，夏至前十天内还可以重新嫁接，他带技术人员去帮忙，只是这一批果苗今年出不了手，要多育一年。古义宝只能表示感谢。古义宝只是觉得这样太便宜那个搞假苗的家伙了，即便不赔偿也要让他知道这是不法行为。

　　古义宝来到那一家苗圃时，他们似乎早有准备。那位负责人还没等古义宝说完，就嬉皮笑脸地打断了他的话。他说："解放军同志，对不起，这里不是你的部队，要上政治课回你部队去上，我们都是老百姓，只知道做生意，赚钱吃饭，不知道什么精神文明。你说我们不法，你可以到法院去告我们，要凭空栽赃我们，对不起，这里不欢迎你。"

　　古义宝反被他噎得喘不过气来。

　　古义宝回到农场，出乎意料的事情又发生了。几家签了合同的单位同时要求退订果苗，理由是他们农场的果苗有假苗，即使不是假苗也不放心果苗质量。古义宝意识到，这肯定是那一家掺假苗的单位搞的鬼。

　　古义宝又换上崭新的军装走出农场时，心里没一点底。不过，他做了一些准备，这次出差他带了一些他认为有用的东西。古义宝到的第一站是本县山区的一个乡供销社。供销社负责人接待他后，直接把他介绍给了生资公司。生资公司的领导很热情，倒像是对不起他似的。但一谈到实质性的问题，就表现出为难的样子。说他们接到一封信，信里说你们农场的果苗是他们那里的苗圃出售的，里面有假苗，不光有假苗，品种也不好，果小产量低。

古义宝把假苗的真实情况介绍后，从军用挎包里拿出了一样东西。那是他的六个立功证书和一枚二等功勋章、五枚三等功勋章。古义宝说："我以军人的名义，以我人格的名义保证，请你们相信解放军，相信我个人的人格，我们绝对不会拿解放军的声誉来开玩笑。"

公司领导看了这些后，反倒过意不去，又劝烟又劝茶。他们解释道："绝不是不相信解放军，也不是不相信你个人，像你这样的功臣，这样的模范军人不相信还能相信谁？主要是我们的预付款是从群众手里一家一户筹来的，我们不敢有半点差错，这是群众的血汗钱哪！要没有这封信，我们也不会退订。你这么一说，我们也就放心了。"

古义宝说："可以在合同上加一条款，发现有假苗和品种问题由我们农场赔偿损失。"

说到这个程度，事情才算敲定。古义宝拿出原先的合同，又加上了补充条款。

古义宝赶到邻县的生资公司时，他们正要下班。生资公司的领导一脸不悦地接待了古义宝。等古义宝说完后，那位领导不容商量地说："做生意不是搞军民关系，照顾不了面子，既然有人揭发有假苗，你也承认有假苗，那就说明问题是存在的，有问题我们退订是正当的。这批货我们是绝对不要了，我们已经向别的单位补订了货。看在解放军的情分上，我们不要求赔偿损失已经够意思了。"

古义宝心情灰暗地找到一个招待所，登完记办好手续已经过了九点。他开门进屋，房间里已住进了一个人。这人已洗完澡坐在被窝里看电视。

此人很健谈，古义宝一进屋他就不停地跟古义宝说话，他问古义宝在哪里当兵，当了多少年兵，现在是个什么级别的官，问他到这穷乡僻壤来干什么，还问他心里怎么不高兴。古义宝心情不好，有一搭没一搭地回着他的话，说着说着就说到了山楂苗。那人一下来了精神，翻身下床，十分认真地问："你们那里真有山楂苗？"像是怀疑，又像是惊喜。

古义宝被他的一脸认真搞愣了，说："解放军什么时候骗过老百姓。"那人掀开被子下床站了起来，捉住了古义宝的手，说："我是专门到县里来落实山楂苗的，去年收了钱，今年又说没有了。"

古义宝问他是做什么的，那人说是副乡长。古义宝奇怪，副乡长怎会住这样的四人普通房间。副乡长说："乡跟乡不一样，我们乡在山里，得靠天吃饭，在外出差是能省则省。"古义宝就把生资公司退订的事说了，打算明天就去别的县。乡长一听急了，说："你千万别走，他们退我们订，预付款里有我们的钱，要是他们不退款，我回去再一个村一个村地凑，砸锅卖铁也给你付定金。"古义宝让他说得鼻子发酸，眼圈都红了。

第二天，古义宝跟那位乡长签订了合同。他没有按要求让他付定金，可数量只是原来县生资公司订的五分之一。副乡长还帮他跟其他乡联系，但效果不理想。

古义宝只好乘上公共汽车去另一个县。

古义宝按照程序，先让他们看了介绍信，再说买卖。他们说了跟上一个县差不多同样的理由，古义宝便拿出他的那摞功勋章。没想到，他们对这些没什么反应，仍表示要退订，而且要求预付款要按百分之十的利息支付以弥补损失。古义宝就介绍了那个副乡长的情况，他们仍无动于衷，一切对他们来说都无所谓，他们感兴趣的只是利息。还说利息要现金，要退给订户，不能开发票。古义宝实在说不动他们，只好尴尬地收起自己的那些东西。他感到自己好可怜，跟叫花子差不多。

古义宝心里郁郁不乐。他到招待所住下后心里很不甘心，心想，总不能这样白跑一趟吧。他到街上吃了碗面，然后来到汽车站。他站在县内交通图前，让思绪随着那网状的交通图四处漫游。游来游去，他在脑子里游出了第二天的计划。他觉得不能舍近求远，轻易放弃现成的客户去找新客户，县里不行直接到乡里。

想干就干，他立即转身找城关乡供销社。找到城关乡供销社时，里面已经没了灯光。他敲了一会儿门，敲出来一位看门的老大爷。老大爷挺节约用电，他关着灯在屋里看电视。老大爷告诉他，这里只有他一个人，什么事也办不了，有事明天来。古义宝问他主任的家在什么地方，老大爷说他没去过主任家，只知道那条巷子叫槐树沟，不知道主任住几号，主任姓宗，要真有急事，就只好到那里去打听。

古义宝有些失望，这一天算白跑了。他不甘心，就向人打听槐树沟怎么走。

这时，既没有公共汽车，也没有三轮车，他只能凭两条腿跑。不知问了多少个人，也不知回去的时候该如何走，他只是咬定主意，一定要找到那个主任。

那个主任的家终于让他找到了。主任对古义宝夜晚到他家造访显然不太欢迎，要不是看古义宝是位军人，恐怕连门都不会让他进。

古义宝感觉到了这些，因为主任并不想掩饰。进屋后，主任和他夫人都没给古义宝倒水，古义宝却真想喝口水。面条太咸，又出这么多汗，他们却客气都没客气一下。这屋子从外面看不怎么显眼，进了屋却让古义宝感觉自己好像走进了一幢高级宾馆，大理石地面，吊灯壁灯，真皮沙发……古义宝身着军装，面对不欢迎他的主人，感到了一种屈辱。古义宝一下没了推销的兴趣，甚至有些后悔跑这么多路来找他。古义宝把要说的那套话尽量压缩，主任更珍惜他的时间，没等古义宝说完来意，就十分干脆地拒绝了，他说："城关供销社从来不做这样的生意，城关乡所需的一切都是县供销社直接供应。这里是个穷县，城关乡更是个穷乡，没有资金做什么生意。"

古义宝感到点背透了，也无心再与这样的人谈下去。穷县，穷乡，你家这房子是穷乡供销社主任住的房子吗？古义宝心里生出一股无名气，他没拿出那些功勋章，他知道拿也是白拿，或许这样的东西在他们这种人眼里更不值分文，只会更令他讨厌。

四十三

十天之后，古义宝擦着黑回到了农场。

场长回来了，士兵们都围到场部。他们的场长出去几天，脸瘦了一圈。一看到场长的模样，士兵们就知道事情办得不那么顺利，都急着想知道事情的结果。古义宝一反常态，没好脸也没好声地跟士兵们说话，反而让他们都回去休息，说有事明天再说。士兵们心里灰灰的，一个个没趣地回了宿舍。

古义宝问金果果："还有饭吗？"小金这才知道场长还没吃饭，问他想吃什么，古义宝说："有剩饭就热一下，没剩饭就下面条。"还说："有酒就弄瓶酒来，炒个鸡蛋和花生米。"金果果觉出场长有些异常，心里也阴了半边。

金果果去为古义宝准备酒菜，古义宝回宿舍洗脸。

不一会儿，金果果和炊事班的一个士兵，送来了酒菜。酒是高粱特曲，菜是炒鸡蛋、油炸花生米、雪里蕻炒肉丝，还有一个榨菜鸡蛋汤。放下酒菜，金果果问："什么时候下面条？"古义宝说："现在就下了拿来，你们该干什么干什么去，用不着陪我。"那个士兵出门后朝金果果做了个鬼脸，他也觉出场长今天不对劲。他们从没见过场长这样跟他们说话。

金果果端来面条时，古义宝连脖子都红了，酒已经下去了半瓶。

"场长，空着肚子喝酒对胃不好。我给你捞面，你别喝了。"金果果从来没见过场长喝这么多酒。

"你别管我，我知道自己的酒量，睡你的觉去。"

金果果觉得场长有点醉了，可又不知道怎样劝阻，难地退出屋来。

金果果找着韩友才一块再到场长宿舍时，场长宿舍的门开着，一瓶酒喝得只剩一个瓶底，面条却一筷子没动，人已不知去向。他们立即跑到厕所，里面没有人；绕营房转一圈，也不见人。

古义宝此时正漫无目的地在通向太平观的路上高一脚低一脚地晃荡着。他心里闷，他心里苦，他闷得难受，他苦得心痛，他想要找一个可以倾诉的人说说话。路在他的脚下高高低低，歪歪斜斜，显得特别艰难，他也走得趔趔趄趄、跌跌撞撞，已经摔倒了好几次。他却不急不恼，摔倒了就爬起来，爬起再继续走。他走着走着，在一个院门口停住。他努力地抬起头，睁大眼看了一会儿，然后敲了院门。

好一会儿，白海棠警惕地问："谁？"

白海棠看清是古义宝后，立即开了门。古义宝跨进门，扑通一声摔倒在院子里。白海棠慌了手脚，急忙去扶他。古义宝像瘫了一般，她只好用两只手从古义宝的背后抄到前胸，拼着全身力气，才把他抱了起来。刚抱起来，古义宝就哇哇地吐起来。那熏人的酒气和污物的异味，让白海棠不敢喘气。

女儿在里屋炕上已躺下，问是谁来了，白海棠答："是部队的叔叔来了，快睡，明天还要上学呢。"

古义宝吐净喘过气来，带着哭腔说："我完啦！"白海棠心里紧张极了，不知道发生了什么事。她连抱带拖，把古义宝弄进屋里，放倒在那张大沙发上，然后端来一盆温水，帮他把脸上手上身上擦洗干净。

"你……你是海……海……海棠吗？"

"是，我是海棠，到底出什么事啦？"

"他们都……都撕毁合同要……要退货，要损……损失十几万哪！"古义宝说着，流下了眼泪。

白海棠没想到是这么大的事。看他痛苦成这样，她心里难受极了。

白海棠感到事情严重，可看他这个样也不是商量事情的时候，一时也没了主意。她给他泡了杯糖盐水，她听说喝醉酒后，喝糖盐水对胃有好处。扶他喝完糖盐水，又喂他喝了一小碗醋。

古义宝的脸一会儿就由红变成了白。他不住地撕扯胸前的衣服，嘴里不住地吐气。白海棠用凉毛巾给他冷敷，古义宝一下抓住了她的手，含混不清地说："海棠，我没有醉，我心里清楚着呢。你是天底下最好最好的女人，我这辈子不会再让谁欺负你，谁要是再敢欺负你，我就给他好看。"

"海棠，你说我这人咋样。你说，你说。"

白海棠听着古义宝似醉非醉的话，心里有些热。她也不管他能不能听明白，也跟他来个实话实说。她说："你是好人，少有的好人。"

"不，我不是好人，我也再不要做好人了，我就是老想做好人才把自己给害了。我心里好苦啊。"古义宝说着就哭了起来，一边哭一边揪着自己的胸脯。

白海棠知道他难受，又冲了一杯糖盐水，扶古义宝喝下。

白海棠要去放杯子，古义宝不让她走。他要站起来，嘴里还在说，"我没有醉，我没有醉"。说着说着又吐起来。白海棠扶着他，让他都吐出来。吐完，白海棠扶他躺下。

古义宝还在说："我是伪君子，十足的伪君子……"

白海棠先拿毛巾给他擦净脸，再去收拾脏东西。收拾停当，又喂古义宝喝了些醋，再冲了一杯糖盐水，慢慢喂他喝。

古义宝一边喝一边还在说："我要重新让他们认识我古义宝是谁，我他娘的是在赌气。"说着他又抓白海棠的手，说："林春芳，我对不起你，我一直在欺负你，我一直在骗你，我心里想跟你离婚，实际又不敢跟你离婚，我要做好人哪！海棠，你好可怜，你能干，你心地善良，老天不公哪！老天爷也不是个好玩意儿，它没长眼睛，总是让好人吃亏受难！"

"你别说了，别说了。"白海棠流下了眼泪。

"我要说，我喜欢你，我就是喜欢你，我就是要帮你，我当着赵昌进也这么说，当着农场的战友还这么说。我喜欢你，可我不能爱你啊，我是军人哪！"

"别说了，你别说这些了，我求求你了。"

"海棠，我这辈子一直喜欢你，我不会让别人再欺负你，你愿意吗？"

"我愿意，我……"

"海棠。"古义宝一下把白海棠搂到胸前，搂得那么紧。

白海棠没有躲避也没有反感，她侧过脸，流着眼泪轻轻地说："你对我的好心，我心里明白，说实话，我也从心里喜欢你敬重你。你为人好，又能干，做事有男人气，可是我不能挨近你，也不敢亲近你。你是军人，我不能为了自己毁你的前途，毁你的一生。再说我真是'白虎星'，这只有我的两个男人知道，我今天也告诉你。我会报答你的。农场的事不要急，只要有果苗在，就不愁没有办法。"

院门外响起了敲门声，白海棠去开门，却见孙德亮已经站在院里了。

孙德亮在白海棠扶古义宝进屋时就进了门。古义宝醉醺醺地走出屋，孙德亮正好要去看他，发现他要去找白海棠，孙德亮心里就生出一个念头。他那次和那两个人打架后，尽管后来知道是那会计老婆从中在捣鬼，但那两个人的话老在他心里泛。他自己也感觉古义宝同白海棠的关系不一般，如果真要有这事，那可不是闹着玩的。于是就跟着古义宝到了这里，一来怕他万一有什么闪失，二来也想看看他俩究竟是怎么回事。进了院子，他看到了他们的一举一动，也听到他们说的每一句话。他还是头一次看见男女之间有这样纯洁的感情，在他的观念中，男女之间相好，除了那种性爱外不会再有别的。

白海棠不无埋怨地说："你们怎么能让他醉成这样？快背他回去，再喂他喝些糖盐水，要温的，晚上，你们要有人陪他啊！"

四十四

假苗的事很快在团里传得家喻户晓，传来传去便走了样。有的说，古义宝这一回是真完了，他急于洗刷自己的错误，想一鸣惊人搞大苗圃，结果买的山楂苗全是假苗，是山沟里那些野山里红，要赔几十万哪！有的说，古义宝这小子够精的，我们都让他给耍了，他说得好听，先让机关干部的耳朵过点发财瘾，一家帮他种几千株山楂树，说一株能赚一块钱，第二年就都能得几千块，实际上他是与商贩穿了一条裤子，暗地里不知吃了多少回扣，不顾农场的利益，不管真苗假苗一起要，让团里一下损失几十万！

古义宝回到家，天已擦黑。一进门，林春芳没开口却先流了泪。林春芳一哭，儿子也跟着哭了。古义宝站在那里不知怎么好。

林春芳说："全团无论干部士兵，不论职工还是家属，见她都用那样一种眼光看她，好像我们做了贼犯了罪似的。"

儿子说："院子里的同学骂他是小骗子，说老子是大骗子，儿子是小骗子。"

古义宝见妻子和儿子为他受这么多屈辱，心里一怔。他没想到会这样，他感到对不起他们，他愧为男人，愧为丈夫，愧为父亲。他走过去为儿子擦了泪，郑重地对他也是对林春芳说："人家说什么，由着他们说去，嘴长在他们脸上，那是他们的自由。但我要跟你说，爸爸在这件事上问心无愧，我不是想为咱家赚一分钱，也不是我自己想图什么舒服和快乐，我是想为农场为团里多赚一点钱。我是有错，我的错是经验不足。"

儿子说："爸爸，我求你一件事行吗？这件事做完后，你再也不要做这样的生产军官好不好，你也做背枪打仗的军官好不好？做后勤生产军官人家看不起。"

古义宝的心一抖。他没想到儿子会提出这样一个严肃的问题。怎么跟他说呢？跟他说雷锋？跟他说张思德？跟他说白求恩？这时，他什么也没法跟儿子说，他什么也说不出口。他心里很痛。这些年来，他在自己的岗位上，竭尽自己的全力，做好自己的工作，可自己做的这一切，在自己的儿子眼里却毫无价值、毫无意义。

林春芳看出了古义宝的心情。她把儿子拉到身边，说："早春，你还小，不懂部队上的规矩，部队上做什么都是上级安排的，不是你想做什么就能做什么。"儿子也看到了父亲痛苦的脸，轻轻地跟妈妈说："是上级安排，也要自己争取的吧。"

林春芳让儿子做作业，自己去给古义宝做饭。她煎了两个鸡蛋，炒了一盘豆角，拌了个黄瓜，拿出两瓶啤酒。古义宝一直闷闷地抽烟，他心里苦呀！

事情就这么怪。不做事的人，一身轻松，什么也耽误不了；一心想做事的人，面前却是步步艰难。做好了，人家不说什么；做不好，谁都有一张嘴，说什么你都得听着，没有人理解。古义宝一边喝着啤酒一边想，自己也三十几岁的人了，还在副营的位置上踏步，再踏个一年两载也就到头了，到时候想干也干不了了。想到这层，他好心寒。

古义宝喝着啤酒，盯着林春芳看，看得林春芳不好意思地低下了头。他发现了林春芳的变化。她差不多脱掉了山区农村味，上身穿着电脑绣花的白衬衫，下身穿着深蓝百褶裙，皮肤也变得白嫩细腻光洁，看上去年轻了许多。

古义宝赌气般地吃着，一气喝下了两瓶啤酒。林春芳给他炸了一盘馒头干，又下了一大碗鸡蛋面，他居然统统吃了下去，撑得肚皮有点痛。林春芳洗碗收拾的时候，古义宝把儿子叫到跟前，看了儿子的作业。数学都是优，语文也不错，个别是良好。古义宝鼓励了一番。他跟儿子说："儿子，你要永远记住，你是农民的子孙，今后的一切都要靠自己努力，别指望别人来帮你拉你，你妈为了你遭了不少罪，你一辈子可以不孝敬我，可你不能不孝敬你妈。你爸我不是个好人，也没什么本事，你不要学我。"

"义宝，你喝醉啦，跟儿子说这些干吗？"

"我没醉，我说的都是实话。儿子，你说呢？"

"爸，你是好人，你的话我都记住了。"

"好孩子，这是我出差给你买的东西。"

古义宝这段日子一直没回家，没空回来给他们。他出差给林春芳买了一套裙子，给儿子买了一身运动服，还给儿子买了手摇削铅笔刀和聪明一休的雕塑。林春芳和儿子都很高兴，也很喜欢他买的东西。

儿子做完了作业，很乖地收拾好书包，很有礼貌地跟古义宝说："爸，我睡觉了。"说完就刷牙洗脸，然后到自己的小床上睡觉。古义宝看着儿子的一举一动，打心眼里喜欢。他没想到林春芳能把儿子带得这样好。

古义宝有滋有味地喝着茶，一边喝茶一边问家属工厂的一些情况。

古义宝等儿子睡着后才跟林春芳详细说假苗的事。他说："这事责任重大，不仅这七八万株假苗要重新嫁接，要推迟到明年才能卖，而且影响到已经订出的合同，好多单位退订，现有订数只有十二万多，还有十多万株果苗没有买主。这样一里一外损失差不多有近二十万。再说这事牵涉面大，每个机关干部院子里都有果苗，都要重新检查，假苗要重新嫁接，你一只手只能封住一张嘴，往后的日子轻松不了。一方面要及时给假苗嫁接，不能错过季节，错一个季节就要错一年；一方面要尽快找买主，不能把该卖的果苗压在地里。这些日子没什么事就不能回来了，把这些全都落到实处才能回来看你们。"

林春芳听着心里酸酸的，眼泪不知不觉就流了下来。她为自己的丈夫不平，他为了农场的事，操碎了心，顾不了家，可别人还要这样在背后说他，对她母子歧视。别人不喜欢他，她就更爱他。她坐到古义宝身旁，紧紧地靠到古义宝怀里。古义宝搂着她，轻轻地问："你跟我这辈子后悔吗？"林春芳使劲地摇摇头。古义宝说："我一直没很好地待你，你不恨我？"林春芳用手堵住古义宝的嘴不让他说。古义宝拿开她的手，说："你听我说，我真打心底里对不住你，尤其是和尚晶的事。"林春芳接过话说："你别说了，我对你一辈子都感激不尽，是你把我们娘儿俩带出山沟来到城市，靠我自己，我没有这个能力。这对我来说已经足够了，我已经很满足了。不管你做什么事情，也不管你出什么差错，哪怕是做了错事，我也会跟你一条心，要我做什么都行。一日夫妻百年恩，你不要老去想那些过去的事。和尚晶的事不算什么错，乡下人搂一下摸一把亲一嘴的事多着呢。这事要说错，那是尚晶的错，她想借种，借不成反咬人一口，如今借成了，她怎么不去咬人了？这种人我一辈子看不起。"

古义宝没再让林春芳的牢骚发下去，说："不说这些吧。家里的事就全交给你了。早春这孩子是个好孩子，懂事，也聪明，将来肯定比我有出息，好好把他培养成人，也是你后半辈子的依靠。我这人不行，说不定什么时候就会出大纰漏。"林春芳又用手堵住他的嘴不让他说，俩人这才亲亲热热去睡觉。

第二天，古义宝找刘金根做了正式汇报。刘金根觉得事情重大，自己没法表态，带着古义宝一起向团长和赵昌进做了汇报。听完汇报，团长没表态，赵昌进十分尴尬。赵昌进没想到这事会引起麻烦，以为有几株假苗，重新嫁接一下也就完了，现在如果不采取措施，损失会更大，他也不好表态，但心里又开始对古义宝不满——办事情不牢靠不扎实，可当着团长的面他又不想这样批评他。上次处理前场长的事后，赵昌进已经感觉到了他与原班子领导之间的痕隙，尤其在有关农场的事情上，他们都采取消极的态度。如今，农场出这么大的差错，实际上是给赵昌进脸上又抹了黑。他想团长不表态，心里还不知怎么高兴呢。

团长没有态度，赵昌进不能没有态度。于是他首先批评了古义宝，说他办事不细，缺乏科学性，要好好总结教训，不要一有成绩就忘乎所以。然后指示，要抓紧时间按计划落实补救措施，一定要千方百计把退订的果苗推销出去，同时做好假苗的重新嫁接，不能贻误季节。如果真要造成重大损失，后勤领导和农场领导都要承担责任。

古义宝回到农场传达了团首长的指示，把补救工作做了具体安排，派韩友才带五个士兵到机关挨家挨户检查，把假苗全部移到农场嫁接，记住各家各户的数量，其余人员继续学习嫁接技术。

晚上，古义宝又上了白海棠家。白海棠正在洗澡。北方乡下人洗澡比较少，这里不像江南家家户户有家庭浴室，只有镇上才有浴室。他们夏天在河沟洗，冬天几乎不洗，要洗也只能烧点热水，在大盆里擦一擦。太平观镇上有浴室，但白海棠从来不到浴室去洗澡。不知是她不愿意让别人看自己的身子，还是有关她那'白虎星'的说法，她都是在自己家里洗澡。她有一个大澡盆，自己烧水，先给女儿洗，然后自己洗。

古义宝敲门时，白海棠正泡在大盆里搓洗。她听出是古义宝，可又不能让他进院，她的澡盆就放在进门这间屋里，正对着门。她让女儿到院门口告诉叔叔，让他等一会儿。

古义宝问："你妈在做什么？"小姑娘说："在洗澡。"古义宝觉得来的不是时候，跟小姑娘说："告诉你妈，我走了，以后再来。"小姑娘说："我妈不叫你走，她叫你等一会儿，她一会儿就好，要不你先到院子里来？"小姑娘说着就开了院门，让古义宝进了院子。其实她妈根本没让她这么做。小姑娘精得很，她发现她妈喜欢这个叔叔，她自己也喜欢这个叔叔，上次他给她买的连衣裙，同学都说好看。

古义宝就在院子里等，当然他是十分愿意等的。尽管这事的计划他已经跟领导做了汇报，也给士兵们做了布置，但他还想听听她的意见，再说还有十多万株果苗没客户订，想让她帮着找找门路。

白海棠带着浴后的娇嫩为古义宝开了门。古义宝也看到了她的娇嫩，目光便老是躲躲闪闪，不敢与她相接。古义宝不是来欣赏她出浴姿色的，这也不是他这种身份的人可以有的行为，他也没有资格来欣赏她。那天酒后闯到这里，他觉得已经过分了，他心里一直有愧，还没机会向她道歉。坐下后，他就先说了这事，说自己的行为过分了，请她原谅。

白海棠听他这么一说，反而有些不高兴了。她故意说："既然你觉得上我这里来不合适，那你今天还来干什么？"古义宝一愣，偷眼看了她一眼，正好与白海棠的目光相撞。她娇嗔一声："我有啥好看的？'白虎星'一个，你也干脆离我远远的。"

古义宝知道她在说气话，低下头软软地说："人家真有急事找你商量才来的。"白海棠接话说："对呀，没有事你能上我这屋里来？什么保护我，也不过是一句醉话而已。"古义宝说："那可是我心里的话，谁跟你说是醉话？我说的要不是心里话就天打五雷轰。"

白海棠看他那一脸认真样，忍不住笑了，说："我是逗你开心，好了，有什么事快说。"古义宝就说了农场现在的困境。

白海棠完全明白他的意思。这么重大的事情他特意赶来征求她的意见，她感到一种甜蜜。她理解他的心意，正因为这样她才真心实意待他。她说："假苗的事只能这么做了，那十多万株果苗她可以帮着找找客户。要不咱再一块去趟园艺场，老场长跟外面的人接触多，看看他还有什么关系。另外，你们也花点钱，让县广播站广播广播，单位和个人要买的可以直接到农场来买，说不定这个量还不小呢。"古义宝说："果树苗，人家给做广告吗？"白海棠说："这有什么不能做？"他俩商量半天，白海棠觉得古义宝做事太上心，于是劝他：

"你不要太难为自己了，为什么要这样跟自己过不去呢？"

"也许就这么一点优点了。当了这么多年兵，就学了这么一点军人的脾气。"

"跟领导汇报了吗？"

"汇报了，领导只能是原则性地表态，具体的事情还得自己来做。领导倒没有过多责怪。可我想，一个人活着，不就是要做一些事情吗？不管什么样的人，他总是要做一些事情的。不同的是有的人做的是好事情，有的人做的是坏事情。他不会让自己的一生白白闲着，一个人活着要不想做事，那他活着也没什么意思了，尤其是男人，一个当兵的男人。要做事，就一定要做成；有头无尾，有始无终，不如不做。我最讨厌的是那种一边做事一边闹着玩的人。这种人做事不像做事，玩又不像玩，常常是成事不足，败事有余。"

白海棠很有兴致地听古义宝说着，她很愿意这样听他说话。古义宝看她听得入神，心里是一种享受。他也不明白，这样的话为什么在林春芳面前他就说不出来，也没有要说的愿望。在她面前就自然而然地说了，而且有说不完的感觉，说得那么随便，那么自然，无须顾忌，也不必担心。

白海棠说："我知道你想做事，你是凭一种良心，凭一种男人的责任在做事，我也很欣赏你这一点。但做事归做事，不要把自己弄得太苦，心劲也不要太大，有些事不是光凭自己的心劲能做成的。一辈子呢，慢慢来，太急了也容易出差错。"

古义宝听了她的话，心里更觉得温暖。他觉得他很幸福，这个世界上至少有她和林春芳两个女人在真心实意地关心着他。

"那咱就这么办。咱什么时候上园艺场呢？"

"我听你的，你想什么时候去就什么时候去，反正我有的是时间。"

说完，俩人就默默地相对坐着。

古义宝忽然笑了笑。白海棠问他笑什么，古义宝让她猜。白海棠看他的眼神，没猜倒先红了脸，说："我不猜，准不是好事。"古义宝说："你说岔了，就是好事。"白海棠脸更红了，说："你坏，我才不猜什么好事。"

古义宝这才明白她真想岔了，脸也红了，说："我不会再想咱俩的事，这辈子只能这样了。你说得对，这是命，谁也改变不了。我要说的是一件正事，一件实实在在的大事。"

白海棠真让他给说得正经严肃起来。

古义宝说："有件事我想跟你商量。"

白海棠一脸紧张。

古义宝说："我的儿子是个懂事的孩子，学习很用功，脑子也还聪明，成绩都不错，或许是因为跟他妈在农村受过苦，所以懂事早，也知道孝顺；你的女儿，我也很喜欢，也是个懂事的孩子，我想你能不能把女儿嫁给我儿子。我有一种预感，我很可能在什么时候会出点什么事。"

白海棠呆了。她没想到，他笑的竟会是这事。她的鼻子酸酸的，但她抿紧了嘴唇，没让这酸酸到眼睛里去。

白海棠说："你不该想这种事，你是好人，你不会出什么事，有良心的人也不会对你使坏心眼。孩子们都还小，也不是谈这种事的时候。"

古义宝看着白海棠，没再说什么。

四十五

农场的士兵们背着古义宝做了一件事。

事情是韩友才发起的。他先找金果果、孙德亮和几个班长暗地里商量，几个骨干意见一致，同意并且认为完全应该做这件事。得到骨干们的支持后，韩友才就和金果果私下里策划了这件事。等事情有了眉目，他们趁古义宝和白海棠到园艺场去联系果苗客户不在农场时，开了一个农场士兵全体会议。会上没有一个反对，一致通过。事情就这样办了。

韩友才发起这件事的念头，是在率领小分队到团机关给机关干部们挨家挨户检查假苗回来后产生的。

韩友才去的第一家的主人是个参谋。他进门后按照军人的规矩先叫了首长又给他敬了礼，然后就在院子的地里一株一株地检查果苗。参谋抽着烟看他们检查，问韩友才："古义宝给不给你们发奖金？"韩友才说："士兵怎么会发奖金呢！"参谋说："那他也应该给你们分一点好处费哪！"韩友才说："不要说农场现在还没挣钱，即便挣了很多钱，那也都是团里的收入，他怎会给士兵发好处费呢！"参谋说："那他就太黑点了，这么多回扣，怎么好一个人独吞呢！"韩友才心里有了气，说："首长你知道这果苗市面上卖多少钱一株吗？"参谋说："我怎么会知道呢？"韩友才又问："首长，你知道咱这果苗是多少钱一株买的吗？"参谋说："谁知道你们多少钱买的？"韩友才说："你既不知道市面的价格，又不知道咱是什么价买的，怎么好凭空怀疑场长吃回扣呢？"参谋说："嗬，还挺铁，你肯定是班长吧？不过，人有些时候得明白些，如今你们亏下这么大的窟窿，别以为给机关干部弄几千棵果树苗就能遮人耳目，封住大家的嘴，这笔债够古义宝受的。"

韩友才真想站起来跟他理论一番。一个人总得有点良心，他好心好意为机关干部谋福利，他们却这样以己之心度人之腹。但他没有，他一个士兵，一个在他们眼里是到农场去改造的士兵，他怎么有资格跟机关首长理论呢？他只好把心里的气憋在肚子里，加快了检查的速度。奇怪得很，这个参谋院里的果苗居然没有一株假苗。

韩友才要离开的时候，那个参谋把他叫住了，很不客气地说："我说你这个兵还挺油，我说这么几句，你居然就敢糊弄我。"韩友才很严肃地说："请首长说话自重一点，我检查了就由我负责，并不是所有果苗里都有假苗，假苗只是一家因为我们压低价才掺了一些。"

韩友才到的第二家的主人是位助理员。助理员也没有让嘴闲着，他问："听说假苗有十几万棵？"韩友才说："有七八万株。"助理员又问："听说订货单位都把货退了？"韩友才说："没有都退，退了有十多万株。"助理员问："听说要损失二十多万块钱？"韩友才说："不是损失，这十多万株果苗正在找新的订户，订出去了就没有什么损失；这七八万棵假苗也不能说就是损失，重新嫁接后，只是晚一年卖出去。"助理员说："怎么都说赔了二十多万，还说你们把回扣都分了？"韩友才已没有兴趣跟他谈这样的话题，他说："他们爱怎么说就怎么说吧，反正事实总是事实，谁也改变不了。"

韩友才在机关两天一共只查到六百多棵假苗，而且这六百多棵假苗集中在三家机关干部的果苗里，看来假苗没有完全与好的果苗混起来，只是卸车时没有注意，否则完全能查出是哪一家的。在机关查完果苗，发现事情没有预想的那么严重，士兵们心里挺高兴。若家家有假苗，机关干部还不知要怎么说呢！虽然如此，韩友才却还是心事重重。他在想场长身上的压力，他在想一些好事的机关干部在随便向古义宝泼脏水，他在想团里师里的首长不知怎么看这件事。自从场长到农场后，古义宝的一举一动他们都亲眼看见，他把自己的全部心血都扑在农场的建设上，他把自己的感情全都给了自己的士兵，如果就因为假苗这件事，要再一次否定他的一切，他们绝不答应。

在回农场的路上，韩友才一路寻思，怎么才能让领导知道这些。他终于想到要做这件事，他们要以农场全体士兵的名义给团里和师里的领导写一封信。

信由金果果起草，写好草稿后，先给韩友才看了，韩友才看了两遍，改了几个地方，再召集几个骨干征求意见，然后再开全体士兵会议。会上，金果果把信念了两遍，大家又提了一些修改意见，金果果又再改了一遍，然后把信抄了两份，分别寄给了师团党委。信是这样写的：

尊敬的党委，尊敬的首长：

我们是古义宝领导下的农场士兵，首先我们二十一名士兵立正向首长们致以崇高的敬礼。

我们这二十一名士兵中，大部分是在原来的单位犯了这样那样的"错误"，被打发到农场来改造的。的确，我们当初来到农场后，看到农场原来的破败景象，看到原来农场领导对我们的态度，我们的心都凉了。没想到，到部队来当兵，保卫国家，为家争光，却成了到农场改造的"劳改犯"。我们都只有一个念头，混够年头就回家。

没想到的是，我们这辈子能碰上古义宝这样的领导。他跟我们讲，一个人活着，不可能不做事情，一个人做事情，不可能不做错事。人好比一样东西，染上了污点，可以洗掉，洗掉了就和原来一样；即使一时洗不掉，照样可以使用；如果染上一点污点，就把它扔了，那它就废了，什么价值也没有了。他说他也是犯了错误的，他一点也没有掩盖自己的错误。他说我们要对得起组织，对得起别人，但更重要的是要对得起自己，要对得起自己的生命。我们就是在他这样的帮助和感召下重新燃起生命之火和理想之花的。在他的带领下，我们的农场才有了今天的面貌，上级领导才到我们农场来，才发现我们的一切，才给予我们肯定，才授予我们集体三等功的荣誉。我们中间已经有五个人入了党，有一人考上了军校，有两名被输送到军农场当骨干。试想，要是没有古义宝这样的领导，可以说就没有我们的今天。

人都有私心。低级趣味的人陶醉于私欲的满足，凡事总先想到自己；高尚的人的高尚之处，并不是他没有私心，没有私欲，他的高尚在于他能把握自己，凡事先想到整体的利益，当私利和整体利益发生矛盾时，他会毫不犹豫地将个人利益服从整体利益。我们认为，古义宝就属于这种高尚的人。他的高尚，在于他始终把自己当作一名士兵，他处处以士兵的身份要求自己，以士兵的身份与我们平等相处，彼此尊重。可以说，在我们所接触的部队干部中，我们还没有发现第二个这样的人。他平易近人，与士兵同甘共苦，为农场生产不回家与家人团聚，不以干部凌驾于士兵之上，不搞特殊。他不是做样子给谁看，而是一种发自内心的自觉行为，这种品质已经融化在他的灵魂里。

我们农场的工作不能说已经十全十美，更不是说已经无可指责了。在扩大农场生产扩建苗圃中，我们是心急了一些，也缺乏经验，应该把最后付款的期限推到来年春天看清果苗真假好坏之后。但这个错误并非不能弥补，剩下的果苗可以重找新的订户，假苗可以重新嫁接。再说这个错误是因工作经验不足而造成，绝不是有些机关干部相互传说的个人想吃回扣，不顾团里的利益，慷公家之慨。现在有一种人，自己不干事，别人干事他指手画脚；他终日无所事事，又怕别人干事捞了好处。这种人才是端着共产党的饭碗吃肉，却又张口闭口骂共产党的败类。

如果首长们把我们这封信看作是说情信，那就有些看低了我们的人格。

我们已经懂得怎样尊重自己，应该如何尊重别人。我们只想对首长表示一种态度，如果说这件事有错的话，我们全体士兵愿与古场长共同承担责任；如果领导要追究责任的话，我们二十一名士兵愿与古场长一起受处分。

  致以

崇高的敬礼！

后面是二十一名士兵的亲笔签名。

此时，古义宝与白海棠正在果园老场长的办公室里讨教推销果苗的良策。他一点都不知道士兵们在为他做的事情，他对自己的士兵从来没有过这样的企求和奢望。

四十六

春天是一年中最美丽的季节，农场的春天格外迷人。苹果树重新整枝，老树发了新叶；葡萄园里一片翠绿，山楂果树苗枝叶已茂；苗圃里的假苗重又嫁接，已经萌出了新芽，花生、玉米长势喜人，麦苗青青开始拔节。士兵们在春风荡漾的绿野中，或锄草，或浇水，或施肥，或打药，笑声串串，歌声遍野。

农场的生意跟春天一样也有了新的气色。徐师傅的妹夫很讲信用，亲自带了八个人来农场，与农场的士兵一起，整整突击了十天，把假苗全部重新嫁接；退货剩下的十多万株果苗，白海棠领着古义宝找了园艺场的老场长，老场长给介绍了几个外省的客户，加上县广播站一广播，事情出乎意料，不仅剩下的果苗有了订户，连重新接的果苗也都订了出去。古义宝激动得一蹦三尺高。他买了两条烟、两斤茶、两瓶酒赶到园艺场谢老场长。古义宝心里的那块石头总算落了地。

吃过晚饭，古义宝叫韩友才跟他到田野遛弯儿。韩友才有些纳闷，从来没见场长有这闲情逸致。

田野里的微风带着一缕缕淡淡的清香。在春风中漫步田间小路，感受到的是清新、舒畅和生命力。

古义宝走在前面，没有说话，像是在专注地体味着自己的感受。一直走到机井边，古义宝先在一块石头上坐下，顺手拔了路边的一棵无名小花在手里把玩。韩友才也找了块石头坐了下来。

"友才，真对不住你，我这当兄长的没本事。"古义宝沉重地开了口。

韩友才转志愿兵的事古义宝年初就跟刘金根说了，也跟文主任说过，不放心又专门跟赵昌进说了，还跟副师长做过汇报。他们也都认为像韩友才这样的骨干，农场里很需要。一到第三季度，古义宝早早地催刘金根报了上去，身体也检查了，表也填了，一直说没问题。前段时间一公布，结果没有韩友才。古义宝问刘金根，刘金根说不知道；古义宝问文兴，文兴也不知道怎么回事。转志愿兵的事归司令部管，古义宝直接找了赵昌进。赵昌进没有明确告诉他是怎么回事，却让他做好韩友才的工作，要韩友才正确对待，让他继续留队为农场发展做贡献，不行的话，年终总结的时候，给他报个三等功。古义宝真想开口骂他一句。当领导的怎么能这样糊弄人，对自己的部下竟是这样一种感情。古义宝很不礼貌地站起来就走。

"别提它了，这里面的名堂我都知道。咱一个犯错误的农场士兵有什么呢？我理解你的心意，你不必为我跟上面闹僵，不值，就算转了志愿兵又怎么样呢？人有力气做事，到哪里找不到一碗饭吃？"

"话不能这么说，这些年来，你抢险救灾冲在先，科学技术学在先，重活累活干在先，默默无闻做贡献，这是大家有目共睹的。我们农场士兵也是人，不能任意让人耍弄，更不能让人欺辱。"古义宝说得慷慨激昂，他的激愤似乎完全由不得自己。

"人家已欺辱你了，你又能怎样呢？"韩友才反倒十分冷静。

"那也得讲出个一二三来。"

"这样好吗？我是为你着想，你也三十好几了，还是个副营，人家刘金根都转正当处长了。算了，我压根就没指望这事，为这事跟上面过不去不值。"

古义宝被韩友才说毛了，他感到一种更深的内疚，他意识到了自己刚才的一番激愤隐含着一种虚伪，也跟着别人说起了套话，完全是为自己表白，于是他改变了口气："我反正无所谓了，只是心里对不起你，要不能给你转志愿兵，我无论如何也不能再留你。"

"我倒觉得在这里跟大家一起搞农场挺有意思。"

"你真是这样想，我心里还好受一点。"

那天，古义宝跟士兵们一起在苗圃里给果苗施肥。到了春天，果苗像笋一样飞长，需要充足的养料和水分，他们基本是五天灌一次水，一周打一次药，半月追一次肥。他们正干得起劲，两辆高级轿车向农场驰来。官小不了，师团首长来，一般都是乘吉普车，轿车军里才有。古义宝立即洗手向营房跑去。

古义宝跑回营房，首长们已经下车。他向首长们一一敬礼的时候，副师长给他介绍了首长。有军区后勤部副部长、军后勤部长，还有机关的处长。首长们没有坐下来听古义宝汇报，而是先看了他们的营房，又看了他们的宿舍和内务卫生，然后就下地看他们的花生、玉米、小麦、苹果园、葡萄园、山楂园，最后来到了苗圃。

首长们一个个喜形于色。后勤部长跟士兵们一一握手，也不嫌士兵们的手脏，弄得士兵们措手不及。他们没有回营房再坐下来做指示，在苗圃就对农场士兵们说："你们辛苦了，你们干得很好、很出色，这荒山野地被你们建成了花园。你们都这么年轻，在这远离部队、远离领导、远离机关的荒山野地，能安下心来就不容易，能埋头工作完成任务更不容易，你们用自己的双手，靠自己的勤劳，创造出这样的业绩是多么难能可贵！你们成年累月做着不是军人应该做的事情，或许你们的父母兄弟姐妹会不赞成你们，或许你们的同学朋友会看不起你们，但你们值得大家敬仰。我们的国家还不怎么富裕，国家还拿不出更多的钱来养军队，我们搞农副业生产就是要补充经费的不足，靠我们自力更生来改善部队的物质文化生活，你们工作的意义就在这里。我要告诉你们一个消息，咱们军后勤生产经营现场会将在你们农场召开！"

赵昌进再一次精神振奋，立即召开团党委会，对会议的准备工作做详细的安排。农场的现场参观准备工作由副团长和刘金根负责，从果木、庄稼的管理到田间小路的修整，从营区环境到宿舍内务，从食堂餐厅布置到猪舍厕所卫生，都提出了具体要求。他亲自挂帅抓材料准备，让文兴带上宣传股长，再从后勤选一人，组成材料组，负责搞团里的材料；他和组织股长负责古义宝的个人材料；副政委和参谋长负责与上面联系和会务工作；团长负责抓全团的正常工作。

农场里热闹异常。军里、师里、团里的领导轮番到农场检查准备工作。其实除了修整一下道路，搞一下环境卫生，也没有什么可准备的，不过是以示重视罢了。

文兴带着宣传股长和助理员在农场住了下来。农场生产是团后勤建设经验材料里的一个重要组成部分，他们分别与古义宝和农场士兵们交谈，了解了农场的过去、现在及今后打算，了解了农场和士兵们的前后变化。

吃了晚饭，文兴邀古义宝到田间散步。现在，古义宝觉得自己和文兴已经缩短了距离，他感觉能听懂文兴的话了，那种望尘莫及的陌生感和差距感大大缩小，相互之间也随便了许多。走出营房，文兴问他："赵政委来找韩友才谈了没有？"古义宝说："还是上次现场参观后找过他一次。"文兴问："对他个人的材料有什么考虑？"古义宝说："要看的都摆在这里，现场一参观什么都明白了，何必还要自己再吹嘘炫耀呢？"文兴说："现场参观是比介绍更有说服力和鼓舞力。不过上面要让你介绍你不介绍也不好。"古义宝说："到时候再说吧，其实出力最多出汗最多的是士兵，可上面就一点都不考虑士兵的实际问题。文主任你说，我为韩友才争转志愿兵算不算感情用事、意气用事。领导一点都不为下面着想，你让我怎么跟士兵交代？我又拿什么去鼓舞他们？"文兴说："这事就别提了，师里是为了关照给了名额的，但你想想，能占用副师长给的名额，转的是什么人就可想而知了，这不是团里能说了算的事。"古义宝说："想想这些真没劲，士兵们辛辛苦苦为谁啊？"文兴说："这倒也用不着这么泄气，咱们谁也不是为谁干，要是为哪个人干我也早就不干了。正是因为还有一大批有正义感的普通党员，所以群众才给我们党提意见，要不人家就不提意见了。"古义宝说："领导让我介绍经验我完全明白他们的心意，有的是出于关心，有的纯粹是考虑单位的荣誉，有的是为了自己的荣誉，不管是从什么角度考虑，我一律都衷心感谢。其实就这么点事，用不着这么兴师动众，这么刻意准备，别人反倒不服，弄得我们也不踏实。"两个人在田间遛到太阳落山才回营房。

古义宝的经验材料是开会前一天组织股长送来的。股长说，材料是赵昌进政委亲自改写的，叮嘱他一定好好熟悉，争取在会上介绍出好的效果。股长交代完就坐车走了。

现场会如期召开，参观队伍声势浩大，光小轿车就有十几辆，还有五辆大客车。太平观的群众都赶来看热闹，镇上的领导闻讯也赶来参见首长。古义宝看到白海棠也站在人群里朝他笑，他也朝她笑了笑。经验介绍会安排在下午，地点在团里的礼堂。

上面通知农场除了值班的人员以外都要参加，古义宝随参观人员参加会议，临走时专门向韩友才做了交代，团里派卡车来拉，要组织好，路上小心安全。

古义宝被首长接见完从礼堂后台的首长休息室出来时，迎面撞着了尚晶。

两个人都怔在那里，脸上都是羞赧。古义宝不明白她怎么会在这儿出现。

尚晶主动打破僵局，说："祝贺你。"并主动伸出了手。古义宝非常尴尬，他不想跟她握手，迟疑地僵在那儿犹豫不决。尚晶没让自己为难，自动收回伸出去的手，直爽地说："我知道你恨我，可是你从来没给我一次解释的机会。"古义宝说："这有什么需要解释的？过去的事情再提只会让大家痛心。你怎么会来？"尚晶说："我当然要来，我现在是广播站的记者，我要好好报道你的事迹。"古义宝的脑子更乱了。

他一点都不知道她变动工作的事。他立即就想到了那位记者。他的感觉不错，联想也合乎逻辑。准是那位记者帮她调动的工作，而且还不是她提出的要求，是记者主动为她着想。有了孩子，再当教书匠有许多困难，他让她到广播站当记者，工作轻松自由，用不着每天卡点上下班。古义宝想到这些，满脸疑惑，说："记者真是神通广大。"

尚晶放下了脸，异常认真地对古义宝说："古义宝，请你尊重别人的人格，不要这样看着我，也不要以己之心度人之腹，我可以对天发誓，我没有做过一件对不起你的事，也没有说过一句对不起你的话。另外，我还要告诉你，我也没有做过一件对不起刘金根的事！孩子是他自己的。"

古义宝的惊奇无异于晴空炸雷，他脱口而出问道："金根他知道吗？"

"我到现在还没告诉他，他应该为自己的行为负责。其实他一直背着我在吃药。我找记者，只是为了请他帮我调动工作。我没有做过任何愧对自己、愧对你、愧对刘金根的事情。"

原来是这样，古义宝不知说什么好。通过记者让赵昌进帮她调动工作，对赵昌进来说，不过是举手之劳，他给县委宣传部打一个电话就办了。古义宝内心有了一种负疚感，他不该一直这样误解她。

对古义宝，尚晶一直抱着一种愧疚。尤其是他和刘金根都到了后勤，古义宝却坚持不进她家门，这对她来说无疑是一种打击和蔑视。她时时受到自己的良心的谴责。自从发生了那事以后，她在情感上一直很困惑。她跟刘金根相爱，可脑子里常常会冒出古义宝，他一出现她的全部情感便都冷却。这一点没有任何人明白，她也无法对任何人言说。

古义宝从尴尬中摆脱出来，愧疚地说："我没有什么可宣扬的，我只有教训。我们在人生道路上兜了这么大一个圈子，真像做梦一般。我真心诚意想对你说一句话，我真对不起你。"古义宝伸出手来与尚晶重新握手，然后走进了会场，尚晶的眼睛里闪着泪花。

今天是他们团的喜日子。团直机关和附近的连队都调过来捧场，连家属工厂的家属也都来了。

会议在隆重的气氛中开始。

团里的经验是赵昌进介绍的。他情绪高昂，讲话抑扬顿挫、有声有色，把大家的情绪一下子调动了起来。

接下来是古义宝介绍经验。会前，赵昌进特意问了他一句："材料看熟了吗？"他只说了句："看了。"

古义宝在掌声中走上讲台。

向听众敬完礼，他没有坐下，而是熟练地抬高了话筒。他要站着向大家介绍他的经验。

"各位远道而来的首长，各位在座的战友……"

古义宝在说出"各位"的时候，赵昌进急得心都提到了嗓子眼，他发现古义宝没拿材料。这一份材料，凝聚着他的心血。他牺牲了好几个晚上和星期天的时间，反复考虑材料的写作角度。他想，要是只从农场建设的角度写，就太一般了，怎么写也是苦干，与士兵打成一片，牺牲个人利益，这没有新意。赵昌进琢磨来琢磨去，终于找到了新的角度，允许先进有缺点，前进路上再辉煌。思路一打开，他的聪明才智便如泉喷涌。他立即有了新的构思：允许先进犯错误，看思想改造的长期性和艰巨性；公而忘私从我做起，看党员干部的先锋作用的重要性和必要性；自力更生艰苦创业，看继承传统的永久性和有效性。三个观点，有理论有案例，有思想有行为。材料成稿后，他在文字上又反复推敲，尽力让语句通顺流畅，读起来朗朗上口。材料写完后，赵昌进把自己关在屋里先念了一遍，对拗口的词句又做了修饰。这材料不用他发挥，只要照着念下来，保证打响。可是古义宝连材料都没带，这简直是胡闹，完全是对他的藐视。

刘金根、尚晶，还有团里的其他领导也都发现了这一点，有的以为他把材料全背下了，又怕他万一忘词出洋相。不着急的只有文兴。他在台下也发现古义宝没拿材料，他没有着急，他对古义宝绝对有信心，他相信古义宝现在绝不会做没有把握的事，也不会故意在这么多首长和兄弟单位面前出洋相。

"作为我个人，我没有什么经验可介绍的，这一点不是谦虚。不分场合的谦虚，尤其是自己觉得做出一点成绩，上级在表扬你的时候你当着首长的面谦虚，百分之一百是虚伪。农场的事，摆在那里，首长和同志们都看到了。要说成绩，是有一点，但那是全体士兵用自己的心血和汗水换来的，我不过是个组织者。作为组织者，能跟士兵想一起，干一起，什么都有了，这样的事谁都能做……"

赵昌进的嘴气歪了，他真想走上去把他一脚踹下台去。你这不是在开玩笑吗？当着这么多首长，这么多外单位的领导，你想要谁的难堪？你要报复我，也不能用这样的手段找这样的机会，你这是在拿整个团，拿团党委，拿全团的官兵在开玩笑哪！

刘金根在下面发现了赵昌进的神色，心里也捏了把汗。他倒并不为古义宝担忧，他怕的是赵昌进连他一起怪罪，他现在已经够窝囊的了。到了后勤，他跟古义宝有许多接触，工作上的事，他尽全力在帮助他。但他感到，他们无论怎么样也没法恢复那种老乡的感情。他承认是自己的错。诬告他强奸，是自己当时气昏了头的极端行为。事后他也感到太过分了。可事情已经无法挽回，后悔也来不及了。他觉得自己已经得到了报应，他一心想调司令部的事训股搞作战训练专业，那里有他的理想，也有他的用武之地，就因为他诬告古义宝，他被塞到了后勤，他心里的痛苦跟尚晶都没法说。更让他痛苦的是尚晶，自从发生那事后，他们那一层纸就被捅破了，他就失去了男人的尊严，失去了丈夫的权威。尚晶动不动就让他难堪。那一天古义宝躲在墙边看尚晶，他目睹了这一场面，他心里的痛苦比古义宝不知多多少倍。

"要说体会是有一些，第一点，只要丢开官本位，人会活得非常潇洒。我并不是说每个人都不要有上进心，大家都不要去当官，我是说不要迷恋官职。一位令我尊敬的首长早就告诫我，一个人只要他不是官迷，不整天争名逐利，他会活得非常轻松非常潇洒。当时我不完全理解。那时我正在千方百计地创造条件争取提干。后来当我受到挫折以后，想想他的话，真是至理名言。大家可以想一想，一个整天想着当官、想着名和利的人，新板凳还没坐热，就眼巴巴地瞅着上面有没有空位置好钻，他怎么会有心思去想工作？他怎么会想到别人？他怎么会想到集体利益，想到民族利益，想到国家利益，想到党的利益……"

古义宝说到这里，他的眼睛忽然一亮。他在会场里看到了白海棠。她怎么会来的？他当然不知道，他与参观团先走了。她是跟拉农场士兵的车一起来的，她到城里进点货，一切都办好了，她就进了会场。

古义宝莫名其妙地更来了精神。

尚晶目不转睛地盯着古义宝，不时地往本子上记着他的话。

"我过去就是个整天追名逐利的人，学雷锋是假，争个人名利是真。每天一起床，想的头一件事便是今天做点什么能让自己出名的事，别人以为我是全心全意为人民服务，其实呢，我满脑子个人主义。义务修车，给学校送书，有车不坐故意步行进城买菜，到医院看战友先去献血……一切的一切都是为了创造先进事迹，给新闻干事提供素材，想通过他的文章让自己出名，想提干部，出发点是彻头彻尾的个人主义，没有一件是实实在在、真心诚意为群众办事……"

赵昌进实在听不下去了，他站起来走到主席台的前排军后勤部长跟前，说古义宝忘了带材料，在上面乱讲。军后勤部长却说讲得很实在，很有说服力。赵昌进悻悻地回到自己的座位上。

"满脑子个人主义的人早晚一天是要现原形的，他装得了一时，装不了一世，做得了一件好事，十件好事，做不了一辈子好事。一个人的觉悟，不是看他的名气有多大。名气不代表觉悟，更不代表品质。要看他做了些什么，给社会、给国家、给人民贡献了什么。过去我自认为自己有了名气，上过报纸，上过电台，上过电视，自以为是个了不起的人了，是个高尚的人，结果灵魂里还是照样有肮脏的东西，所以与我战友的爱人做出了十分低趣味的事……"

林春芳坐在家属工厂的位置里。她第一次看着自己的丈夫走上讲台，给台下这么多人做报告；也是第一次听自己的丈夫讲这么多道理。她激动得直流眼泪。

"我的第二个体会是，官是责任，权是工作。这是我对这官和权的一点粗浅的认识。当兵的时候一心想当官，想提干部，说心里话，那是为了找出路，想摆脱农民贫困的命运，十几年农村生活苦怕了，穷怕了。当了官就有了天不愁地不怕的铁饭碗，就再也不要回到那兔子不拉屎的穷山沟。当了官，尽管自己做了不少事，那不过是出于一种朴素的感情，出于一种良心的安慰，觉得拿了军队的工资，不能不给军队做事，干不好没脸见人，也对不起父老乡亲……"

文兴在台下听得津津有味，好像师傅在看着徒弟献技。

最激动的还是坐后排的白海棠。这位非会议人员听得却比谁都用心。她的激动是发自内心的，是一种真诚的喜悦。

刘金根一脸羞愧，他从心底里感到自己一直不如他。

"到农场后，当我面对十八个意志消沉、自甘落后的年轻士兵时，我才真正认识到，官并不是一种权力，而是一种责任。当时包括我自己在内，我们在一些人的眼里，差不多是劳改犯，这些人被扔在那里，谁也没指望和要求他们干什么，谁也不来过问他们，他们连自己的军装都不知道该到哪里去领。我们成了被领导、被机关、被战友遗弃的罪人，他们怎么会不消沉？即使他们不消沉又能怎么样？从这儿，我理解了这个所谓的权，就是我掌握着部下的前途、命运，我要竭尽全力为他们实现自己的理想而工作而服务。我是场长，我现在就要对我的二十一名士兵负责，我要了解他们的理想，了解他们的家庭，了解他们的朋友，了解他们的脾气，掌握他们的学习、工作情况，还要知道他们的身体状况，我要随时帮他们解决遇到的一切困难。他们的父母把他们送到部队，这是一种托付，在部队我就是他们的父母兄长，只有这样我才能对得起他们的青春，才能让他们的父母放心。如果我把掌握自己部下前途、命运的这种权力，当作谋取私利的权力玩弄于掌股之中，那我压根就不配当共产党的官。同样，连长，就有责任把这个连搞好，有责任把全连每一个人带好；团长，就有责任把这个团搞好，对自己属下的每个营需要解决的问题弄得一清二楚；军区司令员，就有责任把这个军区搞好，对全区每个军的任务、编制、工作的优长和存在的问题、当前的具体困难全装在胸中。官越大，责任越重。那么责任又是什么呢？我认为，责任并不是一句空话。比如说某个部下做了错事，我们当领导的常常会说，我也有责任，我没有帮助好教育好他。我认为这只能算是一种敷衍，根本称不上是尽责任……"

赵昌进实在听不下去了，他离开座位，上了厕所。

"我记得那位尊敬的首长跟我说过曹刿论战的故事。当鲁庄公说到'小大之狱，虽不能察，必以情'时，曹刿说：'忠之属也，可以一战。'当时我并不懂，后来我找书看了，再想想我们带兵的实践，才慢慢明白其中的道理。我们带兵同样如此，你对自己的兵真能做到'必以情'，能对他尽心竭力，真诚相待，没有一个兵会不尊敬自己的领导，也没一个兵不努力做事。要做到尽心竭力，并不是那么容易的事。我们农场有个老士兵，他因为对连里的司务长揩连队的油看不惯，借故打了他，就被打发到农场。打人是错误的，可出发点是可爱的。他在农场又打了多吃多占的给养员，我找他谈话时，他说：'我现在有个处分背着，你要是再给一个处分，我挑着回去。'他为什么会这么消沉？是因为他感到没有人对他真诚，没有人为他尽心。后来他成了班长，他把农场当自己的家一样，一天到晚泡在苗圃、泡在果园里。领导关心，要把他转志愿兵保留下来。可是他的名额被别人占去了，据我了解，那个占他名额的人，是从外单位刚调来的，根本没有什么专业技术。为什么呢？因为他上面有铁一般硬的关系……"

赵昌进又回到座位上。让他奇怪的是会场里竟这样静，人们听得那么专注。赵昌进转脸看后勤部长，部长竟皱起了眉头。

"我们都口口声声痛恨不正之风，可自己又不断在制造不正之风。转一个志愿兵是小事，可小事同样能伤人的心。我找那个他聊天，他说不就是个饭碗嘛！有力气做事哪儿找不到饭吃！我说要转不了志愿兵，我不能再留你了。他说我倒觉得跟大家在一起搞农场挺有意思。面对这样的士兵我能心安吗？要当一个有责任心的干部不容易，你必须做到，面对组织问心无愧，面对部下问心无愧，面对老婆孩子问心无愧，面对自己问心无愧！"

会场里爆发出雷鸣般的掌声。

"我的第三个体会是，人生要有价值，工作先要称职。一个人在哪个岗位上都显得不可缺少，那他肯定在本职工作上倾了心，成了权威；反过来说，一个人在哪个岗位上有他无他都无所谓，那他肯定是无所用心，无所作为……"

四十七

林春芳从会场出来，兴冲冲地回了家，接着又兴冲冲地上了农贸市场。人家说嘉鲫鱼是海鱼里最上等的鱼，刚从码头那边钓的，三十块钱一斤，她没打奔儿就买了一条；人家说这是头茬对虾，二十块钱一斤，她一点没犹豫买了一斤；人家说这螃蟹刚下船，她也买了；人家说这海螺是活的，她又二话没说买了。一副大款的派头，她成了鱼贩们的大主顾。

世上的一切物质本来都处在自在的自然状态，人也是如此，每个人平常总因他的性别、年龄、文化、地位、性格、特长、习惯诸因素的作用，给人一个相对稳定的公众形象。用哲学的观点来解释，就是事物通常在度的范围内做常态运动，一旦出现异常，必定是受到外界环境的影响或者是内在因素起作用，很可能要产生质的变化。

　　林春芳会后的这些举动有些异常。古义宝告诉她今天他不回农场，要在家住一晚。住一晚就住一晚，多年的夫妻了，也不是什么新鲜事，不过年不过节，也不是谁的生日，用不着这般客气待自己老公。

　　古义宝是从团机关回来，具体讲是领受了赵昌进不阴不阳的嘲讽后回到家才感觉到林春芳异样的。

　　会议结束后，按照原定的计划，首长们是要到休息室休息的，古义宝也要留下来接受首长的指示。首长做完指示后一起到团招待所吃晚餐。为了这顿晚餐，管理股长忙得脚后跟打屁股。会议结束，没想到军后勤部长说不休息了，说差点忘了，晚上家里有事，要立即回机关。军里的首长要走，师里的首长当然也不能留下来休息吃饭。赵昌进急得慌了手脚，恨不能生出两个脑袋来应付这样的尴尬场面。他恳切地哀求首长，说："我们还要汇报工作呢，一切都准备好了。"部长说："工作今天就不汇报了，饭就免了吧，再说基层同志这么辛苦，我们搞特殊化，大吃大喝也不好嘛！这样怎么能问心无愧呢？会议开好了就行了嘛，有什么问题要解决以后再说吧！不就是营房维修嘛，我知道。"

　　首长决心一下，说什么都白搭。赵昌进的情绪一落千丈，他意识到这个现场会产生的效果全泡汤了。赵昌进原来打算，通过这次会议，除了扩大个人和单位的影响外，还打算跟部长要一笔营房维修费，现在一切都完了。

　　古义宝也感觉到了部长的些微变化。部长临走前再一次跟他握了手，也跟他说了话，但握手的时候，他明显感觉到了这双手会前会后的变化。会前握到的手是那么温暖那么平易近人，现在他感到这双手却是那么硬那么凉。在农场，在会前，部长说话那么实在，那么给他鼓劲；临走的时候却对他说："古义宝啊，谢谢你啦，你给我们这些老头子上了一课，我们的思想作风还是有问题啊！你干得不错，说得也不错，好好地干吧，把农场搞好，继续发展下去。"话说得一点没错，只是让人难以琢磨它真正的含义。

　　部长和师里的首长们屁股后面冒着烟走了，似乎也带走了赵昌进浑身的血液，他的脸那么苍白，四肢那么无力。古义宝走过去向赵昌进敬了个标准的军礼，说："政委，我回去了。"赵昌进掀起眼皮定神看着他。他恨不能狠狠地抽他两记耳光，再对着他的脸啐上一口唾沫。赵昌进当然不会这样做，他只是定神地瞅着他，一直瞅到古义宝感到不自在才开口说：

　　"你真进步了，我可再不敢小瞧你了，你说得多有水平啊，太过瘾了！太痛快了！太解渴了！谢谢你给咱团争了光，给我添了彩，你真是个不可多得的人才，部长也说了，你就好好在农场干吧，希望你能干出新的辉煌来！"

赵昌进说完扭头就走了。

古义宝被赵昌进这一通不咸不淡的话说蒙了头。这是什么意思？古义宝当然不能完全理解赵昌进话里的全部意思。

上次部长到农场参观后，情绪十分高涨，给团里做指示时说了两句激动人心的话。一句是："你们团农副业生产搞得很好，听说团机关办公室的房子不行了，需要军里帮助解决的困难可以写报告，但口不要张得太大。"另一句是："我们党历来是允许同志犯错误的，也允许同志改正错误，有了错误改正了就是好同志。古义宝这样的人才难得，团里有什么考虑。团里要是不好安排，能不能向我们后勤推荐啊？"

赵昌进感到，会议完了，一切也都完了，部长那两句话恐怕也就作废了。别人不知道，可赵昌进知道，顶韩友才转志愿兵名额的那个兵，就是部长直接给赵昌进打的电话。古义宝在这种场合揭了这件事，他会怎么想呢？

古义宝闷闷不乐地回到家，林春芳正在精心烹饪。古义宝感到奇怪，问："你今天是怎么啦？"林春芳说："今天我高兴。"古义宝说："啥事值得这么高兴？"林春芳说："你今天这么大的事还不值得高兴，还不值得庆贺吗？"古义宝说："就这么点破事，至于吗？"

林春芳完全沉浸在她的情绪之中，根本没注意古义宝的神色。直到吃饭的时候，林春芳才发现古义宝不对劲。她问他是不是不舒服，古义宝摇摇头；她问他是不是出了什么事，古义宝还是摇摇头；她问他那怎么没一点精气神，古义宝说什么事都没有，别神经过敏。林春芳精心设计制作的晚餐没有达到预想的效果。

古义宝躺到床上，没像往常那样对林春芳履行他的义务，心里的事让他提不起精神。他反复回味着部长和赵昌进的话。他感到做人真难，做事真累，难的不是自己如何为人，累的也不是事情本身，难的是别人不让你按照自己的心愿为人，累的是别人不让你按照自己的意愿做事。要在乎这些，一个人活得就不可能是真实的自己，事业上也将是一事无成。管他呢，爱说什么就说什么，爱怎么想就怎么想，我做我的事，你用你的权，反正我也不指望当什么官，也再没有当什么模范的妄想。这么一想，古义宝的心才慢慢轻松起来。

林春芳躺下后，也没有立即入睡。夫妻间的生活，她一直是被动的，她从来没有要求，也没有企望，其实她内心并不是这样。健壮的身体，健全的体能常常让她渴求得到更多的爱，可她不好表达，也不愿表达，她只能尽心配合。她不是不明白，而是太明白了。自从尚晶新婚那晚上古义宝突然成为真正的男子汉到后来千篇一律的平淡生活，她完全看透了古义宝的心。他对她只有义务和应付而没有爱，他们之间只有婚姻而完全没有爱情。她也是人，她何尝不渴望得到倾心的爱？她何尝不渴求美满的婚姻和幸福的爱情？自己也有两只手，没有必要拖累别人，靠别人的恩赐也不会幸福。她多少次想跟古义宝摊开，可总是没有机会。没有随军前她想到的是早春，刚随军那阵，她对他一片感激，后来他就一直不顺，在他心情不好的时候，她无法开口跟他说这样的事。今天，她看到了他的成功，她打心底里为他高兴。她在会场里就想到了这事，不管他怎么想，她要把她的心里话告诉他。令她疑惑的是，在会场他强得像个英雄，到家里却突然情绪不好。就这么一会儿工夫，为的啥，问他他也不说，她拿不准他心里究竟在想什么，也保不准跟她在想同样的事。他开不了口我说，林春芳鼓了鼓勇气终于开了口。

"义宝，有一些话我想跟你说。"

"什么事，这么郑重其事的？"

"你娶我是不是挺后悔？"

"你怎么啦？"古义宝侧过身子面对着林春芳。

"不管你说不说心里话，我都知道你一直挺后悔的。"

"那你呢？"

"我，你是知道的。说心里话，我能找到你这样的丈夫，完全心满意足了，过去我只爱你一个，现在也只爱你一个，以后也只爱你一个。你在部队吃的那些苦不光是为了你自己，也是为了我们娘儿俩，我一辈子感激你。可是我知道你心里苦，军队的纪律压着，你有那心也没有那个胆。我不计较你对我是真爱还是假爱，你怎么对我都无所谓，可我不能眼看着你心里受苦，我不能这样拖累着你。咱们俩散了吧，我只求你把儿子给我，有他我什么都不要了，我把他养大成人，他会养我的老的。你要同意，我来跟领导提。"

"你怎么会想这样的事？我坦白地告诉你，我对你是不够好，可这辈子我是不会离开你们的。"

"说的是心里话？"

"信不信由你，为了女人我吃的苦头还不够吗？以后不要再提这件事了。"

"义宝，我说的是真的，我不是在套你，你要是没有想好，现在不说也行，你什么时候想好了就什么时候说，什么时候说都行。"

古义宝没再说话，他更没了睡意，心里好乱好乱……

1993 年至 1995 年 7 月初稿

1995 年 9 月二稿

1996 年 5 月至 10 月三稿

2011 年 4 月至 5 月修订